CU00833196

Comment
je crois

Pierre Teilhard de Chardin

Comment
je crois

Éditions du Seuil

ISBN : 2-02-035509-4
(ISBN 1ʳᵉ publication : 2-02-002893-X)

COMMENT JE CROIS

publié
sous le Haut Patronage
de Sa Majesté la Reine Marie-José
et sous le Patronage
I. d'un Comité scientifique
II. d'un Comité général

I. COMITÉ SCIENTIFIQUE

ARAMBOURG (Camille), Professeur honoraire de Paléontologie au Museum National d'Histoire Naturelle.

BARBOUR (Dr George B.), Professeur de Géologie, Doyen honoraire de la Faculté des Arts et Sciences de l'Université de Cincinnati.

CHOUARD (Pierre), Professeur à la Sorbonne (Physiologie végétale).

CORROY (Georges), Doyen de la Faculté des Sciences de Marseille.

CRUSAFONT PAIRÓ (Dr M.), Dr ès Sciences, Commandeur de l'Ordre d'Alphonse X le Savant, Chef de Section de la C.S.I.C., Directeur de la Section de Paléontologie du Musée de Sabadell.

FAGE (Louis), Ancien Président de l'Académie des Sciences.

GARROD (Dorothy A. E.), Doctor of Science, Oxford University, Fellow of the British Academy.

GEORGE (André), Directeur des Collections « Sciences d'aujourd'hui » et « Les Savants et le Monde ».

GRASSÉ (Pierre P.), Membre de l'Académie des Sciences. Professeur à la Sorbonne.

HEIM (Roger), Ancien Directeur du Museum d'Histoire Naturelle, Membre de l'Institut.

HURZELER (Dr Johannes), Conservateur de la Section ostéologique au Musée d'Histoire Naturelle, Bâle.

HUXLEY (Sir Julian), D. Sc., F.R.S., Correspondant de l'Académie des Sciences.

JACOB (Charles), Membre de l'Académie des Sciences.

KŒNIGSWALD (G.H.R. von), Professor of Palæontology and Historical Geology at the State University of Utrecht, Holland.

LAMARE (Pierre), Professeur de Géologie à la Faculté des Sciences de l'Université de Bordeaux.

LEPRINCE-RINGUET (Louis), Membre de l'Académie Française et de l'Académie des Sciences, Professeur au Collège de France, Président de l'Union des Scientifiques catholiques.

LEROI-GOURHAN (André), Professeur à la Sorbonne.

MALAN (Mr B. D.), Director, Archæological Survey of the Union of South Africa.

MOUTA (Dr Fernando), Professeur de Géologie à l'I.S.T. de Lisbonne.

MONOD (Théodore), Correspondant de l'Institut, Professeur au Museum National d'Histoire Naturelle, Directeur honoraire de l'Institut Français d'Afrique Noire.

MOVIUS, Jr. (Dr Hallam L.), Peabody Museum, Harvard University (U.S.A.).

OPPENHEIMER (Robert), Director of the Institute for Advanced Studies, Princeton.

PIVETEAU (Jean), Président de l'Académie des Sciences, Professeur à la Sorbonne.

ROBINSON (J. T.), Professional Officer in Charge, Department of Vertebrate Palæontology and Physical Anthropology, Transvaal Museum, Pretoria.

ROMER (Alfred Sherwood), Ph. D., Sc. D., Director of the Museum of Comparative Zoology and Alexander Agassiz, Professor of Zoology, Harvard University (U.S.A.).

TERMIER (Henri), Professeur à la Sorbonne.

TERRA (Dr Helmut de), Former Research Associate, Columbia University (U.S.A.).

TOYNBEE (Sir Arnold J.), Director of Studies, Royal Institute of International Affairs, Research Professor of International History, London University.

8

VALLOIS (Dr Henri Victor), Professeur au Museum National d'Histoire Naturelle, Directeur honoraire du Musée de l'Homme, Membre de l'Académie de Médecine.

VANDEL (Albert), Membre non résidant de l'Académie des Sciences.

VAUFREY (Raymond), Professeur à l'Institut de Paléontologie humaine.

VIRET (Jean), Professeur à la Faculté des Sciences de Lyon.

WESTOLL (Stanley), Professor of Geology at King's College in the University of Durham.

II. COMITÉ GÉNÉRAL

TEILHARD DE CHARDIN (M. et Mme Joseph).
TEILHARD DE CHARDIN (M. François-Régis).
TEILHARD DE CHARDIN (Mme Victor).
TEILLARD-CHAMBON (Mlle A.).
BEGOUEN (Comte Max-Henri).
MORTIER (Mlle J.).

ARMAND (Louis), Membre de l'Académie Française.

ARON (Robert), Agrégé de l'Université, Homme de Lettres.

BARTHÉLEMY-MADAULE (Mme), Docteur ès Lettres, Professeur à l'Université d'Amiens.

BOISDEFFRE (Pierre de), Conseiller d'ambassade.

BORNE (Étienne), Agrégé de l'Université, Inspecteur de l'Académie de Paris.

CUÉNOT (Claude), Ancien élève de l'École Normale Supérieure, Agrégé de l'Université, Dr ès Lettres.

DUHAMEL (Georges), Membre de l'Académie Française.

GOUHIER (Henri), Membre de l'Institut.

GUSDORF (Georges), Professeur de Philosophie à la Faculté des Lettres de Strasbourg.

HOPPENOT (Henri), Ministre Plénipotentiaire.

HYPPOLITE (Jean), Professeur au Collège de France.

9

KHIÊM (Pham Duy), Ancien Ambassadeur du Vietnam en France.

LACROIX (Jean), Agrégé de Philosophie, Professeur de Rhétorique supérieure au Lycée du Parc, à Lyon.

MADAULE (Jacques), Agrégé d'Histoire et de Géographie, Homme de lettres.

MALRAUX (André), Écrivain, ancien Ministre.

MARGERIE (Roland de), Ministre Plénipotentiaire, Ambassadeur de France.

MARROU (Henri-Irénée), Professeur à la Sorbonne.

MEYER (François), Professeur à la Faculté des Lettres et Sciences humaines, Aix-en-Provence.

PERROUX (François), Professeur au Collège de France.

ROINET (Louis), Agrégé des Lettres, Professeur honoraire au Lycée Pasteur.

RUEFF (J.), Membre de l'Institut.

SENGHOR (Léopold Sédar), Président de la République du Sénégal.

WAHL (Jean), Professeur honoraire à la Sorbonne.

TABLE

AVANT-PROPOS

C*E dixième volume des Œuvres du Père Teilhard de Chardin* était destiné initialement à contenir tous les essais et articles du Père consacrés à des problèmes de théologie. Vu le nombre et l'étendue de ces écrits, les éditeurs ont été obligés, pour contenir ce volume dans des limites raisonnables, de répartir les textes sur deux volumes, dont le premier contiendra les écrits se référant plus spécialement à la théologie spéculative, tandis que le second réunira les textes où le thème de la vie chrétienne constitue le sujet dominant. Une telle division contient, il est vrai, une part d'arbitraire, surtout lorsqu'on tient compte du fait que l'auteur traite souvent dans un même article ou essai des deux aspects du problème théologique. Malgré les réserves qu'on pourrait faire à ce sujet, il nous semble pourtant que le choix réalisé ici présente l'avantage de faire ressortir tant l'aspect théorique que l'aspect pratique de la pensée théologique de l'auteur.

Dans les dernières années, les écrits théologiques de Teilhard de Chardin ont déjà fait l'objet de nombreux travaux, soit sur l'ensemble de sa théologie, soit sur l'un ou l'autre point de sa doctrine. Qu'on se rappelle les études du Père Henri de Lubac [1], de Georges Crespy [2],

---

1. *La Pensée religieuse du Père Pierre Teilhard de Chardin* (Paris 1962); *La Prière du Père Teilhard de Chardin* (Paris, 1964).
2. *La Pensée théologique de Teilhard de Chardin* (Paris, 1961); *De la science à la théologie. Essai sur Teilhard de Chardin* (Neuchâtel, 1965).

Piet Smulders [1], Christopher Mooney [2], Sigurd Daecke [3], Eulalio Baltazar [4], Robert North [5], Denis Mermod [6], Robert Francœur [7], George Maloney [8], E. Martinazzo [9], Robert Faricy [10] et Francisco Bravo [11]. A cette liste volontairement incomplète, il faudrait ajouter un grand nombre d'articles et de brochures, sans oublier les comptes rendus des congrès, où la pensée théologique de Teilhard donna lieu à d'importants rapports et discussions. Parmi ces derniers signalons tout spécialement le Congrès scotiste international, tenu à Oxford et Édimbourg du 11 au 17 septembre 1966, et où la doctrine christologique du Père fit l'objet de plusieurs rapports [12]. Rarement dans l'histoire de la théologie la pensée d'un auteur aura donné lieu, en si peu d'années, à des études et des discussions aussi nombreuses et souvent passionnées, — fait d'autant plus remarquable que l'auteur lui-même ne se donnait nullement comme un théologien et considérait ses écrits en cette matière plutôt comme de simples suggestions. Le nombre et la qualité de ces études, d'inspiration parfois très divergente, montre à l'évidence à quel point cette pensée a retenu l'attention des théologiens et à quel point elle constitue un stimulant exceptionnel pour la réflexion théologique de notre époque.

1. Het visioen van Teilhard de Chardin (Brugge, 1964; trad. franç. 1967).
2. Teilhard de Chardin and the mystery of Christ (Londres-New York, 1966; trad. franç.).
3. Teilhard de Chardin und die Evangelische Theologie (Göttingen, 1967).
4. Teilhard and the Supernatural (Baltimore, 1966).
5. Teilhard and the creation of the soul (Milwaukee, 1967).
6. La Morale de Teilhard (Paris, 1967).
7. Perspectives in Evolution (Baltimore, 1965).
8. The Cosmic Christ. From Paul to Teilhard (New York, 1968).
9. Teilhard de Chardin. Conamen lecturae criticae (Rome, 1965).
10. Teilhard de Chardin's theology of the christian in the world (New York, 1967).
11. Christ in the thought of Teilhard de Chardin (Notre Dame Univ. Press, 1967).
12. De doctrina Joannis Duns Scoti. Acta Congressus Scotistici Internationalis Oxonii et Edimburgi 11-17 sept. 1966 celebrati. Vol. III : Problemata Theologica (Studia Scholastico-Scotistica, vol. III) Rome, 1968 (voir surtout les rapports de Robert North, Gabriele Allegra et Gerardo Cardaropoli).

Il ne peut être question ici, dans ce bref avant-propos, d'analyser les livres que nous venons de mentionner, ni de nous prononcer sur les problèmes en discussion. Qu'il nous soit permis plutôt de nous adresser à ceux qui ne sont pas théologiens de métier, afin de les aider à mieux comprendre la véritable intention de l'auteur et la portée réelle de ses écrits en cette matière.

Pour bien comprendre un auteur, il ne suffit pas d'examiner les différents points de la doctrine qu'il nous apporte. Il faut avant tout se rendre compte, aussi clairement que possible, du problème auquel cette doctrine est supposée apporter une solution. Quel est donc le problème central auquel Teilhard a voulu donner une réponse, le problème qui se trouve au cœur même de toute sa pensée théologique? Sans aucun doute — et sur ce point il semble bien que l'accord se soit fait — le problème central de Teilhard fut celui qu'on désigne de nos jours communément par le terme de sécularisation. Le terme « religion de la terre » (« le Dieu de l'En-Avant ») utilisé par Teilhard, et la sécularisation chère aux théologiens d'aujourd'hui couvrent en effet la même réalité idéologique et sociologique. Pour plus de clarté, distinguons bien sécularité, sécularisation et sécularisme. Par sécularité on entend communément la reconnaissance de la valeur propre de la terre et de l'activité terrestre de l'homme, — activité humaine dont la science, la technique et l'organisation de la société constituent de nos jours la partie la plus importante. Par sécularisation nous désignons le processus historique et sociologique, qui conduisit à cette reconnaissance et qui se caractérise par un affranchissement progressif, dans l'activité scientifique et politique de l'homme, de toute ingérence de la théologie et de la métaphysique. Par sécularisme, enfin, il faut entendre toute attitude ou toute doctrine exaltant exclusivement les valeurs de la vie terrestre au détriment de toute préoccupation religieuse ou métaphysique.

Pour le chrétien, il va sans dire, tout sécularisme est inacceptable, mais quelle doit être son attitude vis-à-vis du fait indéniable de la sécularisation? Comment définir les rapports entre le message évangélique et la « religion de la terre »? Comment réaliser en nous-mêmes l'harmonie entre notre tâche terrestre et notre vocation céleste? Ce problème n'est certainement pas nouveau en théologie, mais jamais il n'a été ressenti avec autant d'acuité que de nos jours. Teilhard en fit le point de départ de sa réflexion théologique, à un moment où peu d'entre nous se rendaient compte de l'urgence de ce problème. De par son expérience de savant et sa sensibilité exceptionnelle pour les courants spirituels de notre époque, il entrevit à quel point l'homme moderne s'est éveillé à la claire conscience de sa vocation et de ses responsabilités terrestres. Avec une lucidité surprenante, il prévoyait que ce courant devait inévitablement conduire, non seulement à un élargissement du fossé entre l'Église et la culture moderne, mais également à une crise au plus vif du monde croyant même. Il s'agit, nous dit-il, de « la montée irrésistible dans le ciel humain, par toutes les voies de la pensée et de l'action, d'un Dieu évolutif de l'En-Avant, — antagoniste, à première vue, du Dieu transcendant de l'En-Haut présenté par le Christianisme à notre adoration ». « Aussi longtemps, ajoutait-il, que par une Christologie renouvelée (dont tous les éléments sont entre nos mains) l'Église ne résoudra pas le conflit apparent désormais éclaté entre le Dieu traditionnel de la Révélation et le Dieu « nouveau » de l'Évolution, — aussi longtemps le malaise s'accentuera, non seulement en marge, mais au plus vif du monde croyant; et pari passu [1], le pouvoir chrétien diminuera, de séduction et de conversion [2]. »

Ce que Teilhard prévoyait dans ce texte, et dans de nombreux autres passages de ses écrits, se trouve bien réalisé de nos jours et on pourrait se demander si, aujourd'hui, nous ne serions pas plus près de la solution si ses avertissements avaient été entendus en temps voulu. Quoi qu'il en soit, il ne fait aucun doute que son diagnostic était fondamentalement exact et la crise dont nous souffrons aujourd'hui consiste bien dans le conflit entre une religion de transcendance et un monde sécularisé, entre le « Dieu de l'En-Haut » et « le Dieu d'En-Avant », entre « une religion du ciel » et « une religion de la terre ».

Mais si le problème de la sécularité, tel qu'il est posé de nos jours, est déjà présent au centre de la pensée teilhardienne, il revêt chez lui une forme et une dimension extrêmement originales. C'est que chez lui le travail terrestre de l'homme se trouve relié à l'idée d'un monde en évo-

---

1. Du même pas. (N.D.E.)
2. Ce que le monde attend en ce moment de l'Église de Dieu (1952).

lution. Dans un monde statique, la dignité du travail humain ne se pose pas dans les mêmes termes que dans un monde en évolution. C'est précisément parce que nous vivons dans un monde en voie de construction que notre travail reçoit une valeur nouvelle et une importance capitale. La tâche humaine s'identifie ni plus ni moins à l'obligation de continuer la grande œuvre de l'évolution et de la conduire à son achèvement. Ainsi Teilhard a-t-il le droit d'exalter la grandeur et la dignité de la tâche humaine et de parler d'un « saint amour de la terre » bien avant que Dietrich Bonhoeffer nous parlât d'une « sainte sécularité » (heilige Welt-lichkeit).

Et, de même que le problème de la sécularité prend chez Teilhard une forme neuve et extrêmement riche, de même aussi la solution qu'il nous propose diffère-t-elle radicalement de celle proposée par la plupart des théologiens de la sécularité tels qu'un Harvey Cox, un William Hamilton, un Thomas Altizer, un Paul Van Buren et autres. Loin de pencher vers une théologie sans Dieu ou de sombrer dans un sécularisme radical comme il est de mode dans certains milieux, c'est au contraire dans une christologie renouvelée, dans le centre même de la foi chrétienne, qu'il entrevoyait la solution du problème qui nous occupe. Cet univers dont nous célébrons la grandeur et la richesse n'existe pas en dehors du Christ; il est relié organiquement au Christ en ce sens que tout a été créé pour Lui et qu'en Lui tout trouve son achèvement.

Cette christologie, d'inspiration nettement paulinienne, est assez proche de celle qu'on nomme communément scotiste, bien qu'elle s'en sépare sur plusieurs points importants. Le théologien du Moyen Age prend son point de départ en Dieu et se demande quelle fut l'intention divine en décrétant l'incarnation du Verbe; Teilhard médite sur la valeur de la terre et se demande comment elle peut être reliée au Verbe incarné. Dans la spéculation médiévale l'accent est plutôt sur la pré-existence du Christ en vue de qui tout sera créé; Teilhard mettra l'accent sur l'eschatologie, sur le terme de l'histoire terrestre dont le Christ constituera la définitive consécration. Pour le théologien du Moyen Age, le Christ est surtout le premier conçu dans la pensée divine de la création; pour Teilhard, Il est avant tout le terme et le couronnement de l'histoire.

Une telle christologie contient selon lui la vraie solution au problème de la sécularité. Si la vocation humaine consiste à construire la terre et si cette construction de la terre constitue la préparation, insuffisante certes, mais nécessaire, à l'avènement du Christ, n'en suit-il pas que le travail humain, en ce qu'il contient de plus précieux et de plus élevé, possède une orientation intrinsèque au Christ, fin et couronnement de ce monde en formation ? Cette liaison entre le travail humain et le Christ de la Parousie constituait le thème central traité par Teilhard dans le Milieu divin, publié antérieurement. C'est dans les pages qui suivent qu'on trouvera une élucidation plus poussée de certains points de doctrine qui en constituent le fondement. Ainsi donc Teilhard a-t-il posé le problème théologique de la sécularité dans une forme extrêmement originale et éclairante, tout en lui donnant une solution réellement chrétienne en plein accord avec les données traditionnelles de la foi.

Loin d'approuver le courant de sécularisme qui nous opprime, c'est bien à dépasser toute forme de sécularisme que Teilhard nous invite en intégrant les valeurs de la terre dans une vision christocentrique du monde.

A part les questions christologiques, c'est surtout au problème du péché originel que sont consacrés le plus grand nombre d'essais contenus dans ce volume. Tout lecteur averti se rendra compte qu'il s'agit ici d'essais, qui, selon l'intention et le désir de l'auteur, devaient être étudiés de plus près par des théologiens de métier. Si certaines formules proposées par Teilhard peuvent paraître encore assez hésitantes, c'est pourtant bien dans le sens indiqué par lui que s'oriente aujourd'hui la recherche théologique sur ce point.

N. M. WILDIERS
Docteur en Théologie

NOTE SUR L'UNION PHYSIQUE ENTRE L'HUMANITÉ DU CHRIST ET LES FIDÈLES AU COURS DE LA SANCTIFICATION

Dans la façon d'expliquer comment le Christ « *Vitis et Vita vera* [1] », le Christ « *caput creationis et Ecclesiae* [2] » agit sur les fidèles au cours de leur sanctification, on peut distinguer a priori (et trouver représentées a posteriori par divers courants de la Théologie et de la Mystique) trois tendances principales. Les uns, parmi les chrétiens, comprennent surtout l'influence salvifique du Christ par analogie avec nos causalités morales, juridiques, exemplaires, c'est-à-dire avec une nuance de nominal et d'extrinsèque. Les autres, au contraire, plus portés à regarder dans les choses le côté « naturel » et intrinsèque, cherchent à expliquer l'action que nous subissons de la part de Jésus en la rapprochant principalement des causalités physiques et organiques de l'Univers. Et ils se subdivisent eux-mêmes en deux catégories : les uns rapportant surtout au Verbe, en Jésus-Christ, l'opération vivificatrice des âmes, — les autres inclinant à faire, dans cette opération physique, une part la plus grande possible à l'Humanité de Notre-Seigneur.

Il n'est pas nécessaire d'avoir une grande expérience de l'âme chrétienne pour s'apercevoir que la dernière de ces trois tendances, — à savoir celle qui tend à amplifier (« empha-

---

1. « Vigne et Vraie Vie », d'après Jn, xv, 1 et xiv, 6. (*N.D.E.*)
2. « Tête de la création et de l'Église », d'après Co. I, 18 : « Et il est aussi la tête du Corps, c'est-à-dire de l'Eglise ». (*N.D.E.*)

size ») les liens physiques existant entre l'Humanité du Christ et nous, est particulièrement vivace aujourd'hui.

Le but de la présente *Note* est d'indiquer une manière possible de comprendre et d'établir cette thèse, — admise pratiquement par beaucoup de chrétiens dans leur vie intérieure — que la sainteté du fidèle se développe et s'achève dans une sorte de contact (physique et permanent) avec la Réalité *même humaine* du Christ Sauveur.

C'est dans la considération du Corps Mystique consommé (c'est-à-dire du Plérôme de saint Paul) qu'il est avantageux de chercher une base solide à la démonstration, ou plutôt aux suggestions, que nous avons ici en vue. D'une part, en effet, le Plérôme étant le Royaume de Dieu dans son achèvement, les propriétés que lui attribue l'Écriture doivent être regardées comme spécialement caractéristiques de l'organisme surnaturel tout entier, même si elles n'apparaissent que confusément dans telle ou telle phase préparatoire de la béatification. — D'autre part, en aucune autre Réalité plus que dans l'Église triomphante, l'action physique et personnelle du Christ théandrique n'est manifestée par la Révélation. — Quand on cherche à résumer les enseignements de l'Église et de la pensée des saints sur la nature intime de la béatitude, on voit qu'au Ciel le Christ et les élus doivent être regardés comme formant un Tout vivant, étroitement hiérarchisé. Sans doute, chaque élu possède directement Dieu, et trouve dans cette possession unique l'achèvement de sa propre individualité. Mais cette possession, ce contact, du Divin, si *individuels* soient-ils, ne sont pas obtenus *individuellement*. La vision béatifique, qui illumine chaque élu pour lui seul, est en même temps *un acte collectif* posé par tout l'organisme mystique à la fois « per modum unius potentiae [1] ». L'organe fait pour voir Dieu, ce n'est pas (si on va au fond du dogme) l'âme humaine isolée; c'est l'âme humaine unie à toutes les autres, sous

---

1. « A la façon d'une seule et unique puissance. » (*N.D.E.*)

l'Humanité du Christ. Nous atteignons Dieu, au ciel « sicuti est [1] » mais dans la mesure où nous sommes assumés par le Christ dans les prolongements mystiques de sa substance. L'état de béatitude doit se comprendre, en définitive, comme un état *d'union eucharistique permanente*, où nous serons élevés et maintenus *en corps* (c'est-à-dire tous « per modum unius [2] ») et « *in corpore Christi* [3] ». Ainsi s'explicitent les relations fondamentales de l'Eucharistie et de la Charité, de l'amour de Dieu et de l'amour du prochain.

Si telle est bien la condition de la sainteté « in termino [4] » (à savoir une union à Dieu en Jésus-Christ Homme) il semble qu'une seule manière nous reste de comprendre la nature de la sainteté « in via [5] », c'est-à-dire de notre actuelle et laborieuse sanctification. Puisque la béatification coïncide avec un certain degré d'agrégation physique à l'Être créé de Notre-Seigneur, il faut nécessairement admettre qu'au cours de son existence méritoire le fidèle s'établit, et croît, dans un certain état de liaison physique avec l'Humanité du Sauveur Jésus. Sous peine d'introduire une disparité injustifiée entre l'état de grâce et l'état de gloire, on doit dire que la Grâce, non seulement nous rattache par sa sève spirituelle à la Divinité du Verbe, mais qu'elle s'accompagne d'une certaine annexion progressive à un organisme créé, physiquement centré sur l'Humanité du Christ.

Loin de ne pas s'accorder avec l'Eucharistie, ou de faire double emploi avec elle, cette communion « habituelle » réalisée par la grâce sanctifiante entre le Christ et les fidèles donne, on le remarquera, à la réception sacramentelle des Saintes Espèces sa pleine signification.

D'abord il est très sûr que l'Eucharistie, à laquelle beau-

---

1. « Tel qu'il est. » (*N.D.E.*)
2. « A la façon d'un seul être. » (*N.D.E.*)
3. « Dans le corps du Christ. » (*N.D.E.*)
4. « En son terme. » (*N.D.E.*)
5. « En chemin. » (*N.D.E.*)

coup d'élus n'auront pas pu participer pendant leur vie terrestre, ne représente pas l'unique moyen grâce auquel les
fidèles puissent prendre, avec l'Humanité du Christ, le contact
(nécessaire de « nécessité » de moyen) qui doit assurer leur
intégration dans le Plérôme. On devient membre du Christ
avant d'avoir touché extérieurement son Corps sacramentel.

Dans la réception de l'Eucharistie, par ailleurs, il est également clair que l'adhésion à la Chair de Jésus, telle que l'assure
la manducation des Espèces, se réalise *sur un plan physique
fort différent* de celui où a lieu le contact quantitatif apparent
de notre corps et de l'Hostie. N'est-ce pas, en effet, juste au
moment où ce contact quantitatif tendrait à s'établir pleinement (par l'assimilation) que les Espèces se corrompent et
que la Divine Présence se relâche ?

L'Eucharistie ne s'explique bien, somme toute, qu'en fonction d'un mode de contact avec Jésus qui soit beaucoup plus
indépendant du temps et de la matière inférieure que celui
de la conjonction brute entre les Saintes Espèces et nous.

Comment alors faut-il se représenter approximativement
l'union eucharistique (sacramentelle) ? — Tout simplement
comme le resserrement, privilégié et merveilleusement actif,
d'une liaison plus diffuse (mais réelle) établie et entretenue
« perenniter [1] » par l'état de grâce. Dès avant toute Communion, par l'opération du Baptême, une première et *pérenne*
connexion se noue entre le chrétien et le Corps du Christ. —
Et après chaque communion, cette connexion, — malgré la
disparition des Saintes Espèces qui l'avaient temporairement
portée à un degré privilégié d'intimité et de croissance —
persiste, accrue, bien que sous une forme atténuée.

Si on entend les choses ainsi, la communion sacramentelle,
au lieu de former, dans la vie chrétienne, un élément dis-
continu, en devient la trame. Elle est l'accentuation et le
renouvellement d'un état permanent qui nous rattache sans

---

1. « Constamment. » (*N.D.E.*)

interruption à Jésus. En somme, la vie entière du chrétien, sur terre comme au Ciel, se trouve ramenée à une sorte de perpétuelle union eucharistique. Le Divin ne nous arrive jamais qu' « informé » par le Christ Jésus : telle est la loi fondamentale de notre vie surnaturelle.

Le corollaire immédiatement pratique de cette loi est que, *pour le juste*, la présence générale de Dieu se double, à chaque instant, d'une présence particulière du Christ « secundum suam naturam humanam [1] », — présence antécédente (in ordine naturae [2]) à l'inhabitation des Personnes divines dans l'âme sanctifiée. Et ce n'est pas tout : comme cette présence croît proportionnellement à l'état de grâce en nous, elle est susceptible non seulement de durer, mais de *s'intensifier*, par tout le détail de ce que nous faisons et de ce que nous souffrons. Littéralement, « quidquid agit Christianus, Christus agitur [3] ». Des considérations de cet ordre ont évidemment une grande importance en Mystique : elles nous permettent de croire que nous pouvons vivre, strictement, toujours et partout, sans sortir de Jésus-Christ.

Plus on se familiarise avec cette idée d'un influx physique émanant continuellement (mêlé à la grâce) de l'Humanité du Christ, pour les âmes, plus on y découvre d'harmonies avec les textes, si nombreux dans l'Écriture, où la possession par nous du Père céleste est rigoureusement subordonnée à notre union *pérenne* au Verbe *incarné;* — et plus on est étonné du relief que prennent les préceptes évangéliques, ceux notamment de la Communion et de la Charité. Aimer ses frères, recevoir le Corps du Christ, ce n'est pas seulement obéir, et mériter une récompense : c'est construire organiquement, élément par élément, l'unité vivante du Plérôme en Jésus.

A tant d'avantages que procure à la vie intérieure une

1. « Selon sa nature humaine. » (*N.D.E.*)
2. Dans l'ordre de la nature. (*N.D.E.*)
3. « Dans tout ce que fait le chrétien, c'est le Christ qui se fait. » (*N.D.E.*)

conception aussi réaliste que possible des liens qui rattachent notre être à celui de Jésus, on ne peut opposer aucun inconvénient sérieux.

Nous n'avons pas à craindre, d'abord, en étendant partout autour de nous le domaine de l'Humanité du Christ, de nous voiler la face de la Divinité. Jésus (parce que nous adhérons à Lui « in ordine vitali [1] ») n'est *pas un intermédiaire* qui sépare de Dieu, mais *un milieu* qui unit. « Philippe, qui videt me, videt Patrem [2]. »

Et nous n'avons pas à redouter, non plus, de faire éclater les limites de la nature inférieure où le Verbe s'est incarné. Si démesurée soit la puissance qu'il nous faut supposer à cette nature pour que son influence rayonne continuellement sur chacun de nous, tant de grandeur ne doit pas nous déconcerter. Par les horizons qu'il nous ouvre sur la puissance cachée au sein de l'être créé, et plus spécialement au Cœur de Jésus-Christ, cet excès apparaît au contraire comme un des aspects les plus attrayants du... (*Inachevé. Le mot manquant semble être « Christianisme ».*) *

---

* *Inédit* non daté. Il paraît avoir été écrit en janvier 1920.

1. « Dans l'ordre vital. » (*N.D.E.*)
2. « Philippe, qui m'a vu, a vu le Père », Jn, XIV, 9. (*N.D.E.*)

SUR LA NOTION DE TRANSFORMATION CRÉATRICE

L A Scolastique ne distingue, à ma connaissance, que deux espèces de variations dans l'être (mouvement).

1) La Création, c'est-à-dire la « producio entis *ex nihilo sui* et *subjecti* [1] ».

2) La Transformation, c'est-à-dire la « producio entis ex nihilo sui et *potentia subjecti* [2] ».

Création et Transformation sont ainsi pour la Scolastique deux modes de mouvement absolument hétérogènes et *exclusifs* l'un de l'autre dans la réalité concrète d'un même acte.

— Cette séparation absolue de deux notions amène à considérer la formation du Monde comme se faisant par « temps » complètement distincts :

1) Au début, la position « extra nihilum [3] » d'une certaine somme de puissances (phase créatrice initiale).

---

1. « Production d'être *sans préexistence* de soi ni *d'une manière sous-jacente.* » La formule classique en philosophie scolastique : « Producio rei ex nihilo sui et subjecti » exprime que la substance créée tout entière (forme et matière) est tirée du néant. Rien ne préexiste : ni la chose elle-même selon sa perfection formelle, ni une matière de laquelle et dans laquelle la forme pourrait être produite (matière qui serait le sujet d'une transformation). Dieu produit l'univers sans se servir de rien d'autre, par sa volonté toute puissante. (*N.D.E.*)

2. « La production d'être sans préexistence de soi, mais *en faisant passer à l'acte une matière sous-jacente.* » (*N.D.E.*)

3. « Hors du néant. » (*N.D.E.*)

2) Après cela, un développement autonome de ces puissances, entretenues par « Conservation » (phase de transformation par les causes secondes).

3) Ensuite, de nouvelles « positions extra nihilum [1] », chaque fois que le développement historique du Monde nous révèle des « accroissements vrais » : apparition de la Vie, d'une « espèce métaphysique », de chaque âme humaine...

Visiblement, cette conception se heurte à toutes sortes d'invraisemblances historiques et d'antipathies intellectuelles.

a) Elle oblige à ne voir, entre degrés successifs de l'être (physique, organique, spirituel) si évidemment liés entre eux (dans leur *apparition*) qu'une liaison *d'ordre logique*, un plan purement intellectuel, qui a semé artificiellement des existences suivant une apparence de continu.

b) Elle rend par suite inexplicable la dépendance physique (dans le *fonctionnement*) que nous constatons entre les divers organes de l'Univers. De toute évidence, cependant, la pensée a besoin d'un certain support organique, fonction lui-même de certaines conditions physico-chimiques !

c) Elle découronne, enfin, de toute valeur absolue, l'effort des causes secondes, qui ne possèdent plus aucune efficacité organique pour faire franchir au Monde les divers paliers de l'être.

Il me paraît que la plupart des difficultés que rencontre la Scolastique en face des indices historiques de l'Évolution tient à ce qu'elle néglige de considérer (en plus de la Création et de l'Éduction) une troisième sorte de mouvement parfaitement défini : *la Transformation créatrice*.

A côté de la « creatio ex nihilo subjecti [2] », à côté de la « transformatio ex potentia subjecti [3] », il y a place pour un

---

1. « Positions hors du néant. » (*N.D.E.*)
2. « Création sans préexistence d'une matière sous-jacente. » (*N.D.E.*)
3. « Transformation en faisant passer à l'acte une matière sous-jacente. » (*N.D.E.*)

acte « sui generis [1] » qui, *se servant* d'un créé préexistant, l'agrandit en un être *tout* nouveau.

Cet acte est *réellement créateur*, car il exige l'intervention renouvelée de la Cause première.

Et cependant il *s'appuie sur un Sujet*, — sur quelque chose dans un Sujet.

Il est extraordinaire de penser que la Scolastique n'a pas un terme pour désigner ce mode d'opération divine qui :

a) est concevable « in abstracto [2] », et donc exige une place au moins dans la spéculation,

b) est probablement le seul qui satisfasse à notre expérience du Monde.

Il faut, semble-t-il, être bien aveugle pour ne pas le voir : « In natura rerum [3] », les deux catégories de mouvements que la Scolastique sépare (Creatio et Eductio [4]) apparaissent comme continuellement fondus, combinés entre eux.

Il n'y a pas un moment où Dieu crée, et un moment où les causes secondes développent. — Il n'y a jamais qu'*une* action créatrice (identique à la Conservation) qui soulève continuellement les créatures vers le plus-être, *à la faveur de* leur activité seconde et de leurs perfectionnements antérieurs.

La Création ainsi comprise n'est pas une intrusion périodique de la Cause première : elle est un acte *coextensif* à toute la durée de l'Univers. Dieu *crée* depuis l'origine des temps, et *vue du dedans*, sa création *(même initiale?)* a la figure d'une Transformation. L'être participé n'est pas posé *par blocs* qui se différencient ultérieurement grâce à une modification non créatrice : Dieu insuffle continuellement en nous de l'être nouveau.

Il y a, bien entendu, tout le long de la courbe suivie par l'être dans ses accroissements, des paliers, des points singu-

---

1. « Particulier. » (*N.D.E.*)
2. « Abstraitement. » (*N.D.E.*)
3. « Dans la nature. » (*N.D.E.*)
4. Création et Éduction. (*N.D.E.*)

liers, où l'action créatrice devient dominante (apparition de la vie et de la pensée).

Mais, à parler strictement, *tout* mouvement bon est, en quelque chose de lui-même, créateur.

La création se poursuivant, à chaque moment, en fonction de tout ce qui existe déjà, il n'y a *jamais*, à proprement parler, de « *nihilum subjecti* [1] », — *à moins de considérer l'Univers dans sa formation totale à travers tous les siècles.*

— Cette notion de « Transformation créatrice » (ou de Création par Transformation) que je viens d'analyser me paraît non seulement inattaquable en soi, et seule applicable au Monde expérimental. Elle est vraiment « libératrice » : elle fait cesser le paradoxe et le scandale de la Matière (c'est-à-dire nos étonnements devant, par exemple, le rôle du cerveau dans la pensée et de la passion — ἔρως [2] — dans la mystique); — et elle transforme l'une et l'autre en un culte noble et éclairé de cette même Matière.

Si vraiment, comme il m'a semblé, la « Transformation créatrice » est un concept qui n'a pas encore sa place en Scolastique, je pense qu'il y a lieu de l'y introduire sans tarder, de façon à ne pas laisser davantage la notion *théologique* orthodoxe de création étouffée et défigurée par le « nihilum subjecti » d'une Philosophie particulière. *

* *Inédit* non daté. Écrit en 1919 ou 1920.

---

1. « Le néant d'une matière sous-jacente. » (*N.D.E.*)
2. Érôs (amour de désir) par opposition à l'agapè (amour de don). (*N.D.E.*)

NOTE SUR
LES MODES DE L'ACTION
DIVINE DANS L'UNIVERS

Pour rendre plus concrètes les réflexions qui vont suivre, faisons une comparaison. Imaginons une sphère, et, à l'intérieur de cette sphère, un très grand nombre de ressorts pressés les uns contre les autres. Accordons en outre à ces ressorts la faculté de se tendre ou de se détendre à leur gré, spontanément. — Un tel système peut figurer l'Univers, et la multitude des activités, solidaires les unes des autres, qui le composent.

Supposons, maintenant, que, dans le modèle mécanique du Monde ainsi constitué, on cherche à représenter, par un artifice quelconque, l'influence de la Cause première. — Quel élément faudrait-il ajouter, ou quelle modification pourrait-on faire subir aux pièces contenues dans la sphère, pour symboliser l'intervention de Dieu dans les Causes secondes ?

— Une première façon de faire apparaître le facteur « Dieu » dans notre système représentatif du Monde consisterait à introduire, dans l'assemblage des ressorts vivants contenus dans la sphère, *un ressort de plus*, beaucoup plus central et puissant que tous les autres, qui ferait plier ceux-ci à volonté. Il y aurait le ressort-Dieu, comme le ressort-Pierre ou Paul, etc. — Une causalité dominante *parmi* les autres causalités (c'est-à-dire, somme toute, une puissance intercalée dans la série des forces expérimentales), telle serait l'influence divine.

Il importe évidemment de réagir contre une manière aussi rudimentaire (et pourtant souvent admise, plus ou moins inconsciemment) de comprendre l'opération de Dieu dans l'Univers. L'objet de la présente *Note* est d'insister sur ce fait que les seules façons rationnelles de concevoir l'action du Créateur sur son œuvre sont celles qui nous obligent à *regarder comme insensible* (du point de vue strictement expérimental) l'insertion de l'énergie divine au sein des Choses, — propriété qui ne laisse pas que d'avoir des conséquences importantes relativement aux deux questions suivantes :

— Comment Dieu nous est-il connaissable? (§ I.)

— Quelle est l'extension vraie de sa Toute-Puissance? (§ II.)

I

a) Un premier mode, proprement divin, pour la cause première, d'atteindre les natures inférieures, consiste à pouvoir agir *sur tout leur assemblage simultanément*. Revenons à notre sphère de ressorts, et imaginons, extérieur à elle, un Être capable d'exercer, sur toute la surface du système à la fois, une pression tellement savante qu'il arrive à produire infailliblement, en un point quelconque de l'intérieur, telle modification qu'il désire. — Supposons en cours une modification de ce genre. Pour les ressorts situés au point influencé, l'ébranlement extérieur (= créateur) arrivant de tous les côtés à la fois semblera ou bien le résultat d'une pure coïncidence, ou bien l'effet d'une force mystérieuse répandue dans tout l'ensemble de la sphère. L'énergie nouvelle, mise en jeu dans le système, est impossible à localiser : elle a exactement la figure d'un Hasard ou d'une Immanence [1]. Telle se

---

1. Pour que la comparaison soit moins imparfaite, il faudrait supposer, on le voit facilement, que la sphère a un rayon infini, et que la transmission de l'action « extérieure » s'y opère *instantanément* (chaque élément se trouvant, *au même moment*, influencé *en fonction* de *tous les autres*). (*N.D.A.*)

manifeste à nous (du point de vue strictement expérimental) la Providence sur le Monde. La main de Dieu n'est pas ici, ni là. Elle agite tout l'ensemble des causes sans se découvrir nulle part : en sorte qu'il n'y a rien de plus semblable, extérieurement, à l'action du premier Moteur que celle d'une Ame du Monde, à la Sagesse Divine que la Destinée ou la Fortune. — Il serait oiseux de se demander si une telle disposition nous accommode ou non : *elle est*, voilà le fait.

b) Malgré que toute action individuelle soit solidaire de l'état général et des modifications globales de l'ensemble, l'individu représente essentiellement un centre autonome d'opération. L'action divine ne peut donc pas se contenter de cerner et de modeler les natures particulières par le dehors. Elle doit, pour les maîtriser pleinement, avoir prise sur leur vie la plus secrète. — De là, pour la cause première, en plus de la faculté d'agir *sur le Tout à la fois*, le pouvoir de se faire sentir au cœur de chaque élément du Monde individuellement. — Nous considérions, tout à l'heure, un Être si extérieur aux Choses qu'il les enveloppait toutes ensemble de son influence. Imaginons maintenant le même Être devenu si intérieur aux ressorts qu'il commande que de ceux-ci il peut, à son gré, augmenter ou relâcher la tension jusqu'à l'extrême limite de leur élasticité (actuelle ou possible). Nous aurons réalisé assez exactement, par cette fiction, une image de l'opération *particulière* de Dieu, c'est-à-dire de celle qui régit le Monde, non plus seulement comme un Ensemble, mais comme une réunion d'êtres *individuellement vivifiés*. — Cette fois-ci, l'action de la Cause transcendante est parfaitement localisée. Elle se pose sur un point très déterminé de l'Univers. Nous allons peut-être pouvoir la saisir ?... Pas du tout, dans ce cas encore, l'opération divine n'apparaît pas « sur le plan du reste » comme un élément immédiatement discernable. A force d'intimité, elle devient insaisissable. Le ressort, mû « ab intra[1] »

1. « Du dedans. » (*N.D.E.*)

par l'Être animateur de la sphère, peut parfaitement s'imaginer qu'il agit seul (alors qu'*il est agi*), et les autres, ses voisins, partager son illusion. Ainsi en va-t-il dans le domaine de notre expérience. — Là où c'est Dieu qui opère, il nous est toujours possible (en restant sur un certain niveau) de n'apercevoir que l'*œuvre de la nature*.

— Ainsi donc, tantôt par *excès d'extension*, tantôt par *excès de profondeur*, le point d'application de la Force divine est, par essence, extra-phénoménal. La cause première ne se mêle pas aux effets : elle agit sur *les natures* individuelles et sur le mouvement de *l'ensemble*. Dieu, à proprement parler, *ne fait pas* : Il *fait se faire* les Choses. Voilà pourquoi, là où Il passe, aucune effraction, aucune fissure. Le réseau des déterminismes reste vierge, — l'harmonie des développements organiques se prolonge sans dissonance. Et cependant le Maître est entré chez Lui.

— Mais alors, dira-t-on, si telle est la condition de l'action divine, d'être toujours voilée de hasard, de déterminisme, d'immanence, nous voilà forcés d'admettre que la causalité divine n'est attingible *directement*, — ni comme créatrice, dans le mouvement de l'ordre du Monde, — ni comme révélatrice dans le miracle?

— Sans aucun doute.

Qu'il s'agisse de Providence ordinaire, ou bien de Providence miraculeuse (coïncidences extraordinaires), ou bien même de fait merveilleux (θαῦμα), *nous ne serons jamais amenés scientifiquement* à voir Dieu, parce que jamais l'opération divine ne sera en discontinuité avec les lois physiques et physiologiques dont seules s'occupe la Science. Les chaînes d'antécédences n'étant jamais rompues (mais seulement ployées ou prolongées) par l'action divine, une observation analytique des phénomènes est incapable de nous faire atteindre Dieu, *même comme premier Moteur.* — Nous ne sortirons jamais *scientifiquement* du cercle des explications naturelles. Il faut nous y résigner.

Cette propriété du Divin, d'être insaisissable à toute emprise matérielle, a été remarquée, depuis toujours, à propos du miracle. Si on excepte les cas (très rares, et plus ou moins contestables à part ceux de l'Évangile) de résurrections de morts, il n'y a pas, dans l'Histoire de l'Église, de miracles absolument hors de portée des forces vitales notablement accrues *dans leur sens*. Par contre, on ne connaît aucun exemple (même légendaire) de miracle « morphologique [1] »; — et il est absolument inouï qu'un martyr, sortant du feu, ait résisté à un coup d'épée.

On peut donc être assuré que plus on étudiera médicalement les miracles, plus (après une première phase d'étonnement) *on les trouvera en prolongement* de la Biologie, — exactement comme plus on étudie scientifiquement le passé de l'Univers et de l'Humanité, plus on y trouve les apparences d'une évolution.

— Et cependant, Dieu est connaissable par la raison humaine! — Et cependant le miracle est absolument nécessaire, non seulement pour les besoins de l'apologétique, mais pour la joie de notre cœur qui ne saurait se reposer pleinement en un Dieu qu'il ne sentirait pas plus fort que tout ce qui existe!

Comment arriverons-nous à saisir la présence du courant divin sous la membrane continue des phénomènes, — la Transcendance créatrice à travers l'immanence évolutive?

— C'est ici que doivent intervenir les théories bienfaisantes qui, poussant jusqu'au bout, en matière de connaissance intellectuelle, le système de l'acte et de la puissance, reconnaissent aux facultés de l'âme le pouvoir d'*achever la vérité* des objets qu'elles perçoivent.

Il se cache, sans aucun doute, sous le mouvement ascendant de la vie, l'action continue d'un Être qui soulève, par le dedans, l'Univers. — Sous l'exercice ininterrompu des causes

---

1. Par exemple, recréation d'un membre... (*N.D.A.*)

secondes, il se produit (dans de nombreux miracles) une dilatation exceptionnelle des natures, très supérieure à ce que pourrait donner le jeu normal des facteurs et des excitants créés. Les faits matériels, pris objectivement, *contiennent du Divin*. Mais ce Divin n'est en eux, relativement à notre connaissance, qu'une simple puissance. Il restera donc *en puissance* aussi longtemps que nous n'aurons pas, pour réaliser dans notre esprit le Monde supra-sensible, des facultés suffisamment préparées, non pas seulement par l'exercice de l'analyse et de la critique, mais bien plus encore par l'affinement moral, et une fidélité entière à suivre l'étoile toujours montante de la vérité. — Seule la *pureté du cœur* (aidée ou non de la grâce, suivant le cas) et *non pas la pure science* est capable, en présence du Monde en mouvement, ou en face d'un fait miraculeux, de surmonter l'indétermination essentielle des apparences, et de découvrir avec certitude derrière les forces de la Nature un Créateur, — et, au fond de l'anormal, le Divin.

— Voici donc, déjà, que grâce à l'étude des conditions imposées par la nature du Monde à l'opération divine, nous sommes conduits à adopter une théorie particulière de la connaissance du Divin (connaissance de raison et connaissance de foi [1]). Il nous reste à voir comment l'existence de semblables conditions, limitatives en apparence de la Causalité première, sont compatibles avec la Toute-Puissance divine sainement comprise.

---

1. On observera que les considérations développées ci-dessus touchant l'*invisibilité scientifique* de la causalité divine (même dans le miracle) sont la contrepartie nécessaire de toute théorie qui exige, pour l'aperception du Divin, une sensibilisation particulière des facultés de l'âme. Sans quelque ambiguïté inhérente, par nature, à la face *objective* des faits miraculeux, on ne s'expliquerait pas que nous ayons besoin, *subjectivement*, pour reconnaître la main divine, des « Yeux de la Foi. » (*N.D.A.*)

II

On s'est habitué pour décider si, oui ou non, les êtres étaient aptes à l'existence, à ne considérer en eux qu'une seule espèce de possibilité, — *la possibilité logique*, — c'est-à-dire la non-contradiction interne des concepts abstraits par lesquels nous définissons leurs natures. — L'Homme, par exemple, est jugé possible parce que « animalité » ne répugne pas à « rationalité ». Dès lors, il est déclaré réalisable « simpliciter [1] » par la puissance divine; et, à partir de ce moment, il n'y a plus lieu de se demander, dirait-on, si cette réalisation d'un « possible » n'a pas elle-même *ses conditions de possibilité*. Au regard de nombreux philosophes, l'Univers tient par la seule intelligibilité de ses éléments, considérés isolément et tout formés. Pour ces hommes-là, les questions du Devenir et du Tout n'existent pas, de sorte qu'il n'y a aucun motif à leur avis de douter que Dieu ne puisse faire surgir de toutes pièces devant lui, s'Il le voulait, « ex nihilo sui et subjecti, — et mundi recipientis [2] », Pierre ou Paul, tout seuls, et tout sanctifiés. — Voilà ce qui se dit ou se suppose continuellement dans les Écoles.

Eh bien! pour libérer la vérité, il faut oser déclarer qu'une semblable manière de mesurer la puissance créatrice (qui consiste à ne prendre que deux ou trois termes dans l'interminable série des conditions ontologiques auxquelles est subordonné notre être, et à les combiner comme des pièces interchangeables) est non seulement puérile, mais amoindrissante de Dieu et de nous, — sans compter qu'elle est la source des plus graves difficultés contre la Providence.

Autant que nous pouvons apprécier la marche du Monde,

---

1. « Purement et simplement. » (*N.D.E.*)
2. « Sans préexistence de soi et d'une matière sous-jacente, et sans qu'il y ait un univers pour les accueillir. » (*N.D.E.*)

la Puissance divine n'a pas devant elle le champ aussi libre que nous le supposons : mais, tout au contraire, de par la constitution même de l'être participé qu'elle travaille à faire apparaître (c'est-à-dire en définitive de par sa propre perfection à elle-même), elle demeure assujettie, au cours de son effort créateur, à passer par toute une série d'intermédiaires, et à surmonter toute une suite de risques inévitables, — quoi qu'en disent les théologiens toujours prêts à faire jouer la « potentia absoluta divina [1] ».

Nous avons déjà reconnu une première loi très générale à laquelle est soumise l'opération divine « ad extra [2] » : celle de ne pouvoir agir (en vertu même de sa perfection) en rupture des natures individuelles ou en dysharmonie avec la marche de l'ensemble, — c'est-à-dire sur un même plan que les causes secondes. Cette première restriction à une manifestation « arbitraire » de l'action divine nous introduit à en considérer deux autres.

— 1) Tout d'abord, il semble contradictoire (à la nature de l'être participé) d'imaginer Dieu créant une chose *isolée*. Un seul Être peut exister isolément : l'Ens a se [3]. Tout ce qui n'est pas Dieu est essentiellement multitude, — multitude organisée en soi, et multitude s'organisant autour de soi. Pour arriver à *faire une âme*, Dieu n'a donc qu'une seule voie ouverte à sa puissance : *créer un Monde* [4]. Dès lors parmi ses conditions de possibilité pleinement explicitées, « Homme » ne contient

---

1. La « puissance absolue divine ». (*N.D.E.*)
2. « En tant qu'elle agit hors d'elle-même. » (*N.D.E.*)
3. L'Être qui n'existe que par soi. (*N.D.E.*)
4. *Un Monde*, c'est-à-dire non seulement un *Ensemble*, mais un Ensemble *progressif*. Nous avons tendance à nous imaginer la puissance de Dieu comme suprêmement à l'aise devant le « Néant ». C'est une erreur. Le « *Néant* » *présente à l'action divine une prise* (puissance obédientielle) *infime* ; — Dieu ne peut donc le surmonter que *gradatim* * en produisant de l'être participé de plus en plus capable de supporter l'effort créateur. — C'est ce qui se traduit pour nous dans l'apparence d'une Évolution. (*N.D.A.*)
* Gradatim = graduellement. (*N.D.E.*)

plus seulement « animalité et rationalité »; sa notion implique encore « Humanité, Terre, Univers... » Voilà qui nous change de la facile « possibilité » imaginée par les logicistes pour les choses. Mais voilà aussi qui nous grandit, — et voilà surtout qui, appliqué à Notre Seigneur, suggère l'idée d'une étonnante unité dans la Création. Car enfin nous voyons maintenant que c'était tout juste assez pour Dieu, s'Il voulait avoir le Christ, de lancer tout un Univers et de répandre la vie à profusion. — Y a-t-il donc strictement autre chose *en acte*, aujourd'hui dans tout ce qui se meut en dehors de Dieu, que la réalisation de Jésus, à laquelle chaque parcelle du Monde est, de près ou de loin, nécessaire (ex necessitate medii [1])? — On peut avoir confiance que non.

— 2) Si les lois générales du Devenir (réglant l'apparition progressive de l'être (créé) à partir d'un multiple inorganisé) doivent être regardées comme des modalités s'imposant strictement à l'action divine, on entrevoit que *l'existence du Mal* pourrait bien être, elle aussi, un accompagnement *rigoureusement inévitable* de la Création. « Necesse est ut adveniant scandala [2]. »

Nous nous représentons souvent Dieu comme pouvant tirer du néant un Monde sans douleurs, sans fautes, sans risques, sans « casse ». C'est là une fantaisie conceptuelle, et qui rend insoluble le problème du Mal.

Non, faut-il dire, Dieu malgré sa puissance *ne peut pas* obtenir une créature unie à Lui sans entrer nécessairement en lutte avec du Mal. Car le Mal apparaît *inévitablement* avec le premier atome d'être que la création « déchaîne » dans l'existence. Créature et impeccabilité (absolue et générale) sont des termes dont l'association répugne autant (physiquement ou métaphysiquement, peu importe ici) à la Puissance et à la Sagesse divine que l'accouplement de « Créature » et « unicité ». — Par conséquent si le Mal sévit autour de nous, sur Terre, ne

1. D'une nécessité de moyen. (*N.D.E.*)
2. « Il faut que des scandales arrivent. » Le texte exact de la Vulgate, Mat. 18, 7, est : « Necesse est enim ut veniant scandala. » (*N.D.E.*)

nous scandalisons pas, mais levons plutôt la tête. Ces larmes, ce sang et ces vices, qui nous épouvantent, mesurent en réalité la valeur de ce que nous sommes. Il faut que notre être soit bien précieux pour que Dieu le poursuive à travers tant d'obstacles. — Et c'est un bien grand honneur qu'Il nous fait de pouvoir lutter avec Lui « pour que sa parole s'accomplisse », c'est-à-dire pour « que la créature soit ».

Tout n'est donc pas absolument faux on le voit dans la vieille idée du Destin qui régnait jusque sur les Dieux. On ne s'est jamais étonné que Dieu ne pût faire un cercle carré ou poser un acte mauvais. Pourquoi restreindre à ces seuls cas le domaine de l'impossible contradiction? Il y a certainement des équivalents *physiques* aux lois inflexibles de la Morale et de la Géométrie.

Mais sous quelle forme, alors, pouvons-nous finalement concevoir la nécessaire et très désirable omnipotence de Dieu? Si vraiment Dieu est forcé (par nécessité immanente à Lui-même) de passer, s'il veut créer, par certaines lois de développement, comment le dernier mot restera-t-il à son action créatrice? Par quel miracle le Créateur gouvernera-t-il les choses, et ne sera-t-il mené par elles?

A cette ultime question il faut répondre : « Par le miracle suprême de l'action divine qui consiste à pouvoir, grâce à une influence de profondeur et d'ensemble, *intégrer* sans cesse, sur un plan supérieur, tout Bien et tout Mal dans la Réalité qu'elle construit par le moyen des Causes secondes. » — Revenons une dernière fois à la comparaison de la sphère pleine de ressorts vivants. A chaque instant, le jeu spontané des ressorts tend à modifier et troubler l'équilibre cherché par l'Être dominateur que nous avons imaginé présidant à leur assemblage. Supposons cet Être capable d'utiliser et de refondre à chaque instant l'état nouveau du système, c'est-à-dire de faire si bien servir à ses fins la disposition continuellement renouvelée des éléments de la sphère, qu'à travers toutes les fluctuations et résistances qu'il rencontre (ou plus exactement *au moyen* d'icelles) son dessein, à lui, se poursuive sans interruption. Nous aurons trouvé une assez bonne image pour nous représenter l'action à la fois *insensible* et *irrésistible* de Dieu sur la marche des événements.

Tous, en ce Monde, nous nous trouvons pris dans un enchevêtrement de maux ou de déterminismes, sur lesquels Dieu Lui-même (en vertu de son acte créateur librement posé) ne peut plus agir que sous certaines conditions très précises (parce qu'il y a des « inconvénients », qui font *essentiellement* partie des Choses). Mais si les fils sont incassables ou modérément élastiques, le réseau, lui, est infiniment souple entre les mains du Créateur, — pourvu que, de notre côté, nous nous montrions créatures fidèles. — Que l'Homme vive loin de Dieu; l'Univers reste pour lui neutre ou hostile. Mais que l'Homme croie en Dieu, et aussitôt, autour de lui, les éléments de l'inévitable, même fâcheux, s'organisent en un Tout bienveillant, ordonné au succès final de la vie. Pour le croyant, chaque chose reste, extérieurement et individuellement, ce qu'elle est pour tout le Monde : et cependant, à son usage, la puissance divine adapte le Tout avec sollicitude. Elle recrée, en quelque façon, à chaque instant, l'Univers, exprès pour celui qui la prie. « Credenti omnia convertuntur in bonum [1]. »

— *Une infaillible synthèse de l'ensemble*, conduite par influence intérieure et extérieure combinées, telle paraît donc être, en définitive (en dehors des dilatations exceptionnelles du miracle) la forme la plus générale et la plus parfaite de l'action divine sur le Monde : respectant tout, « obligée » à beaucoup de détours et de tolérances qui nous scandalisent à première vue, — mais finalement intégrant et transformant tout. *

* *Inédit.* Janvier 1920.

---

1. Ceci revient à dire qu'il exerce dans l'Univers une action d'ensemble (Providence) *irréductible*, bien que *coextensive*, à la somme des actions élémentaires en lesquelles notre expérience l'analyse (la décompose). (*N.D.A.*)

Credenti omnia convertantur in bonum = Pour le croyant tout est converti en bien. (*N.D.E.*)

CHUTE, RÉDEMPTION
ET GÉOCENTRIE

L E principal obstacle rencontré par les chercheurs orthodoxes, quand ils s'efforcent de faire cadrer avec les
données scientifiques actuelles la représentation historique *révélée* des Origines humaines, c'est la notion traditionnelle du péché originel. — C'est la théorie paulinienne de la
Chute et des deux Adams qui empêche (assez illogiquement,
du reste), de regarder comme également didactiques et figu-
ratifs tous les détails contenus dans la Genèse. C'est elle qui
fait maintenir jalousement, comme un dogme, le monogénisme strict (un homme d'abord, puis un homme et une
femme) pratiquement impossible à assimiler par la Science.

Il importe de remarquer que les préhistoriens croyants sont
fondés à escompter un revirement, en leur faveur, de l'intran-
sigeance exégétique et dogmatique en ces matières. Ce ne
sont pas seulement, en effet, quelques découvertes paléonto-
logiques qui obligent l'Église à modifier, sans tarder, ses
idées sur les *apparences historiques* des origines humaines. C'est
toute la physionomie nouvelle de l'Univers, telle qu'elle s'est
manifestée à nous depuis quelques siècles, qui introduit, au
cœur même du dogme, un déséquilibre intrinsèque, dont
nous ne pouvons sortir que par une sérieuse métamorphose de
la notion de Péché originel.

Par suite de la ruine du géocentrisme, à laquelle elle
consent, l'Église se trouve coincée, aujourd'hui, entre sa

représentation historico-dogmatique des origines du Monde, d'une part, — et les exigences d'un de ses dogmes les plus fondamentaux, d'autre part, — de telle sorte qu'elle ne peut sauver l'une qu'en sacrifiant partiellement les autres.

Voilà ce que je voudrais faire voir ici.

La représentation historico-dogmatique des choses à laquelle je fais allusion, c'est la persuasion que le Mal (moral, puis physique) a envahi le Monde à la suite *d'une faute* commise par *un individu humain*.

Le dogme fondamental, c'est l'*universalité* de la corruption déchaînée par la faute humaine initiale. *Tout* l'Univers, croient les fidèles, a été altéré par la désobéissance d'Adam; et c'est *parce que* tout l'Univers était altéré que la Rédemption s'est étendue, à son tour, à l'Univers entier, et que le Christ est devenu le Centre de la néo-création.

Autrefois, jusqu'à Galilée [1], représentation historique de la Chute et dogme de l'Universelle Rédemption s'harmonisent parfaitement, — d'autant plus facilement qu'ils s'étaient formés l'un sur l'autre [2]. Tant qu'on a pu croire (comme saint Paul y croyait lui-même) à huit jours de création, et

_____

1. Nous nous étonnons, ou nous sourions, du trouble de l'Église mise pour la première fois en face du système de Galilée. En réalité, les théologiens d'alors *sentaient* parfaitement juste. Avec la fin du Géocentrisme, c'est le point de vue évolutionniste qui a fait son apparition. Les juges de Galilée n'ont distinctement vu, menacé, que le miracle de Josué. En fait, dès lors, toute la théorie génésiaque de la Chute avait reçu un germe d'altération; et nous commençons seulement aujourd'hui à mesurer la profondeur des changements qui, dès alors, étaient virtuellement consommés. (*N.D.A.*)

2. Il est intéressant de remarquer que, si (dans le cas du péché originel) nous souffrons d'une dysharmonie interne entre notre histoire dogmatique et nos croyances, c'est parce que *celle-là a introduit un dogme auquel elle ne suffit plus*. — Notre dogme tend à tenir « sua mole * », *indépendamment de la valeur des conceptions historiques* qui lui ont donné naissance! (= il les fait « éclater »). (*N.D.A.*)

* Sua mole = par sa propre masse. (*N.D.E.*)

à un passé de 4 000 ans, — tant qu'on a considéré les astres comme des satellites de la terre, et les animaux comme des serviteurs de l'Homme, — il n'a pas été difficile de croire qu'un seul homme avait pu tout gâter, et qu'un autre homme avait tout sauvé.

Aujourd'hui, nous savons — de certitude physique absolue — que l'Univers astral n'est pas centré sur la Terre, ni la vie terrestre sur l'Humanité. La figure du mouvement qui nous entraîne n'est pas une divergence à partir d'un centre cosmique inférieur, mais plutôt, dans tous les ordres, une lente concentration à partir de nappes d'extrême diffusion; — et même si un centre initial du Monde existait, on ne peut sûrement pas le placer parmi les Humains. — Des milliers de siècles avant qu'un être pensant apparût sur notre Terre, la Vie y fourmillait, avec ses instincts et ses passions, ses douleurs et ses morts. Et parmi les millions de Voies lactées qui s'agitent dans l'espace, il est presque impossible d'imaginer qu'aucune n'ait connu, ou ne doive connaître la vie consciente, — et que le Mal, le même Mal que celui qui gâte la Terre, ne les contamine pas toutes, comme le plus subtil éther.

Le croyant, qui regarde en face ces horizons-là, s'aperçoit qu'il est pris dans un dilemme :

— ou bien il lui faut renouveler, de fond en comble, la représentation historique du péché originel (= désobéissance d'un premier homme);

— ou bien, il lui faut restreindre la Chute et la Rédemption théologiques à une petite portion de l'Univers devenu démesuré. La Bible, saint Paul, le Christ, la Vierge, etc., vaudraient pour la Terre seulement. Toutes les fois que l'Écriture parle de « Monde », il faudrait comprendre « Terre », — et plus spécialement « Humanité », — et plus spécialement encore, qui sait? cette branche particulière de l'Humanité issue d'un individu qui s'appelait Adam.

Je n'ignore pas que certains théologiens thomistes ne reculeront pas devant la deuxième alternative. Ils préféreront une conception restreinte de la Chute et de la Rédemption à la peine et au danger de modifier un édifice historique intimement mêlé à des dogmes greffés sur lui.

Mais je sais aussi que ces hommes-là lâchent le substantiel du Dogme et de la Tradition pour une enveloppe creuse. Ils peuvent maintenir verbalement leurs positions : la vérité n'est plus en eux. L'*esprit* de la Bible et de l'Église est manifeste : *tout* le Monde a été corrompu par la Chute, et *tout* a été racheté. La gloire, la beauté, l'attraction irrésistible du Christ, rayonnent en définitive de son *universelle* royauté. Le Christ s'éteint misérablement, il s'éclipse devant l'Univers, si sa domination est restreinte aux régions sublunaires. « Qui descendit, nisi qui ascendit, ut repleret omnia [1] ? »

L'Église ne peut faire face à la Vérité qu'en universalisant le premier et le deuxième Adams.

I. LE PREMIER ADAM

Je dirai franchement ici ma pensée : universaliser le premier Adam est impossible sans faire éclater son individualité. Même dans les conceptions (dont nous parlerons ci-dessous [2]) d'une Humanité « singularis » aut « unica [3] », nous ne pouvons plus faire dériver tout le Mal d'un seul Hominien. Répétons-le : bien avant l'Homme, sur Terre, il y avait la Mort. Et, dans les profondeurs du ciel, loin de toute influence morale de la Terre, il y a aussi la Mort. — Or saint Paul est

---

1. Ép. IV, 10 : « Qui est descendu, sinon celui qui est monté, pour tout remplir ? » (*N.D.E.*)

2. En niant ici l'historicité d' « Adam », le Père Teilhard ne nie pas pour autant l'essentiel du dogme du péché originel qui est l'universalité du péché en chaque homme et donc la nécessité universelle de la Rédemption. Pour la position actuelle de la théologie sur ces problèmes fort complexes, voir l'ouvrage du Père Charles Baumgartner s.j., *Le Dogme du péché originel*, Desclée et Cie, 1969. (*N.D.E.*)

3. « Singulière » (au sens philosophique du mot) ou « unique ». (*N.D.E.*)

formel « Per peccatum mors [1] ». Le péché (originel) n'explique pas la seule douleur et la seule mortalité humaine. Pour saint Paul, il explique toute souffrance. *Il est la solution générale du problème du Mal* [2].

Puisque, dans l'Univers que nous connaissons aujourd'hui, ni un homme ni l'Humanité entière ne sauraient jouer un rôle omni-corrupteur, il faut, si nous voulons sauver la pensée essentielle de saint Paul, sacrifier ce qui, dans son langage, est l'expression des idées d'un Juif du Ier siècle, — au lieu de vouloir conserver précisément ces représentations caduques au prix de la foi fondamentale de l'apôtre.

— Je ne me donnerai pas le ridicule d'indiquer à l'Église les chemins par où elle doit avancer. Mais lorsque, à mon usage personnel, je sonde les issues possibles, je crois voir un chemin s'ouvrir dans la direction que voici : le péché originel, pris dans sa généralité, n'est pas une maladie spécifiquement terrestre ni liée à la génération humaine. Il symbolise simplement l'inévitable chance du Mal (Necesse est ut eveniant scandala [3]) attachée à l'existence de tout être participé. Partout où naît de l'être in fieri [4], la douleur et la faute apparaissent immédiatement comme son ombre, non seulement par suite de la tendance des créatures au repos et à l'égoïsme, mais aussi (ce qui est plus troublant) comme accompagnement fatal de leur effort de progrès. Le péché originel est l'essentielle réaction du fini à l'acte créateur. Inévitablement, à la faveur de toute création, il se glisse dans l'existence. Il est l'*envers* de toute création. Par le fait même que Dieu crée, il

---

1. « Par le péché la mort. » Rm. v, 12. (*N.D.E.*)
2. Si l'on admet qu'il y ait, où que ce soit, de la douleur sans péché, on va contre la pensée de saint Paul. Pour saint Paul, le péché originel explique tellement la mort, que c'est l'existence même de la mort qui permet de déduire qu'il y ait eu péché. — Je sais bien que les théologiens thomistes n'admettent plus cela, tout en prétendant garder saint Paul avec eux. (*N.D.A.*)
3. Il faut que des scandales arrivent. (*N.D.E.*)
4. En devenir. (*N.D.E.*)

s'engage à lutter contre du mal, et donc, d'une façon ou d'une autre, à racheter. — La Chute proprement humaine n'est que l'actuation (plus ou moins collective et pérenne), dans notre race, de cette « fomes peccati [1] » qui était infuse, bien avant nous, dans tout l'Univers, depuis les zones les plus inférieures de la Matière jusqu'aux sphères angéliques. — Il n'y a pas, à strictement parler, de premier Adam. Sous ce nom est cachée une loi universelle et infrangible de réversion ou de perversion, — la rançon du progrès [2].

II. LE DEUXIÈME ADAM

Le cas du nouvel Adam est entièrement différent. L'Univers nous apparaît comme privé de tout centre de divergence inférieur où l'on pourrait situer le premier Adam. Il peut, et doit, au contraire, être conçu comme convergeant vers un point cosmique de confluence suprême. — En vertu, d'ailleurs, de son universelle et croissante unification, il jouit de la propriété que chacun de ses éléments est en connexion organique avec tous les autres. — Dans ces conditions, rien n'empêche qu'une individualité humaine ait été choisie, et son omni-influence élevée, de telle sorte que de « una inter pares [3] », elle soit devenue « prima super omnes [4] ». De même que, dans les corps vivants, il arrive qu'une cellule, d'abord pareille aux autres, devienne peu à peu prépondérante dans l'organisme, de même l'humanité particulière de Jésus a pu

---

1. « Aliment du péché. » (*N.D.E.*)
2. Dans cette hypothèse, le mal moral est bien lié au mal physique (comme le veut saint Paul), mais en vertu d'une sanction immanente, celui-ci accompagnant nécessairement celle-là. Progrès-création, faute-chute, douleur-Rédemption sont trois termes physiquement inséparables, qui se compensent et se légitiment mutuellement, — et les *trois sont à unir* pour comprendre adéquatement *le sens de la Croix*. (*N.D.A.*)
3. « Une entre ses égales. » (*N.D.E.*)
4. « La première au-dessus de toutes. » (*N.D.E.*)

(au moins au moment de la Résurrection) revêtir, acquérir, une fonction morphologique universelle. — A la différence de ce qui a lieu pour le premier Adam, l'universalité d'action d'un Christ personnel est compréhensible, et éminemment satisfaisante *in se* [1]. Mais il y a une difficulté : c'est de rendre cette action universelle *vraisemblable* à nos esprits en face du Cosmos illimité que l'expérience nous révèle aujourd'hui. — Comment expliquer l'étonnante coïncidence qui, malgré l'immensité de l'éther et de la durée, nous a fait coexister, à quelques années près, sur un même grain de la poussière astrale, avec le Rédempteur? — Et comment imaginer la manifestation, aux autres domaines cosmiques, de cette Rédemption effectuée dans une région imperceptible du temps et de l'espace?

J'avoue qu'en présence de ces problèmes, l'intelligence est fortement tentée de se rejeter dans un géocentrisme mitigé. Pourquoi ne pas admettre que, dans l'Univers sans bornes, la Terre est le seul point de libération spirituelle? — Les profondeurs du firmament ne doivent pas nous décourager. L'esprit naît à la surface de séparation de deux sphères cosmiques, qui sont, en gros, celles des molécules et celle des astres. De même qu'au-dessous de nous, dans notre *corps intérieur*, les corpuscules vont en se multipliant sous l'analyse, par myriades, — de même, au-dessus de nous, dans notre *corps extérieur*, les nébuleuses se pressent par millions : leurs essaims ne font jamais qu'un corps, le nôtre. — Il faut renoncer, sans doute, à l'idée d'un Univers initialement suspendu à un seul Homme; — mais on peut encore croire, peut-être, à un Univers dont toutes les forces conscientes n'auraient d'autre lieu de précipitation, d'autre issue, que le cerveau humain. Et alors le Chef des Humains, le Christ, serait directement placé au pôle psychique de la Création. Il se trouverait immédiatement universalisé.

---

1. En soi. (*N.D.E.*)

Si l'on estime vraiment trop anthropocentrique d'imaginer une Humanité *unique* dans l'Univers, il reste la ressource de la concevoir seulement comme *singulière* (singularis). Parmi tous les centres de conscience réalisés ou réalisables dans le Monde, nous représentons peut-être le plus central, ou le plus bas, ou le plus coupable... Ne savons-nous pas qu'il y a au-dessus de nous (en liaison avec notre monde matériel, quoi qu'en disent les scolastiques lorsqu'ils géométrisent sur la nature des purs esprits), les séries angéliques, dont nous sommes en quelque façon le terme inférieur, le chaînon en liaison directe avec le multiple et l'inconscient? — Les Hommes occupant cette place humble, mais *à part*, on comprendrait que le Rédempteur universel, pour atteindre toutes choses, soit venu s'insérer parmi nous, au plus bas des sphères spirituelles, précisément « ut repleret omnia [1] ».

— Si la Terre est concevable comme « unica [2] » ou tout au moins comme « singularis » in natura rerum [3], notre coexistence temporo-spatiale avec le Christ n'est pas plus étonnante que notre coexistence personnelle avec la Terre et le présent. Le nouvel Adam s'est fait Homme, plutôt qu'autre chose, pour une raison intrinsèque à l'Humanité.

— D'accord. Mais toute la question est de savoir si, pour sauver ce suprême géocentrisme, hospitalier à notre faiblesse, nous ne devons pas résister à la vérité. — L'Humanité qui se déclare seule, ou à part, dans l'Univers, fait penser au philosophe qui prétend ramener tout le Réel à sa propre conscience, au point de dénier aux autres hommes une véritable existence. — Il est exact que *pour équilibrer une seule âme* il faut autant de nébuleuses au fond des cieux que de molécules au cœur de la matière. Mais de même que sur la surface terrestre l'âme humaine n'est pas seule, mais est essentiellement légion, de même il est infiniment vraisemblable que la couche cos-

---

1. « Afin de remplir toutes choses. » Ép. iv, 10. (*N.D.E.*)
2. « Unique. » (*N.D.E.*)
3. « Singulière » dans la nature. (*N.D.E.*)

mique consciente ne se réduit pas à un point singulier (notre Humanité) mais se poursuit, en dehors de la Terre, vers d'autres astres et d'autres temps. — L'Humanité *plus probablement*, n'est ni « unica », ni « singularis » : elle est « une entre mille ». — Comment se fait-il, alors, qu'elle ait été choisie, contre toute probabilité, pour centre de la Rédemption? et comment, à partir d'elle, la Rédemption peut-elle *se propager* d'astre en astre?

La question, pour moi, est encore sans réponse. — L'idée d'une Terre « choisie entre mille » *arbitrairement* pour foyer de la Rédemption me répugne, et d'autre part l'hypothèse d'une Révélation spéciale apprenant, dans quelques millions de siècles, aux habitants du système d'Andromède, que le Verbe s'est incarné sur la Terre, est risible. — Tout ce que j'entrevois, c'est la possibilité d'une Rédemption « à multiples faces », qui s'accomplirait, la même, dans tous les astres, — un peu comme le sacrifice de la Messe se multiplie, le même, en tous lieux et en tous temps. — Mais tous les Mondes ne sont pas simultanés dans le temps! Il y en a eu avant le nôtre. Il y en aura après.... A moins de faire intervenir une relativité du temps, il faudrait admettre que le Christ n'est pas encore incarné dans tel astre à venir?... Que devient le « Christus jam non moritur [1] »? et que devient aussi le rôle unique de la Vierge Marie?

Il est des moments où on désespère presque de dégager les dogmes catholiques du géocentrisme au sein duquel ils ont pris naissance. Et pourtant une chose est plus sûre que tout, dans le credo catholique : c'est qu'il y a un Christ *in quo omnia constant* [2]. Toutes les croyances secondaires devront céder, s'il le faut, devant cet article fondamental. Le Christ est Tout ou rien [*].

[*] *Inédit*, 20 juillet 1920.

---

1. « Le Christ une fois ressuscité des morts ne meurt plus. » Rm. vi, 9. (*N.D.E.*)

2. *En qui tout subsiste.* Co. i, 17. (*N.D.E.*)

NOTE SUR
QUELQUES REPRÉSENTATIONS
HISTORIQUES POSSIBLES
DU PÉCHÉ ORIGINEL

Q UAND on parle de péché originel, il faut soigneusement
distinguer deux choses :
1) Les attributs dogmatiques de la première faute
(nécessité universelle de Rédemption, fomes peccati [1], etc.).

2) Les circonstances extérieures dans lesquelles a été commise cette faute, c'est-à-dire les apparences qu'elle a revêtues,
sa représentation.

Jusqu'ici (en exceptant l'école d'Alexandrie) la représentation du péché originel a été empruntée presque littéralement aux premiers chapitres de la Genèse. Il semble que
nous soyons poussés irrésistiblement, aujourd'hui, vers une
façon nouvelle de nous figurer les événements à la suite
desquels le Mal a fait irruption dans notre Monde. — Le but
de cette *Note* est :

1) de montrer sous l'influence de quelles constatations la
pensée chrétienne est amenée, peu à peu, à abandonner les
anciennes manières d'imaginer le péché originel,

2) d'indiquer quelques directions dans lesquelles les
croyants semblent dès maintenant s'orienter pour trouver au
dogme de la Chute une apparence conciliable avec les données les moins hypothétiques de l'expérience et de l'histoire.

---

1. Aliment du péché. (*N.D.E.*)

I. DIFFICULTÉS DE LA REPRÉSENTATION
TRADITIONNELLE

Il y a une double et grave difficulté pour nous à conserver l'ancienne représentation du péché originel, et cette difficulté peut s'exprimer ainsi : « Plus nous ressuscitons scientifiquement le Passé, moins nous trouvons de place, ni pour Adam, ni pour le Paradis terrestre. »

1) *Pas de place vraisemblable pour Adam.* — Les zoologistes sont à peu près d'accord pour admettre une véritable unité de la race humaine. Mais, qu'on le note bien, ils donnent à cette unité un sens fort différent du monogénisme des théologiens. Aux yeux des naturalistes, l'Humanité est probablement sortie d'un même groupe animal. Mais cette apparition a dû se faire graduellement, par plusieurs issues, et peut-être par plusieurs émissions. Le pédoncule par lequel l'espèce humaine se rattache au tronc commun des vivants doit en effet être assez complexe pour contenir « en puissance » les grandes variétés de types humains que nous connaissons. Or ceci lui suppose une section (une base numérique) assez large, et à contours assez flous. Si on essaie de concentrer dans un seul individu (ou un seul couple) tous les caractères primitifs reconnaissables sur les Hommes de Mauer, Néanderthal, sur les Tasmaniens, Australiens, etc., on arrive à un être extrêmement dés-humanisé, peut-être monstrueux. En tout cas (et sans parler de l'extrême invraisemblance de la réalisation d'un type zoologique sur un individu unique), on obtient par ce procédé un Adam bien mal conformé pour porter en lui les responsabilités totales de notre race.

2) *Encore moins de place, dans nos perspectives historiques, pour le paradis terrestre.* — Le Paradis terrestre ne saurait plus être

compris, aujourd'hui, comme une réserve privilégiée de quelques hectares. Tout se tient trop, on le voit maintenant, physiquement, chimiquement, zoologiquement..., dans l'Univers, pour que l'absence *stable* de mort, de douleur, de mal (même pour une petite fraction des choses) puisse être conçue en dehors d'un *état général* du Monde différent du nôtre. Le Paradis terrestre n'est compréhensible que comme une *manière d'être différente* de l'Univers (ce qui est conforme au sens traditionnel du dogme, qui voit dans l'Éden un « autre Monde »). Or, si loin que nous regardions dans le passé, nous ne voyons rien de semblable à cet état merveilleux. Pas le moindre vestige à l'horizon, pas la moindre cicatrice, indiquant les ruines d'un âge d'or ou notre amputation d'un monde meilleur. A perte de vue, en arrière, dominé par le Mal physique, imprégné de Mal moral (le péché est manifestement « en puissance » prochaine dès l'apparition de la plus faible spontanéité...), le Monde se découvre à nous *en état de péché originel*.

En vérité, l'impossibilité de faire rentrer Adam et le Paradis terrestre (imaginés littéralement) dans nos perspectives scientifiques est telle que je me demande si un seul homme, aujourd'hui, est capable d'accommoder *simultanément* son regard sur le Monde géologique évoqué par la Science, et sur le Monde communément raconté par l'Histoire Sainte. On ne peut conserver les deux représentations qu'en passant alternativement de l'une à l'autre. Leur association jure, elle sonne faux. En les unissant sur un même plan nous sommes sûrement victimes d'une erreur de perspective.

II. NOUVELLES MANIÈRES POSSIBLES D'IMAGINER
LE PÉCHÉ ORIGINEL

Puisqu'il n'y a pas de place, dans l'histoire scientifique du Monde, pour le point de rebroussement du péché originel, puisque tout se passe, dans nos séries *expérimentales*, comme s'il n'y avait ni Adam, ni Éden, c'est que la Chute, en tant qu'événement, est quelque chose d'invérifiable, d' « inexpérimentable ». Les traces du drame initial sont devenues, pour quelque motif, insaisissables à notre analyse du Monde. Ce caractère d' « inexpérimentable » peut tenir à deux raisons complètement opposées :

1) ou bien le péché originel est un événement qui nous échappe parce qu'il est trop petit et trop lointain;

2) ou bien, au contraire, nous ne le distinguons pas parce qu'il est trop grand et trop présent.

A. Les théologiens conservateurs me paraissent surtout chercher dans la première direction une conciliation entre la Bible et la Science : ils minimisent, sur toute la ligne. On atténue, aujourd'hui, le plus possible, les dons préternaturels faits à nos premiers parents. On réduit l'extension des propriétés du Paradis terrestre. On limite les conséquences de la faute, en disant que par « douleur et mort introduites dans le Monde » il faut simplement entendre « douleur et mort de l'Homme » (ce qui est manifestement contraire à l'esprit — sinon à la lettre — de saint Paul, pour qui la Chute est avant tout une solution du Problème du Mal). Cette première manière de résoudre le problème de l' « insaisissabilité » du péché originel est précaire et humiliante : elle échappe à la critique en « lâchant tout »; chose plus grave, elle compromet le contenu même du dogme. Si la période paradisiaque a eu, sur la marche historique du Monde, un si faible retentissement physique, comment lui faire supporter, honnêtement, toute la nouvelle Terre et les nouveaux Cieux !...

C'est dans une direction opposée qu'il convient de chercher la réponse au problème posé. Le péché originel doit échapper à notre vue, non point parce que son exiguïté met celle-ci en défaut, mais parce que son ampleur même la « transcende ».

B. Comment imaginer cette transcendance du péché originel par rapport à notre expérience ? De plusieurs manières dont voici quelques exemples.

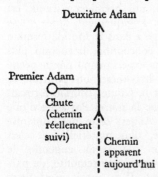

a) Une première explication possible (la plus conservative et la plus « réaliste ») du caractère « inexpérimentable » de la toute première histoire de l'Humanité est de recourir au symbole d'un *aiguillage* nouveau du Monde humain, consécutivement au péché originel. Adam et Ève, dirons-nous dans cette hypothèse, ont commencé leur existence dans une sphère du Monde différente de la nôtre. Par leur Chute ils sont tombés dans une sphère inférieure (la nôtre, actuellement), c'est-à-dire ils ont été im-matérialisés, incarnés, insérés dans la série proprement animale où nous naissons aujourd'hui : ils sont *re-nés*, au-dessous de leur premier état. Arrivés, par suite, sur la route de l'Univers terrestre par une voie *transversale*, ils ont perdu de vue (et nous avec eux) le lieu d'où ils venaient, et le chemin qui les avait fait accéder « parmi les bêtes ». Comme des voyageurs ayant tourné à angle droit au rond-point d'une forêt, nous n'apercevons plus le sentier véritablement suivi par notre race; mais nous voyons fuir indéfiniment, derrière nous, les séries zoologiques parmi lesquelles nous avons été tardivement greffés. Ceci explique bien notre inaptitude à saisir dans le passé le moindre Paradis terrestre. Pour échapper aux difficultés du monogénisme strict, il faudrait ajouter, ou

65

bien que Adam et Ève symbolisent l'origine de l'Humanité, ou bien que leur déchéance les a, en quelque manière, pluralisés (dissociés, pulvérisés) autant que l'exigeait leur insertion naturelle dans une série évolutive animale (de telles séries étant formées par des groupes d'êtres, non par un seul couple d'individus).

b) Le Monde animal, évoluant à part, où seraient tombés, dans cette première explication, nos premiers parents, est quelque peu difficile à concevoir. Logiquement, l'idée d'une « bifurcation » et d'un « aiguillage » dans le Monde humain initial tend à s'achever dans la conception, beaucoup plus franche, d'une *refonte* de l'Univers expérimental par le péché originel. Dans cette deuxième hypothèse, on pourrait se représenter Adam et Ève, avant la Chute, comme formant une Humanité plus spirituelle que la nôtre. Par suite d'une infidélité analogue à celle des Anges, cette pré-humanité serait devenue moins spirituelle, plus matérielle; et c'est précisément cette matérialisation qui aurait engendré le « multiple » douloureux d'où la conscience remonte, de partout, maintenant, si péniblement. Il y aurait ainsi deux phases à considérer dans le cycle total de notre Univers :

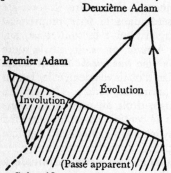

— une phase d'*involution* dans la Matière (éparpillement « descendant », centrifuge, à partir du premier Adam), aboutissant à former la terre actuelle;

— une phase d'*évolution vers* l'Esprit (concentration centripète, dans le deuxième Adam), dirigée vers la réalisation de la nouvelle Terre.

Scientifiquement, nous ne découvrons que les perspectives de la deuxième phase (puisque l'analyse scientifique ne fait que reconstruire le passé *évolutif*) ; et nous prolongeons même indéfiniment ces perspectives, par le jeu de notre analyse, vers un multiple de plus en plus dissocié ; mais jamais aucune de ces séries ne rencontrera ni Adam ni Éden, (puisque Adam et l'Éden font partie d'une autre perspective).

Cette explication de la « refonte » du Monde par la Chute s'accorde particulièrement bien avec une métaphysique de type « idéaliste » (j'entends par là une métaphysique suivant laquelle les êtres non spirituels reçoivent des êtres spirituels la plénitude de leur actuation ontologique). Mais elle n'est pas essentiellement liée à une telle philosophie.

c) Explication par « aiguillage ou par refonte », ces deux modes d'imaginer le péché originel ont l'avantage de conserver la notion d'un acte peccamineux individuel, et même celle d'un premier Adam personnel (encore que cette personnalité ne soit qu'analogue à la nôtre, si on admet, pour éviter les difficultés du monogénisme, que la Chute du premier Homme l'a pluralisé). Le défaut de ces deux figures est de nous jeter dans le fantastique (au moins à première vue : à la réflexion, on observe que ces vues démesurées sur le Passé font simplement pendant aux perspectives, non moins démesurées, de la reconstitution de l'Univers in Christo).

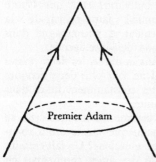

Premier Adam

Pour échapper à ce fantastique, et aussi à ce qui paraît être de l' « esse sine necessitatate[1] », je regarde avec quelque sympathie, vers une troisième explication qui est la suivante : Le péché originel exprime, traduit, personnifie, dans un acte instantané et localisé, la loi pérenne et universelle de faute qui est en l'Humanité *en vertu* de sa situation d'être « in

1. L'Être non nécessaire. *(N.D.E.)*

fieri[1]. » On oserait dire, peut-être, que, l'acte créateur faisant (par définition) remonter l'Être à Dieu des frontières du néant (c'est-à-dire des profondeurs du multiple, c'est-à-dire de quelque matière), toute création entraîne, comme son risque et son ombre, quelque faute, c'est-à-dire se double inévitablement de quelque Rédemption. Le drame de l'Eden dans cette conception, ce serait le drame même de toute l'histoire humaine ramassée en un symbole profondément expressif de la réalité. Adam et Ève, ce sont les images de l'Humanité en marche vers Dieu. La béatitude du Paradis terrestre, c'est le salut constamment offert à tous, mais refusé par beaucoup, et organisé de telle sorte que personne n'arrive en sa possession que par unification de son être en Notre Seigneur (ce qui fait le caractère *surnaturel* de cette unification étant de se réaliser gratuitement autour du Verbe, et non autour d'un centre infra-divin...).

Cette manière de comprendre le péché originel supprime évidemment toute difficulté d'ordre scientifique (la faute se confond avec l'Évolution du Monde). Elle a en revanche l'inconvénient :

— de renoncer à un Adam individuel et à une Chute initiale à moins de considérer comme « faute principale » la crise morale qui vraisemblablement a accompagné dans l'Humanité la première apparition de l'intelligence;

— de confondre, par suite, dans la durée, les deux phases de Chute et de Relèvement, qui ne sont plus deux époques distinctes, mais deux composantes constamment unies dans chaque Homme et dans l'Humanité.

Mais ce que nous regardons comme un inconvénient ne représente-t-il pas seulement la peine que nous avons à abandonner de vieilles et plus faciles imaginations ? Un fait certain, c'est que l'attitude traditionnelle des âmes chrétiennes en face de Dieu est intégralement conservée dans ces perspectives

---

1. En devenir. *(N.D.E.)*

68

en apparence si nouvelles. Elle y trouve même, semble-t-il, son plein épanouissement intellectuel et mystique. Création, Chute, Incarnation, Rédemption, ces grands événements universels cessent de nous apparaître comme des accidents instantanés disséminés au cours du temps (perspective enfantine, qui est un perpétuel scandale pour notre expérience et notre raison) : ils deviennent, tous les quatre, co-extensifs à la durée et à la totalité du Monde; ils sont, en quelque façon, les faces (réellement distinctes mais physiquement liées), d'une même opération divine. L'incarnation du Verbe (en voie de continuelle et universelle consommation) n'est que le dernier terme d'une Création qui se poursuit encore et partout à travers nos imperfections (omnis creatura adhuc ingemiscit et parturit[1]...) La faute par excellence n'est pas à chercher en arrière, commise par une Humanité bégayante : ne serait-elle pas plutôt à prévoir en avant, au jour où l'Humanité, enfin pleinement consciente de ses forces, se divisera en deux camps, pour ou contre Dieu[2] ?

Mais ceci devient de la rêverie. Une considération plus objective en faveur de toutes les solutions, quelles qu'elles soient, qui cherchent à expliquer l' « invisibilité » de la Chute non par sa petitesse, mais par sa grandeur démesurée est celle-ci :

Pour sauver la vue chrétienne du Christ-Rédempteur, il faut, c'est clair, que nous maintenions le péché originel aussi vaste que le Monde (sans cela le Christ, n'ayant sauvé qu'une partie du Monde ne serait pas vraiment le Centre de tout). Or, par les recherches de la Science, le Monde est devenu

---

1. Toute créature est encore dans les gémissements et les douleurs de l'enfantement, d'après Rm. VIII, 22. (N.D.E.)

2. Faut-il rappeler ici la convergence du point de vue du Père Teilhard avec ce que saint Paul nous dit sur la croissance eschatologique du mal dans le monde et sur la révélation de l'homme d'iniquité lors de la venue du Christ (II Thes. II, 3-11). Ce texte permet de dire, comme l'a très bien noté Teilhard, que le grand péché du monde est en avant, et que c'est un péché d'apostasie. (N.D.E.)

immense, dans l'espace et la durée, au-delà de toute conception des Apôtres et des premières générations chrétiennes.

Comment arriverons-nous à faire encore couvrir par le péché originel d'abord, par la figure du Christ ensuite, l'énorme écran de l'Univers qui s'étend toujours plus chaque jour ? Comment maintiendrons-nous la possibilité d'*une faute qui soit aussi cosmique* que la Rédemption ?

Pas autrement qu'en diffusant la Chute dans l'histoire universelle, ou du moins en la plaçant *avant un remaniement,* une refonte, dont l'ordre actuel des choses, dans sa totalité expérimentale, soit la conséquence.

Non seulement pour que les savants aient la paix dans leurs recherches, mais pour que les chrétiens aient le droit d'aimer pleinement un Christ qui ne s'impose pas moins à eux que par toute l'urgence et la plénitude de l'Univers, il faut que nous élargissions tellement nos vues sur le péché originel que nous ne puissions plus situer celui-ci, ni ici, ni là, autour de nous, mais que nous sachions seulement qu'il est partout, aussi mêlé à l'être du Monde que Dieu qui nous crée et le Verbe Incarné qui nous rachète.

N. B. A côté des essais d'explication qui précèdent, on peut citer celui (un peu corrigé) du Père Schmidt, qui consiste à dire ceci : Le Paradis terrestre n'a jamais existé, parce qu'il représente surtout une promesse. Si l'Homme avait été fidèle, l'Univers aurait été orienté sur un état nouveau. C'est la solution de l'aiguillage, avec bifurcation manquée en avant. Cette solution, entre autres inconvénients, a celui de laisser intacte la difficulté du monogénisme. *

* *Inédit* non daté. Antérieur à Pâques 1922[1].

---

1. Sans doute est-ce en raison de cette *note,* destinée à une étude entre théologiens, mais transmise, à Rome, au Préposé général des Jésuites, que le Père Teilhard a dû cesser son enseignement de science à l'Institut Catholique et aller travailler en Chine comme géologue. Cet écrit, nécessairement timide au début du siècle, a été repris en 1947. Cf. p. 219. (*N.D.E.*)

PANTHÉISME
ET CHRISTIANISME

D ANS cette *Note*, je veux chercher à confronter deux grandes puissances religieuses, — les deux seules puissances religieuses, à vrai dire, qui se partagent aujourd'hui le monde de la pensée humaine; le Christianisme et le Panthéisme.

D'habitude, cette confrontation s'établit (quand elle est faite par un chrétien) avec la préoccupation de marquer l'opposition entre les deux doctrines, et de creuser toujours plus profond le fossé qui les sépare.

Ma façon de procéder, dans ces pages, sera exactement contraire. Je me propose de rapprocher ici Panthéisme et Christianisme, en dégageant ce qu'on pourrait appeler l'âme chrétienne du Panthéisme ou la face panthéiste du Christianisme. Ma conviction personnelle est en effet qu'il en est du Panthéisme comme de tant d'autres mots en isme (Évolutionisme, Socialisme, Féminisme, Internationalisme, Modernisme...). Ces termes sont restreints, abusivement, à désigner certaines expressions particulières, maladroites et inacceptables, de tendances qui, prises dans leur ensemble, sont légitimes, et doivent absolument trouver quelque jour une formule que tout le monde reconnaîtra vraie. — Panthéisme est devenu synonyme de Spinozisme, Hégélianisme, Théosophisme, Monisme... Il me semble que cette identification est fausse, injuste et dangereuse. Sous les poussées panthéistes à forme hétérodoxe que je viens d'énumérer, il se cache une

73

réalité psychologique, un besoin intellectuel bien plus vastes et durables que n'importe quel système de pensée hindou, grec ou allemand.

En définitive, mon but précis est celui-ci : je voudrais faire voir que le Panthéisme (au sens courant, restreint, du terme) n'est que l'explicitation défectueuse d'une tendance très justifiée (et du reste parfaitement indéracinable) de l'âme humaine, tendance qui doit trouver dans le Christianisme sa pleine satisfaction.

Cette tendance, dont je vais sommairement retracer les développements historiques (1re partie) avant d'en rechercher la christianisation possible (2e partie), c'est *la préoccupation religieuse du Tout.*

I. HISTORIQUE DE LA TENDANCE PANTHÉISTE

a) La préoccupation du *Tout* a ses racines dans le fond le plus secret de notre être. Par nécessité intellectuelle, — par besoin affectif, — par impression directe, peut-être, de l'Univers, nous sommes essentiellement ramenés, à chaque instant, à la considération du Monde pris dans sa totalité.

Notre intelligence, d'abord, est offusquée par le Multiple, le Plural. En réalité, nous ne comprenons pas le multiple : nous ne pensons les êtres que dans la mesure où ils échappent assez à la pluralité pour devenir susceptibles d'action ou de réaction, d'harmonisation et de groupement. Au regard de la pensée, le Multiple (la Matière) est quelque chose d'illégitime. Le Monde intelligible, le Monde vrai, ne saurait être qu'un Monde unifié. Dès lors les éléments, les parties, les atomes, les monades, ne sont pas intéressants définitivement. Seul est à considérer, finalement, le Tout, en qui seul peut se réaliser l'Unité.

Corrélatif (et en un sens identique) à notre besoin intellectuel d'Unité, nous trouvons, au fond de nous-mêmes, le besoin affectif et volontaire de l'Union. L'Homme n'est pas porté vers l'Un (c'est-à-dire le Tout) par sa seule raison : il y est entraîné par tout son être (notre pensée n'est-elle pas l'acte de tout notre être ?). Nous sommes essentiellement, sur Terre, des séparés, des mutilés (vous vous rappelez *Phèdre*, de Platon). Nous cherchons désespérément notre complétude. Or cette complétude ne peut nous être apportée par les épousailles avec aucun élément du Monde pris isolément. C'est vers Quelque chose de diffusé, de répandu en tout, que nos aspirations s'élancent. Nous n'avons, au fond, qu'une seule passion : celle de nous réunir au Monde, qui nous enveloppe de partout sans que nous arrivions à trouver ni son visage, ni son cœur. L'Homme adorerait-il la Femme s'il ne croyait voir dans les yeux de celle-ci se mirer l'Univers ? L'Homme continue-t-il à aimer la Femme quand il l'a réduite (par sa faute) à n'être plus qu'un pauvre individu fermé ne le menant à aucun prolongement, ni de sa race, ni de son idéal ?...

Nous ne pouvons penser, finalement, que le Tout, et nous ne rêvons, en dernière analyse, que du Tout. Faut-il ajouter que le Tout, parfois, se manifeste directement à nous, — s'impose presque intuitivement à nous ? C'est possible. Quand on lit les témoignages de certains mystiques chrétiens ou païens, ou tout bonnement les confidences de beaucoup d'hommes en apparence très ordinaires, on se demande sérieusement s'il n'y aurait pas, dans notre âme, une sorte de conscience cosmique, plus diffuse que la conscience individuelle, plus intermittente, mais parfaitement caractérisée, — une sorte de sentiment de la présence de tous les êtres à la fois, ces êtres n'étant pas perçus comme multiples et séparés, mais comme faisant partie d'une même unité, au moins à venir... Cette conscience de l'Universel est-elle une réalité ? ou seulement la matérialisation d'une attente, d'un désir? — Aux psychologues de répondre s'ils le peuvent. Le moins qu'on puisse dire, c'est que beaucoup d'hommes ont cru expérimenter la « conscience cosmique », en sorte que, si celle-ci n'est pas une source indépendante par où s'introduit en nous la considération du Tout, elle démontre au moins combien est forte, puissante, en nous, la préoccupation du Tout — puisque nous tendons à objectiver notre rêve.

b) S'il est vrai que les racines de la préoccupation du Tout sont aussi profondément humaines que je viens de le dire, il ne faut pas nous étonner que le courant panthéiste (au sens large) nous apparaisse mêlé aux premières manifestations historiques de la pensée humaine.

Sous sa forme la plus vague, mais la plus native et la plus tenace, nous voyons le sentiment du Tout féconder le génie des poètes. Qu'ils chantent les grands mythes cosmogoniques, ou les grandes guerres, ou les grandes passions, ou la grande nature, les poètes n'ont jamais été vraiment poètes (et ils ne seront jamais tels) que dans la mesure où ils ont frémi à quelque apparition de l'Absolu, de l'Universel se révélant à eux dans l'une ou l'autre des manifestations humaines, infra, — ou supra-humaines, de la puissance génératrice universelle, de Déméter. — On peut dire, je pense, qu'il n'y a pas de poésie profonde, de vrai lyrisme, de sublimité en paroles en art ou en musique, en dehors de l'évocation, du pressentiment, ou de la nostalgie du Tout. — Mais il y a toujours eu des poètes. Toujours donc il y a eu des âmes naturellement panthéistes.

Ce que les poètes de tous les temps ont éprouvé et chanté quand passait sur leur âme la vibration universelle, les philosophes de tous les temps aussi ont cherché à le noter en caractères précis, à le systématiser, — soit parce qu'ils sentaient, eux aussi, le Monde, — soit parce qu'ils voulaient simplement le comprendre. Vous savez aussi bien que moi : et les puissantes tentatives monistes de la plus vieille philosophie grecque, — et les subtiles recherches alexandrines pour

76

établir l'existence du Logos, — et la contemplation stoïcienne de l'Ame du Monde.

Chose notable, mais qui ne saurait surprendre. Qu'il s'agisse d'élans poétiques ou de constructions philosophiques, toujours le panthéisme au sens large dont je m'occupe ici, c'est-à-dire la préoccupation du Tout, nous apparaît comme religieuse, fondamentalement religieuse. Sous l'expérience la plus profane de l'amour (si elle est profonde), sous la construction la plus froidement raisonnée de l'Univers (si elle cherche à embrasser tout le Réel), toujours quelque émotion divine transparaît, et il passe un souffle d'adoration. Comment pourrait-il en être autrement? Le Tout, avec ses attributs d'universalité, d'unité, d'infaillibilité (au moins relatives) ne saurait se découvrir à nous sans que nous y reconnaissions Dieu, ou l'ombre de Dieu. — Et Dieu, de son côté, peut-il se manifester à nous autrement qu'en passant par le Tout, en prenant la figure, ou du moins le vêtement, du Tout?

Poète, philosophe, mystique, on ne peut guère être l'un sans l'autre. Poètes, philosophes, mystiques, le long cortège des initiés à la vision et au culte du Tout marque, dans le flot de l'humanité passée, un sillage central que nous pouvons suivre distinctement depuis nos jours jusqu'aux derniers horizons de l'Histoire. En un sens, on peut donc dire, la préoccupation du Tout est extrêmement ancienne. Elle est de tous les temps. Mais, d'un autre côté, et c'est là ce qu'il importe de bien comprendre, elle semble passer, à notre époque, par une véritable crise d'éveil. Elle est très particulière à notre temps. On peut estimer en effet, et je vais vous montrer rapidement, que le travail (essentiellement moderne) de critique philosophique et d'exploration scientifique qui se poursuit depuis deux ou trois siècles dans tous les domaines du monde, va directement, par une étonnante convergence de tous ses résultats, à magnifier et à solidifier devant nos yeux le bloc de l'Univers.

En philosophie, d'abord, l'analyse rigoureusement poussée des conditions de la connaissance a découvert, avec un surcroît d'urgence, ce qu'avait déjà aperçu la pensée médiévale (arabe et chrétienne), — à savoir que chaque centre de conscience, dans le Monde, ne pouvait connaître le Monde comme il en est capable de fait, qu'en étant coextensif à celui-ci. Loin d'être un atome juxtaposé à d'autres atomes, chaque monade doit être conçue, pour que sa conscience soit explicable, comme un centre partiel de Tout, un point de vue spécial sur le Tout, une actuation particulière du Tout[1]. Mais il faut aller plus loin encore dans la consolidation onto-logique de l'Univers. Le plus extraordinaire, dans le phéno-mène de la connaissance, ce n'est pas que chacun de nous comprenne le Monde. Ce qui est la grande merveille, c'est que les innombrables points de vue que sont les pensées indi-viduelles coïncident en quelque chose; c'est que nous réali-sons tous, intellectuellement, l'Univers suivant un même schème; c'est que nous nous comprenions. Cette compréhen-sion mutuelle, cette harmonie des esprits dans leur pénétration collective du réel, exige une raison d'être qui ne peut se chercher que dans l'existence d'un principe régulateur et unificateur des perceptions individuelles. Il ne suffit donc pas, pour expliquer la réussite de la pensée humaine, que chaque conscience soit coextensive à tout le connaissable. Il faut encore admettre que toutes les consciences prises ensemble, sont dominées, influencées, guidées, par une sorte de Conscience supérieure, qui anime, contrôle, synthétise, les diverses prises de possession isolément réalisées, par chaque monade, de l'Univers. Non seulement chacun de nous est partiellement Tout, mais tous ensemble nous sommes pris, cohérés, dans un groupement unificateur. Il y a un Centre de tous les centres, Centre sans lequel l'édifice entier du Pensé s'éva-nouirait en poussière.

---

1. Teilhard exprime ici de façon concrète dans le langage du « Tout », ce que la philosophie traditionnelle exprime de façon abstraite dans le langage de l'Être. (N.D.E.)

Par des voies plus humbles et plus détournées que la Métaphysique, la Physique (et par ce mot j'entends toutes les Sciences de la Nature) s'est acheminée graduellement ces derniers temps vers des horizons aussi magnifiques. Depuis la Renaissance, tous nos progrès dans la pénétration de la Nature tiennent en effet dans ces quelques mots : Découverte d'une extension et d'une liaison indéfinies de l'Univers, dans l'espace et dans le temps.

Dans l'espace, d'abord, nous avons vu peu à peu se découvrir et s'analyser, sous nos yeux étonnés, le double infini de la grandeur et de la petitesse. Nous sommes pris, vous le savez, en ce moment (c'est-à-dire en attendant de nouvelles découvertes) entre deux termes extrêmes d'éléments matériels : l'électron et la nébuleuse. Or, à l'intérieur de ce large spectre de grandeurs corpusculaires dont rien ne paraît limiter les raies, ni en longueur, ni en nombre, il règne, nous le savons, une solidarité inouïe qui, par les mystérieuses zones de l'éther et de la gravité, relie tout ce qui existe dans un extraordinaire continu d'énergie. Plus le Monde grandit sous nos yeux, plus ses éléments se compénètrent. Tout tient à tout, dans l'ordre de l'énergie mesurable. Et tout se montre aussi tenant à tout dans le domaine plus fuyant, plus complexe, mais non moins physiquement réel des développements organiques et des manifestations expérimentales de l'Ame. — Véritablement, le Monde, au regard de la Science, s'étale démesurément, et simultanément, il fait bloc dans l'espace!

Dans le temps, même phénomène de croissance et de fusion, — et combien plus émouvant encore! — Le grand progrès de la pensée humaine, aux temps modernes, a consisté, indubitablement, à prendre conscience du temps, des perspectives du temps, de l'enchaînement des êtres dans le temps. Il n'y a pas si longtemps, encore, on pouvait passer devant une montagne, un vivant, une langue parlée, un type social, une forme religieuse, sans se demander d'où venaient ces choses, ou du moins sans douter qu'elles eussent toujours existé telles que nous les voyons aujourd'hui. — Maintenant, un renversement définitif s'est opéré dans l'accommodation de notre regard. Toute réalité au monde ayant cessé, pour nous, d'être une production instantanément intercalée, à quelque temps T, parmi les autres réalités du Monde, nous ne voyons plus le commencement de rien. Aucun objet ne nous est plus scientifiquement compréhensible que comme l'aboutissement d'une série illimitée d'états antécédents. L'Histoire envahit et tend à absorber toute la Science. Après les choses vivantes, plus facilement accessibles à ses perquisitions, la voici qui pénètre les corps inorganiques. Il n'est pas un atome, nous le comprenons maintenant, qui, pour être connu à fond ne devrait être suivi toujours plus loin, dans son passé, à travers la série sans fin de ses états antérieurs. — En chaque parcelle du Monde, non seulement tout le monde présent résonne mais tout le Monde passé aboutit en quelque manière.

Ainsi, du travail patient, prosaïque, mais accumulé, des savants de toutes catégories, est sortie spontanément la plus impressionnante manifestation du Tout qu'on pouvait concevoir. Ce que les anciens poètes, philosophes et mystiques avaient pressenti ou découvert, surtout intuitivement, — ce que la philosophie moderne exige, avec plus de rigueur, dans l'ordre métaphysique, — la Science actuelle l'a rendu tangible jusqu'en ses zones inférieures et sensibles. L'Univers, dans sa totalité et son unité, s'impose inéluctablement aujourd'hui à nos préoccupations. A toutes les issues de notre pensée et de notre activité, il est là qui surgit tout entier, pour nous opprimer, nous fasciner, ou nous exalter.

Moralement, les effets d'une pareille « Épiphanie » ne peuvent être qu'énormes. Si positivistes que soient les intentions avec lesquelles on aborde son étude, le Tout, disions-nous, réagit inévitablement suivant un mode religieux sur ceux qui le considèrent. Il était fatal, dès lors, que la révélation plus immédiate et plus grandiose de l'Univers, propre à notre siècle, — tombant sur les tendances mystiques à l'Unité et à l'Union communes à l'Humanité de tous les temps — pro-voquât vers le Monde un élan d'adoration. C'est ce qui est arrivé.

L'adoration du Monde, nous la voyons partout, explicite ou déguisée, autour de nous. On peut dire sans exagération qu'elle domine l'Histoire religieuse moderne. C'est elle qui se cherche une formule dans le foisonnement actuel des néo-bouddhismes, des théosophies, des doctrines spirites. C'est elle, au fond, qui agite confusément les masses vers quelque pro-grès et quelque sur-Humanité. C'est elle, si on parvenait au fond des âmes, qui soutient dans ses recherches le savant le plus incroyant. C'est elle presque à chaque coup, qui recueille les transfuges les plus intéressants des diverses confessions chrétiennes. C'est elle, enfin, on le reconnaît à mille symp-tômes, qui cherche à pénétrer dans les formules de la foi la plus orthodoxe.

Il est clair à tous les yeux, je pense, que la question vitale pour le christianisme, aujourd'hui, est de savoir quelle atti-tude les croyants adopteront vis-à-vis de « la préoccupation du Tout. » Lui ouvriront-ils leur cœur, ou la repousseront-ils comme un esprit mauvais?

Évidemment le cas est perplexe.

D'une part, pour de multiples raisons historiques et psycho-logiques, la Religion du Tout s'est surtout formulée, jusqu'ici, en termes de paganisme et d'antichristianisme. Soit parce que le Dieu chrétien paraissait inutile et lointain, ou même mal-faisant, comparé à la puissante évolution immanente aux Choses, — soit parce que la pensée philosophique croyait trouver sa perfection dans un monisme qui unirait les êtres jusqu'à les confondre, la grande masse des adeptes de la religion du Tout s'est écartée du Christianisme. Et mainte-nant, entre eux et nous, les fidèles de Jésus-Christ, il peut sembler que tout est à jamais fini, « Chaos firmatum est [1] ».

---

1. « Le chaos s'est fortifié. » *(N.D.E.)*

Impossible donc de pactiser immédiatement avec de tels adversaires. Mais, d'autre part, comment les condamner et les répudier sans restriction, « simpliciter », sans nous blesser nous-mêmes profondément? — Est-ce qu'ils n'emporteraient pas avec eux, les panthéistes, si nous les réprouvions et les chassions sans discernement de notre communion, — est-ce qu'ils n'emporteraient pas la part la plus vive de ce Monde que nous prétendons sauver et ramener à Dieu? — La passion du Tout n'est pas libre ni artificielle, ne l'oublions pas. Elle représente la part la plus active (la totalité même, peut-être) de cette mystique naturelle dont la mystique chrétienne ne saurait être que la sublimation et le couronnement. — Indéniable, du reste, est la révélation philosophique et scientifique du Tout. Pour le croyant, aussi bien que pour tout homme qui voit et qui pense, l'Univers se découvre avec une unité organique, une cohérence, une urgence, un éclat qui brûleraient les yeux sous les paupières les mieux closes. Comment le Chrétien pourrait-il vivre coupé de la sève qui alimente le sentiment religieux fondamental de l'Humanité? Comment adorerait-il tranquillement son Père des Cieux, tant que l'enveloppe, comme une immense tentation, l'influence, l'ombre, de l'universelle et mouvante réalité cosmique?

A bien prendre les choses, une seule attitude est permise au Christianisme en face de la montée persistante, et en partie légitime, de la Religion du Tout : faire face directement à la magique grandeur qui se découvre, — la surmonter, la capturer, et se l'assimiler. Puisque la crise religieuse actuelle naît de l'antagonisme entre le Dieu de la révélation surnaturelle d'une part et la grande figure mystérieuse de l'Univers d'autre part, la paix ne s'établira dans notre foi que si nous parvenons à comprendre que Dieu et le Cosmos ne sont pas de véritables ennemis, — qu'il n'y a pas entre eux opposition, — mais qu'une conjonction est possible entre les deux astres dont les attractions divergentes risquent de déchirer nos âmes. Pour convertir et pacifier la terre, aujourd'hui, il faut voir et faire voir aux hommes que c'est Dieu lui-même qui les attire et les atteint à travers le processus unificateur de l'Univers.

Cette tentative est-elle possible? — Certainement. Mais à une condition : c'est que nous comprenions avec tout le réalisme voulu le mystère de l'Incarnation.

II. TRANSPOSITION CHRÉTIENNE DE LA TENDANCE PANTHÉISTE FONDAMENTALE

Aucune chose, dans notre Monde progressif n'est vraiment intelligible tant qu'elle n'est pas terminée. Chacun de nous ne se comprend à peu près bien, n'est-ce pas, que quand sa vie s'achève. — Si donc on veut se faire une juste idée de l'Incarnation ce n'est pas aux débuts de celle-ci (Annonciation, Nativité, Passion même) qu'il faut se placer; mais, autant que possible, à son terme définitif. Nous ne pouvons pas, bien entendu, anticiper l'énorme durée qui nous sépare encore de l'établissement du règne de Dieu : la consommation de ce Règne est pour longtemps encore en dehors de toute imagination distincte. Grâce à l'Écriture, toutefois, représentée surtout par saint Paul, nous savons quel sera en général l'aspect final du Monde restauré en Jésus-Christ. — Essayons de voir s'il n'y aurait pas moyen, en étudiant les traits de cette Terre nouvelle, de découvrir une interprétation commune à l'attente panthéiste et aux espérances chrétiennes.

Le bonheur des élus, nous fait entendre saint Paul, ne doit pas se comprendre comme une jouissance égoïste, solitaire, de Dieu. Le Ciel sera formé au contraire par l'association étroite de tous les élus groupés en un seul corps sous l'influence de leur tête, Jésus-Christ. Si individuel qu'il soit à beaucoup de points de vue, notre salut ne s'achève donc que dans une réussite collective. La Jérusalem céleste, nous dit l'Apocalypse, ne connaît qu'un milieu de connaissance et d'action : la lumière éclairante et unissante émanée de l'Homme-Dieu. « Dans ce temps-là il n'y aura plus besoin de soleil car la lumière sera l'Agneau. » Nous ne serons sauvés, nous ne verrons Dieu que dans la mesure où nous serons un dans le Christ Jésus. L'Incarnation se termine à la construction d'une Église vivante, d'un Corps mystique, d'une totalité consommée, d'un Plérôme, (suivant l'intraduisible expression de saint Paul) voilà un fait, un dogme, sur lequel tous les croyants sont d'accord. Jusqu'ici tout le monde s'entend sur la nature de l'Incarnation.

Là où une divergence sérieuse (raisonnée ou instinctive) se manifeste parmi les théologiens et les fidèles, c'est lorsqu'il s'agit de préciser quelle espèce de lien réunit entre eux les membres du corps mystique de Jésus-Christ, les éléments du Plérôme. Comment faut-il comprendre la consistance de cet organisme mystérieux ? — Est-ce par analogie avec les fortes associations physiques que nous voyons réalisées autour de nous dans le domaine des êtres naturels ? — ou bien est-ce seulement par analogie avec les groupements moraux, artificiels, que nous nouons ou dénouons journellement dans le domaine juridique des relations sociales ? Suivant la réponse qu'ils donnent à cette question, suivant le côté vers lequel ils penchent, les chrétiens orthodoxes se partagent en deux catégories dont l'opposition irréductible se manifeste curieusement sur une foule de terrains divers (dogmatiques, moraux, mystiques), mais nulle part plus vigoureusement que sur la question qui nous préoccupe ici : à savoir, les relations du Christianisme avec les tendances panthéistes de l'âme humaine.

Il ne faut pas le dissimuler. La tendance la plus apparente dans l'enseignement courant de la théologie et de l'ascétique est de prendre le terme « mystique » (dans Corps mystique, union mystique) avec un minimum de sens organique ou physique. — Soit sous l'influence du langage évangélique, où le règne de Dieu est si volontiers annoncé et décrit en termes familiaux ou sociaux, — soit parce que, pour construire une Théologie, il est beaucoup plus simple et moins dangereux de manier des relations juridiques et des liaisons morales (dont on peut définir à volonté le contenu et les limites) que des relations physiques et des connexions organiques (qui échappent largement à nos constructions intellectuelles), l'Église officielle répugne d'ordinaire à accentuer le caractère concret, réalistique, des termes par où l'Écriture définit l'état d'unification de l'Univers consommé. — Tout en maintenant, bien entendu, contre les Protestants, que la sève issue du Christ pour vivifier l'Église, la grâce sanctifiante, n'est pas une simple qualification ou dénomination extérieure à l'âme mais bien une réalité physique, une vie nouvelle et supérieure qui suranime notre vie raisonnable, beaucoup de théoriciens du Catholicisme parlent du Ciel comme si la liaison établie entre le Christ et le chrétien par la justification était d'une sorte de nature infra-physique. Tombant, sans s'en douter, dans la méprise si fréquente, qui consiste à regarder le spirituel comme du matériel atténué (alors qu'il est au contraire du matériel poussé au-delà de lui-même, du sur-matériel), ils font avant tout, du Corps mystique, du Plérôme une vaste association, une grande famille où les individus se tiennent principalement par des liens de convention et d'affection. — Si la vérité des espérances chrétiennes ne pouvait se traduire qu'en termes de cet ordre (termes passablement fades, avouons-le) il faudrait renoncer à christianiser la préoccupation du Tout, la religion du Tout. Pour les chrétiens dont nous venons de schématiser la position intellectuelle, il n'existe en fait, sur Terre comme au Ciel qu'un agrégat conventionnel de parties arbitrairement créables et interchangeables; — ni dans cet Univers présent, ni dans le Monde restauré, il n'y a véritablement de Tout.

Le fidèle du Christ, par bonheur, peut entretenir en lui des vues plus vigoureuses (et plus modernes); et il a le droit de doter l'organisme surnaturel auquel il se croit annexé d'une structure au moins aussi consistante que celle qui se manifeste à nous dans les réalités tangibles du Cosmos naturel. Nous pouvons, sans aucun doute, nous chrétiens (bien plus, nous devons) comprendre l'union mystique des élus dans le Christ comme alliant à la chaude souplesse des relations sociales l'urgence et l'irréversibilité des lois ou attractions physiques et biologiques de l'Univers actuel. Voilà le point précis où je voulais parvenir dans cette conférence.

Quand on s'efforce de comprendre et d'exprimer en termes physiques les liaisons du Corps mystique (du Plérôme) il y a, bien sûr, « pour ne pas faire naufrage dans la foi », une extrémité à éviter. Il ne faudrait pas (comme ont pu le laisser entendre les expressions condamnées de quelques mystiques (Eckhart...), chercher à faire du Christ consommé un être tellement unique que sa subsistance, sa personne, son « je », supplanterait la subsistance, la personnalité, de tous les éléments agrégés à son Corps mystique. Cette conception d'une union hypostatique étendue à tout l'Univers (conception, soit dit en passant, qui est tout simplement le panthéisme de Spinoza), sans être contradictoire ni ridicule en soi, est en opposition avec toutes les perspectives chrétiennes de liberté individuelle et de salut personnel. Mais l'excès de « physicisme » où elle tombe en voulant exprimer l'unification du Monde en Jésus-Christ peut être facilement évité. N'y a-t-il pas en effet, sans recourir au Monisme, bien des moyens de concevoir pour le Plérôme un type d'union « graduée » (« tempérée par l'excès même de sa perfection physique), telle que les élus, sans rien perdre de leur subsistance, de leur personnalité, se trouveraient cependant englobés *physiquement* dans le Tout organique et « naturel » du Christ consommé ? — Considérons les pierres d'une voûte ou les cellules d'un corps vivant tel que le nôtre. Chaque pierre a sa forme particulière, chaque cellule a son activité, et souvent son mouvement, propres; et cependant aucune de ces pierres n'est absolument intelligible dans sa forme, ni ne tient en équilibre dans l'espace, sans la voûte; aucune de ces cellules ne s'explique ni ne vit complètement en dehors du corps tout entier. Chaque pierre est elle-même plus la voûte, — chaque cellule est elle-même plus nous-mêmes. Ces comparaisons pèchent, parce que, à cause de l'imperfection des dominations exercées, — mécaniquement par l'ensemble de la voûte, — biologiquement par l'âme humaine, l'individualité des éléments de pierre ou de protoplasme est, ou bien à peine effleurée, ou bien à demi-étouffée par la « forme » qui les domine. Mais imaginons une influence unifiante si puissante, si parfaite, qu'elle accentuerait d'autant plus la différenciation des éléments assimilés par elle que cette assimilation progresserait davantage (propriété qui parait bien caractéristique de la véritable unification) : Nous arrivons, en suivant cette voie, à une notion du Corps mystique du Christ qui paraît bien, tout à la fois, — et donner pleine satisfaction aux légitimes besoins « panthéistes » de nos esprits et de nos cœurs, — et fournir, soit au dogme, soit à la mystique chrétienne, les seuls espaces où ils puissent se développer librement.

D'abord, pour le chrétien qui adopte, comme il en a le droit, le point de vue des analogies organiques et physiques quand il s'agit d'interpréter le processus de l'Incarnation, rien ne subsiste plus définitivement, au Monde, en dehors de l'influence unificatrice du Christ. Du haut en bas des choses, le Christ est le principe de consistance universelle : « In eo omnia constant [1]. » Pour un tel chrétien, exactement comme pour le philosophe moderne, l'Univers n'a de réalité complète que dans le mouvement qui fait converger ses éléments vers quelques centres de cohésion supérieurs (c'est-à-dire qui le spiritualise) : rien ne tient absolument que par le Tout; et le Tout, lui-même, ne tient que par son achèvement à venir. Mais, à la différence du philosophe libre penseur, le chrétien peut dire qu'il se trouve en relation personnelle, déjà, avec le

---

1. « En lui tout subsiste » Co., I, 17. (*N.D.E.*)

Centre du Monde : pour lui, en effet, ce Centre, c'est le Christ ; — c'est le Christ qui supporte réellement et sans métaphore, l'Univers. Une aussi incroyable fonction cosmique peut dérouter nos imaginations : je ne vois pas comment on pourrait éviter de la reconnaître au Fils de Marie. Le Verbe Incarné ne saurait être centre surnaturel (hyper-physique) de l'Univers s'il ne servait *d'abord* de centre physique, naturel, à celui-ci. Le Christ ne peut sublimer en Dieu la Création qu'en l'élevant progressivement, sous son influence, à travers tous les cercles successifs de la Matière et de l'Esprit. Voilà pourquoi, afin de tout ramener à son Père, il a dû tout épouser, — entrer en contact avec chacune des zones du créé, depuis la plus basse, la plus terrestre, jusqu'à la plus proche des cieux. « Quid est quod ascendit in cœlum, nisi prius quod descendit in ima terrae ut repleret omnia [1]. » — Vers le Christ, dès lors, même par son évolution prétendue la plus naturelle, l'Univers se meut, depuis toujours, intégralement : « Omnis creatura usque adhuc ingemiscit et parturit [2]. » — En vérité quel panthéisme évolutionniste a-t-il jamais parlé du Tout plus splendidement que saint Paul aux premiers chrétiens ?... — On pouvait craindre peut-être que ces perspectives démesurées viennent faire perdre à celui qui s'y absorbe le souvenir des humbles devoirs concrets et des solides vertus évangéliques. Bien au contraire. Lorsqu'on a compris combien physique et urgente est l'omni-influence du

---

1. « Qu'est-ce qui est monté au ciel, sinon ce qui est d'abord descendu au plus profond de la terre pour tout remplir. » Citation approximative de l'épître de saint Paul aux Éphésiens :

« Quod autem ascendit, quid est, nisi quia et descendit primum in inferiores partes terrae? Qui descendit, ipse est et qui ascendit super omnes cœlos, ut impleret omnia » (Eph. 4, 9-10). « Il est monté, qu'est-ce à dire, sinon qu'il est aussi descendu dans les régions inférieures de la terre? Et celui qui est descendu, c'est le même qui est aussi monté au-dessus de tous les cieux, afin de remplir toutes choses. » (*N.D.E.*)

2. « Toute créature est encore dans les gémissements et les douleurs de l'enfantement, d'après Rm. VIII, 22. » (*N.D.E.*)

Christ, il est extraordinaire de constater à quel point chaque détail, dans la vie chrétienne, prend une vigueur étonnante, — un relief que ne peuvent soupçonner ceux qu'effarouche la vue réalistique du mystère de l'Incarnation.

La charité, par exemple (cette attitude nouvelle, tant recommandée par Jésus), elle n'a plus rien de commun avec notre banale philanthropie; mais elle représente l'affinité essentielle qui rapproche les Hommes entre eux, non point dans le domaine superficiel des affections sensibles ou des intérêts terrestres, mais dans l'édification du Plérôme.

La possibilité, et même l'obligation de tout faire pour Dieu (« Quidquid facitis, in nomine Domini nostri Jesu Christi facite [1] »), elles ne sont plus fondées sur la seule vertu d'obéissance, ou la seule valeur morale de l'intention : elles s'expliquent, en définitive, par la merveilleuse grâce communiquée à tout effort humain, si matériel qu'il soit, de concourir efficacement, par son résultat physique, à l'achèvement du Corps du Christ.

Le salut ou la damnation, à leur tour, ce ne sont plus seulement la bénédiction ou la malédiction qui tombent arbitrairement sur l'être, du dehors : ces mots signifient maintenant, chose bien plus redoutable, l'agrégation plénifiante, ou l'arrachement désorganisant, de l'élément au Centre de la cohésion, c'est-à-dire de la béatification, universelle.

L'imitation du Christ, encore, c'est tout autre chose que la conformation extérieure du fidèle à une vie laborieuse, humble, croyante. Devenir « conforme » au Christ, c'est participer par identité partielle, à l'acte fondamental unique posé par le Tout. En réalité, il y a *une seule* humilité au Monde, *une* douceur, *un* sacrifice, *une* passion, *un* ensevelissement, *une* résurrection : ceux du Christ. Tout cela est un en lui, multiple en nous, — commencé et parfait par lui, complété cependant par nous.

---

1. « Tout ce que vous faites, faites-le au nom de Notre Seigneur Jésus-Christ » Col. III, 17. (*N.D.E.*)

Mais la Messe et la Communion surtout, combien profond et universel se découvre leur mystère! Quand le Christ descend sacramentellement dans chacun de ses fidèles, nous le comprenons maintenant, ce n'est pas seulement pour converser avec lui. C'est pour l'annexer un peu plus, physiquement, à Lui et à tous les autres fidèles dans l'unité croissante du Monde. Quand Il dit, par le prêtre : « Hoc est Corpus meum [1] », ces paroles débordent infiniment le morceau de pain sur lequel elles sont prononcées : elles font naître le corps mystique tout entier. Par delà l'Hostie trans-substantiée l'opération sacerdotale s'étend au Cosmos lui-même que graduellement, à travers la suite des siècles, l'Incarnation, jamais achevée, transforme. Il n'y a qu'une seule Messe au Monde, dans tous les temps : la véritable hostie, l'hostie totale, c'est l'Univers que, toujours un peu plus intimement, le Christ pénètre et vivifie. — Depuis la plus lointaine origine des choses jusqu'à leur imprévisible consommation, à travers les agitations sans nombre de l'espace sans limites, la Nature entière subit, lentement et irrésistiblement, la grande Consécration. Une seule chose se fait, au fond, depuis toujours et à jamais, dans la Création : le Corps du Christ.

Il me faudrait multiplier sans fin, les considérations de cet ordre, si je voulais transposer jusqu'au bout devant vous, dans le langage des réalités organiques et physiques, les mystères et la pratique de notre foi. Mais il me semble que c'est assez, pour tout dire, d'avoir prononcé ces mots : « Une seule Chose se fait. »

Une seule Chose se fait.

Qui est-ce qui a parlé ainsi? — Est-ce le Chrétien? Est-ce le Panthéiste?

C'est le Chrétien sans aucun doute, puisque, sous la puissante étreinte du Christ omni-présent, le croyant qui s'exprime comme je viens de faire sait que les âmes ne perdent pas, mais

---

1. « Ceci est mon Corps. » (*N.D.E.*)

conquièrent leur personnalité. Mais c'est un Chrétien qui a
dérobé au Panthéiste le feu avec lequel celui-ci menaçait
d'embraser la Terre d'une ardeur qui n'aurait pas été celle
de Jésus.

Plus heureux dans sa tentative « unitarienne » que le
Panthéiste qui, sous prétexte d'unifier les êtres, les confond,
c'est-à-dire anéantit en fait, par le monisme, le mystère et
la joie de l'Union, le Chrétien qui a compris la fonction universelle exercée par le Dieu incarné est vraiment parvenu à la
position centrale et inexpugnable d'où faire rayonner sa foi
et son espérance du haut de la possession du Monde.

Sa foi, maintenant est rassurée. Quand, devant sa conscience,
l'Univers continuera à grandir (comme il le fait depuis trois
siècles) démesurément, il n'aura plus peur que soient éclipsés
par l'astre nouveau la figure et l'éclat du Dieu révélé qu'il
adore. Comment ces deux majestés s'offusqueraient-elles?
L'une n'est que le sommet, et comme l'âme de l'autre! — Le
Christ est revêtu de la Terre. — Grandisse donc cette Terre,
toujours davantage, pour que le Christ en soit toujours plus
magnifiquement drapé! — Le Christ guide, par le dedans, la
marche universelle du Monde. Progresse donc sans cesse
pour nous faire davantage sentir le Christ, notre conscience
de la liaison et du devenir des choses!

En ce moment, déjà, par chacune de nos actions, nous
participons tous à tout en celui que nous pouvions croire
loin de nous, mais en qui par le fait, « vivimus, movemur et
sumus [1] ». Encore un peu, et, magnifique espérance, la
Création, totalement dominée par le Christ, ira se perdre,
en Lui et par Lui dans l'Unité définitive, où, suivant les
termes mêmes de saint Paul, qui sont la plus nette affirmation
d'un « Panthéisme » chrétien, « ἔσται ὁ Θεὸς πάντα ἐν πᾶσιν [2]». *

* Conférence inédite. Paris 1923.

1. « Nous avons la vie, le mouvement et l'être. » A. A, XVII, 28.
N.D.E.)
2. Dieu sera tout en tous, d'après Co. XV, 28. (N.D.E.)

CHRISTOLOGIE
ET ÉVOLUTION

> Je ne puis voir le Christ que tel que je
> le dépeins ici. Mais je tiens à son intégrité
> plus qu'aux couleurs que je lui donne.
> C'est dans cet esprit que j'écris ces lignes —
> dans l'espoir de le servir.

LE PROBLÈME

LES pages qui suivent ne sont ni complètement neuves dans leur fond, ni surtout définitives dans leur forme. Elles ne cherchent qu'à exprimer, d'une façon mieux centrée, plus rigoureuse donc, mais par suite plus facile à redresser aussi, des vues que j'ai déjà plusieurs fois présentées, notamment dans *le Milieu divin* et *le Sens de la Terre*.

A mon avis, toute la vitalité interne (et par conséquent toute la puissance diffusive) du Christianisme sont actuellement suspendues à la solution toujours différée, du problème suivant, que je vais essayer de poser clairement.

« Que doit devenir notre Christologie pour demeurer elle-même dans un Monde nouveau? »

Le présupposé, universellement admis par tous les Chrétiens, à ce problème, est que notre religion n'est rien autre chose que la perception et la pratique de l'Univers « in Christo Jesu [1] ». L'Univers n'est explicable et viable que « Per Ipsum » et « in Ipso [2] » : en ce point dogmatique se trouvent ramassés l'élan et la joie spécifiques du mouvement d'adoration chrétien.

Mais cette force et cette allégresse, comme tout autre réalité vivante, ont leur contre-partie laborieuse. L'Univers,

---

1. « Dans le Christ Jésus. » (*N.D.E.*)
2. « Par Lui-même », « En Lui-même ». (*N.D.E.*)

nous commençons à en faire l'expérience, n'est pas un cadre fixe sur lequel il suffit d'avoir projeté l'image du Christ pour pouvoir l'admirer sans fin, quiètement. Insensiblement, sous l'action même de ce que nous appelons la vie, l'écran du Monde (à l'inverse de la symbolique « peau de chagrin ») s'étend et se ploie autour de nous. Que nous n'y prenions pas garde et déjà le visage divin se projette en flou sur les choses, ou il n'en couvre qu'une partie, lui qui devrait tout embrasser.

Ma conviction profonde, née de l'expérience d'une vie passée simultanément au cœur de la Gentilité et au cœur de l'Église, est que nous en sommes précisément arrivés à ce point délicat d'un réajustement nécessaire. Et comment pourrait-il en être autrement ? L'expression de notre Christologie est encore exactement la même que celle qui pouvait suffire, il y a trois siècles, à des hommes dont les perspectives cosmiques nous sont devenues physiquement irrespirables. A moins d'admettre une indépendance, psychologiquement impossible, entre la vie religieuse et la vie humaine, cette situation doit, a priori, se traduire en malaise, en déséquilibre. En fait, ce malaise et ce déséquilibre existent. J'en apporte le témoignage — et tout ce qu'on appelle le mouvement moderniste aussi. Il s'agit pour nous, à cette heure, de modifier (précisément pour lui garder sa valeur illuminatrice) la position du foyer chrétien.

Or, en quoi consistera tout à fait exactement cette correction *relative* ?

A mettre d'accord Christologie et Évolution.

La transformation toute récente (et encore en cours) qui a fait passer l'Univers de l'état de réalité statique à l'état de réalité évolutive, a tous les caractères d'un événement profond et définitif. Tout ce qu'on pourrait en dire, pour la critiquer, c'est que nous ne mesurons que très incomplètement encore l'étendue des changements que logiquement entraîne la perception de cette nouvelle dimension cosmique : la Durée.

L'Univers n'est plus seulement interminable spatialement. Il se déroule maintenant sans limites à l'arrière, par toutes ses fibres, au gré d'une Cosmogénèse toujours en marche. Je n'ai pas à analyser ici l'ampleur, ni le progrès irrésistibles de cette nouvelle perspective, qui définit dans sa racine ce qu'on appelle l'« esprit moderne ». Il me suffira de faire observer ceci : présentement, le savoir humain se développe entièrement sous le signe de l'évolution reconnue comme une propriété première du Réel expérimental : si bien que *rien n'entre plus dans nos constructions* que *ce qui satisfait d'abord aux conditions* d'un Univers en voie de transformation. Un Christ dont les traits ne se plieraient pas aux exigences d'un Monde à structure évolutive sera de plus en plus éliminé, sans examen ultérieur (tout comme aujourd'hui, dans les Académies, on met au panier, sans les lire, les mémoires traitant du mouvement perpétuel ou de la quadrature du cercle). Et en revanche pour être pleinement adorable, un Christ doit se présenter comme le sauveur de l'idée et de la réalité de l'Évolution.

Faisons donc l'expérience suivante (mais faisons-la logiquement, jusqu'au bout, ne serait-ce que pour voir ce qui arrivera). Prenons loyalement le Monde, tel qu'il se présente à nous aujourd'hui à la lumière de notre raison : non pas le Monde de quatre mille ans, encerclé dans ses huit ou neuf sphères, *pour lequel a été écrite la Théologie de nos livres,* mais l'Univers que nous voyons émerger organiquement d'un temps et d'un espace illimités. Étalons devant nous cette immensité profonde. Et cherchons à voir comment il faut modifier les contours apparents du Christ pour que sa figure continue maintenant *comme autrefois* à tout envahir, victorieusement. C'est ce nouveau Christ (et non la figure désuète que nous voudrions peut-être garder artificiellement) qui sera réellement l'ancien et le vrai Jésus. A ce signe d'une présence universelle nous le reconnaîtrons.

Suivant trois axes, pourrait-on dire, nous allons tenter ce recouvrement du Monde par le Christ. Rédemption,

Incarnation, Évangélisme, comment faut-il modifier, pour satisfaire les propriétés d'un Monde évolutif, ces trois aspects de la Christologie?

I. RÉDEMPTION

Lorsqu'on cherche à vivre et à penser, de toute son âme moderne, le Christianisme, les premières résistances que l'on rencontre viennent toujours du Péché originel.

Ceci est vrai d'abord du chercheur, pour qui la représentation traditionnelle de la Chute barre décidément la route à tout progrès dans le sens d'une large perspective du Monde. C'est en effet pour sauver la lettre du récit de la Faute qu'on s'acharne à défendre la réalité concrète du premier couple. Or le maintien de cet élément, étranger à l'échelle et au style de nos vues scientifiques présentes, suffit à paralyser ou à déformer toutes les tentatives faites, par un savant croyant, pour donner un tableau satisfaisant de l'Histoire Universelle.

Mais ceci n'est encore, à strictement parler, qu'une difficulté d'ordre intellectuel. Il y a plus grave encore. Non seulement pour le savant chrétien, l'histoire, afin d'accepter Adam et Ève, doit s'étrangler d'une manière irréelle au niveau de l'apparition de l'homme; mais dans un domaine plus immédiatement vivant, celui des croyances, le Péché originel (sous sa figure actuelle) contrarie à chaque instant l'épanouissement naturel de notre religion. Il coupe les ailes de nos espérances. Nous qui nous élançons, à tout moment, vers l'espace des conquêtes optimistes, il nous ramène chaque fois, inexorablement, vers les ombres *dominantes* de la réparation et de l'expiation.

Plus j'observe, moins je puis échapper à cette évidence que le Péché Originel, imaginé sous les traits qu'on lui prête encore aujourd'hui, est le vêtement étroit où étouffent à la fois nos pensées et nos cœurs. Pourquoi cette vertu pernicieuse? Et qui nous en délivrera [1]?

A mon avis, la réponse à cette question est la suivante : Si le dogme du Péché Originel nous ligote et nous anémie, c'est tout simplement parce que, *dans son expression actuelle*, il représente une survivance de vues statiques périmées au sein de notre pensée devenue évolutionniste. L'idée de Chute n'est en effet, au fond, qu'un essai d'explication du Mal dans un Univers fixiste. A ce titre, il est hétérogène au reste de nos représentations du Monde. Voilà pourquoi il nous opprime. Par suite, c'est le problème du Mal, dans ses relations avec le Christ, qu'il nous faut, si nous voulons respirer, reprendre et repenser, dans un style approprié à nos vues cosmiques nouvelles.

Le Péché originel est *une solution statique du problème du Mal.*

Jadis, je me suis fait nier, sans plus d'explications, cette majeure par un censeur théologien. Je ne puis éviter, aujourd'hui encore, de voir qu'elle est vraie.

En droit, d'abord, dans un Univers supposé sorti *tout fait* des mains de Dieu, le désordre ne peut s'expliquer que par une altération *secondaire* du Monde. La corruptibilité des organismes, la dualité chair et esprit, le spectacle des désordres sociaux, sont un pur scandale intellectuel pour le fixiste qui croit en une Création. En soi, ces défauts ne devraient pas exister. D'un autre côté, parce qu'ils entraînent la souffrance, ils évoquent le souvenir des peines dont tout groupement humain sait châtier les perturbateurs de l'ordre établi. De la fusion, toute naturelle, de ces deux éléments a dû

---

1. Pour s'assurer que je n'exagère pas, qu'on prenne la peine de lire l'Encyclique de Pie XI sur le Sacré-Cœur (par exemple la sixième leçon du Bréviaire pour le Dimanche dans l'octave du Sacré-Cœur). Il y a là des phrases qui blessent, au moins autant que le Syllabus, les espérances les plus légitimes de l'âme moderne. On ne convertira jamais le Monde avec cet esprit-là. (*N.D.A.*)

inévitablement sortir l'idée que le Monde fait pénitence pour une faute passée.

Or n'est-ce pas là exactement *en fait* la perspective de la Bible et de l'Épître aux Romains?

« Par le péché, la mort. » On cherche maintenant, pour échapper à des évidences trop manifestes, à atténuer cette formule lumineuse. « Il est vrai, accorde-t-on, la mort a existé pour les animaux avant la Faute. Et même pour l'homme s'il eût été fidèle, elle n'aurait pu être écartée que par une sorte de miracle permanent. » Mais, outre que ces distinctions laissent réapparaître, intact, le problème du Mal, elles contredisent le sens obvie du texte de la Bible. Quand Adam a péché, le Monde, pour saint Paul, n'avait que huit jours, ne l'oublions pas. Rien n'avait donc eu le temps de périr encore au Paradis. C'est la faute qui, dans la pensée de l'Apôtre, a tout gâté pour la totalité de la Création.

En fait, en dépit des distinctions subtiles de la théologie, le Christianisme s'est développé sous l'impression dominante que tout le Mal autour de nous était *né d'une faute initiale.* Dogmatiquement, nous vivons encore dans l'atmosphère d'un Univers où la principale affaire est de réparer et d'expier. Pour le Christ comme pour nous, l'essentiel est de se débarrasser d'une souillure. De là l'importance au moins théorique de l'idée de sacrifice. De là l'interprétation presque uniquement purificatrice du baptême. De là la prééminence dans la Christologie de la notion de Rédemption et de sang répandu. C'est en définitive parce que projeté encore, aujourd'hui comme jadis, sur un Monde statique, dans lequel le Mal suppose une prévarication, que le Christ se manifeste toujours principalement à nous dans les documents ecclésiastiques, par *l'Ombre de sa Croix.*

Or qu'arrivera-t-il maintenant si nous essayons, au moins par artifice intellectuel, de nous transporter, *sans restrictions*, dans la perspective d'un Monde en évolution?

Un changement fondamental, et gros de conséquences

pour la Christologie, se dessine immédiatement dans nos vues. Car sans rien perdre de son acuité ni de ses horreurs, le Mal cesse, dans ce nouveau cadre, d'être un élément incompréhensible, pour devenir *un trait naturel* de la structure du Monde.

Ici, je sais, je commence à me mettre en opposition avec plusieurs de mes plus chers amis intellectuels. Pour des raisons tirées de l'omnipotence divine ou de la nature métaphysique du multiple, ils n'admettront pas ce que je vais dire. Mais je demeure convaincu qu'il y a dans les choses une logique devant laquelle tout doit céder, et que cette logique impose, dans un Univers (ou plus exactement dans une ontologie) de type évolutif, de telles conditions à l'acte créateur, que le mal en découle, à titre d'effet secondaire, *inévitablement.* Créer, jusqu'ici, avait été pris comme une opération divine susceptible de revêtir des formes absolument arbitraires. Dieu, admettions-nous (au moins implicitement) était libre et capable de faire surgir de l'Être participé dans n'importe quel état de perfection et d'association. Il pouvait le placer de plain-pied, à son gré, à un point quelconque entre zéro et l'infini. Ces vues imaginaires me paraissent en désaccord avec les conditions les plus profondes de l'Être telles qu'elles se manifestent dans notre expérience. Et voici la seule position d'équilibre que j'aperçoive pour nos conceptions sur les rapports possibles entre le Monde et Dieu.

Créer, même pour la Toute-Puissance [1], ne doit plus être entendu par nous à la manière d'un acte instantané, mais à la façon d'un processus ou geste de synthèse. L'Acte pur et le « Néant » s'opposent comme l'Unité achevée et le Multiple pur. Ceci veut dire que le Créateur ne saurait, en dépit (ou

---

1. C'est une des faiblesses de la philosophie chrétienne que d'abuser de la toute-puissance divine au point de multiplier sans limites le contingent et l'arbitraire dans l'Univers. Il y a cependant bien des choses que Dieu ne saurait faire de possibilité physique, à commencer par celle-ci : faire qu'une chose passée n'ait jamais existé. (*N.D.A.*)

mieux en vertu) de ses perfections, se communiquer immédiatement à sa créature, mais qu'il doit la rendre capable de le recevoir. Pour pouvoir se donner au Pluriel, Dieu doit l'unifier à sa mesure. Des origines du Monde à Lui, la constitution du Plérôme se traduit donc nécessairement à nos esprits par une progressive marche de l'esprit.

Cette progressive unification du Multiple, en quoi consiste la Création, est-elle aussi complètement *libre* et accessoire à Dieu que nous sommes partiellement forcés de le supposer? et ne correspondrait-elle pas, en outre, à une opération possible *une seule fois* dans l'histoire divine? Il faut aller jusqu'à se poser ces questions si on veut mettre logiquement debout une noble cosmogénèse chrétienne. Mais ce n'est pas ici le lieu d'y répondre. Contentons-nous d'avoir assuré le point suivant : Non seulement en fait, dans notre Univers particulier, mais en droit (pour tout Monde concevable, si vraiment il y en a plusieurs possibles), l'acte créateur s'exprime pour ceux qui en sont l'objet par le passage d'un état de dispersion initiale à un état d'harmonie finale. Cette observation suffit pour perfectionner, en première approximation, l'idée que nous nous faisons de la fonction rédemptrice du Christ : car elle a pour corollaire une transposition profonde de la notion de la chute originelle.

Dans un monde créé tout fait, disions-nous plus haut, un désordre primitif est injustifiable : il faut chercher un coupable. Mais dans un Monde qui émerge peu à peu de la Matière, plus n'est besoin d'imaginer un accident primordial pour expliquer l'apparition du Multiple et de son satellite inévitable : le Mal... Le Multiple? Mais il a, nous venons de le voir, sa place naturelle à la base des choses, puisqu'il représente, aux antipodes de Dieu, les virtualités diffuses de l'Être participé : non pas les débris d'un vase brisé, mais l'argile élémentaire dont tout sera pétri. Le Mal? Mais celui-ci apparaît nécessairement au cours de l'unification du Multiple, puisqu'il est l'expression même d'un état de pluralité incomplètement encore organisée. Sans doute, cet état transitoire d'imperfection se manifestera en détail, dans le Monde en voie de formation, par un certain nombre d'actes coupables dont les tout premiers (les plus décisifs, encore que les moins conscients dans l'histoire humaine) pourront être détachés de la série et catalogués comme une « faute primitive ». Mais la faiblesse originelle, pour la créature, est en réalité la condition radicale qui la fait naître à partir du Multiple, toujours portant dans ses fibres (tant qu'elle n'est pas définitivement spiritualisée) une tendance à retomber vers le bas, dans la poussière.

Le Mal, dans ces conditions, n'est pas un accident imprévu dans l'Univers. Il est un ennemi, une ombre que Dieu suscite inévitablement par le seul fait qu'il se décide à la création [1]. De l'Être nouveau, lancé dans l'existence, et non encore complètement assimilé à l'Unité, c'est une chose dangereuse, douloureuse et fantasque. Créer n'est donc pas une petite affaire pour le Tout-Puissant, une partie de plaisir. C'est une aventure, un risque, une bataille où Il s'engage tout entier. Est-ce que ne commence pas à grandir et à s'éclairer devant nos yeux le mystère de la Croix?

Je le déclare en pleine sincérité. Il m'a toujours été impossible de m'apitoyer sincèrement sur un Crucifix tant que cette souffrance m'a été présentée comme l'expiation d'une faute que, soit parce qu'il n'avait aucun besoin de l'homme, soit parce qu'il pouvait le faire autrement, Dieu aurait pu éviter. « Qu'allait-il faire dans cette galère? »

Mais tout change d'une façon impressionnante sur l'écran d'un monde évolutif tel que nous venons de le tendre. Projetée sur un tel Univers, où la lutte contre le Mal est la condi-

---

1. N'est-ce pas là, précisément, la vérité confusément exprimée dans tous les mythes où se trouvent associées les idées de naissance et de mal ? On peut dire que la modernisation de la Christologie consisterait simplement à éclairer dans les formules théologiques et liturgiques *péché* par *progrès* c'est-à-dire, en somme, fumée par feu. Est-ce si grave? (*N.D.A.*)

tion *sine qua non* de l'existence, la Croix prend une gravité et une beauté nouvelles, celles-là précisément qui peuvent nous séduire le plus. Sans doute, Jésus est toujours Celui qui porte les péchés du monde; le Mal moral se compense mystérieusement par la souffrance. Mais il est, plus essentiellement que cela, Celui qui surmonte structurellement en Lui-même, et pour nous tous, les résistances à l'unification opposées par le Multiple, les résistances à la montée spirituelle inhérente à la Matière. Il est Celui qui porte le poids, inévitable par construction, de toute espèce de création. Il est le symbole et le geste du Progrès. Le sens complet et définitif de la Rédemption, ce n'est *plus seulement* expier : c'est traverser et vaincre [1]. Le mystère plein du Baptême, ce n'est plus de laver, c'est (les Pères grecs l'avaient bien vu) de plonger dans le feu de la lutte purifiante « pour être ». Non plus l'Ombre, mais les ardeurs, de la Croix.

Je mesure distinctement la gravité des changements que ces vues nouvelles introduisent. Je connais, sur le Péché Originel, les canons solennels du Concile de Trente. J'ai conscience de l'infini réseau de formules et d'attitudes par lesquelles s'est glissée dans notre vie chrétienne l'idée que nous sommes les fils coupables d'Adam et d'Ève [2].

Mais je prie ceux qui me liront de réfléchir, impartialement et sereinement à deux choses. La première, c'est que pour toutes sortes de raisons, scientifiques, morales et religieuses, la *figuration* classique de la chute n'est déjà plus pour nous qu'un joug et une affirmation verbale, dont *la lettre* ne nourrit plus nos esprits, ni nos cœurs; elle n'appartient plus, (dans sa

---

1. Étant donné qu'il faut prévoir les simplifications déformatrices qu'on fait subir au texte, nous avons souligné, nous-mêmes, *plus seulement* pour bien montrer que le Père Teilhard ne nie pas la nécessité de l'expiation tout en l'insérant dans un processus plus complexe et plus vaste de montée spirituelle, dépendante elle-même de cette expiation. (*N.D.E.*)

2. Sur la découverte progressive de la vérité et l'évolution des définitions conciliaires, cf. *Vues ardentes*, p. 46-47, Éd. du Seuil. (*N.D.E.*)

représentation matérielle), ni à notre christianisme, ni à notre Univers. La seconde, c'est qu'une transposition de l'ordre de celle que je suggère laisse entièrement subsister, et même sauve, dans son essence, cette réalité précisément et cette urgence dans la Rédemption que les Conciles ont cherché à définir. Il faut et il suffit qu'on dise « feu », là où on a toujours parlé de « fumée [1] ». Les mots sont différents, mais la chose demeure. Et je ne vois pas comment, en face des horizons nouveaux que l'histoire nous découvre, on pourrait préserver cette chose, ni a fortiori la faire triompher, autrement.

II. INCARNATION

Conformer jusqu'au bout l'idée de Rédemption aux exigences de l'Évolution est une tâche ardue encore que libératrice. La figure du Christ sort agrandie et embellie de la tentative, — mais après résistance.

Bien différent est le cas de l'idée d'Incarnation. Suivant l'axe de ce mystère, le visage de Jésus, projeté sur un Univers à structure évolutive, se dilate et s'épanouit sans effort. A l'intérieur de ce cadre organique et mouvant, les traits de l'Homme-Dieu se répandent et s'étalent avec une aisance surprenante. Ils y prennent leurs vraies proportions, comme dans leurs espace naturel.

Pour saisir la raison de cette affinité et de ce succès, il faut se souvenir que, dans un Monde évolutif *bien compris* (c'est-à-dire dans lequel la consistance et la position d'équilibre des éléments sont placés du côté, non de la Matière, mais de l'Esprit), la propriété fondamentale de la masse cosmique est

---

1. La Rédemption, en nous purifiant, nous rend aptes à aimer et le Père Teilhard pense qu'il est temps de fixer davantage le feu de l'amour que la fumée de nos pensées. (*N.D.E.*)

de se ramasser sur elle-même, au sein d'une conscience toujours croissante, sous un effet d'attraction ou de synthèse. En dépit de l'apparition, si impressionnante pour la Physique, des phénomènes secondaires de dispersion progressive (telle l'entropie), il n'y a qu'une Évolution réelle (parce que seule positive et créatrice), *l'Évolution de convergence*. Je ne reviendrai pas sur la discussion de ce point que j'ai déjà plusieurs fois traité ailleurs. Mais j'en recueillerai la conséquence, si importante pour l'Incarnation, qui est la suivante : indépendamment de toute préoccupation religieuse, nous nous trouvons amenés, par le jeu même de la pensée et de l'expérience, à assumer l'existence, dans l'Univers, d'un centre de confluence universelle. Il doit y avoir, par construction, dans le cosmos (pour que celui-ci tienne et marche), un lieu privilégié où, comme en un carrefour universel, tout se voie, tout se sente, tout se commande, tout s'anime, *tout se touche*. N'est-ce pas là une merveilleuse position pour placer (ou mieux reconnaître) Jésus ?

Supposé établi, par son Incarnation, en ce point singulier cosmique de toute convergence, le Christ devient d'abord immédiatement coextensif à l'énormité spatiale. Aucun danger désormais que sa personnalité ou sa royauté ne s'évanouissent, noyées dans un Univers trop vaste. Qu'importent pour notre foi et notre espérance les affolantes immensités du ciel, si les êtres sans nombre qui remplissent les sphères idéales baignent tous, par leur centre, dans une infinité commune ?

Ainsi placé, encore, le Christ se trouve, avec la même aisance, en équilibre avec l'abîme temporel où plongent les racines de l'espace. On pouvait penser que sa frêle humanité allait s'y perdre, entraînant nos croyances avec elle. Mais que mesurent, au vrai, les apparences historiques d'une vie dans un Univers où l'existence de la moindre monade se découvre liée et synchrone à l'évolution entière des choses ? Que le Christ ait émergé dans le champ des expériences humaines un instant seulement, il y a deux mille ans, ceci ne saurait l'empêcher d'être l'axe et le sommet d'une maturation universelle.

Ainsi placé, enfin, le Christ, tout « surnaturel » que soit finalement son domaine, irradie son influence de proche en proche, dans la masse entière de la nature. Puisqu'il n'y a concrètement qu'un seul processus de synthèse en cours, *du haut en bas* de l'Univers, aucun élément, ni aucun mouvement ne sauraient exister, à aucun degré du Monde, hors de l'action « informatrice » du Centre principal des choses. Déjà coextensif à l'espace, déjà coextensif à la durée, le Christ se trouve encore automatiquement de par sa position au point central du Monde, coextensif à l'échelle des valeurs qui s'espacent entre les sommets de l'Esprit et les profondeurs de la Matière.

Voici donc que, sur l'écran de l'Évolution, Jésus revêt exactement, physiquement, « sans glose », les propriétés les plus déconcertantes que lui prodigue saint Paul. Il est le Premier et Il est la Tête. En Lui tout a été lancé, et tout se tient, et tout se consomme. On pouvait craindre, encore un coup, qu'en élargissant hors de toute mesure les limites du Monde la Science vînt rendre de plus en plus impossible la croyance littérale à ces éloges magnifiques. Et voici, juste au contraire, qu'elle leur ménage une vérification parfaite, presque trop belle pour que nous osions y croire. Plus l'Univers grandit, à nos yeux, plus il se découvre préparé pour l'Unité. Non, « ni la hauteur, ni la largeur, ni la profondeur » ne risquent de nous séparer à jamais de l'adoration de Jésus... pourvu que nous nous fiions à elles jusqu'au bout.

Sans être injuste pour les Pères latins, ne pourrait-on pas leur reprocher d'avoir exagérément développé le côté rabbinique et chicanier de saint Paul dans leur Théologie ? Sous leur influence, l'histoire chrétienne du monde a pris les airs d'un procès entre Dieu et sa créature. Oublieuse d'une plus noble tradition, notre cosmologie tendait à se réduire à un débat de propriété, humiliante et décourageante perspective.

Il est temps, sous la pression des faits, de revenir à une forme plus physiciste, plus organique de la Christologie. Un Christ qui ne soit pas seulement le Maître du Monde parce qu'Il a été *déclaré* tel, mais parce que, de haut en bas, il anime toutes choses; un Christ qui ne domine pas seulement l'histoire du ciel et de la terre parce qu'on les lui a *donnés*, mais parce que sa gestation, sa naissance et sa graduelle consommation représentent physiquement la seule réalité définitive où s'exprime l'évolution du Monde : voilà le seul Dieu que nous puissions désormais sincèrement adorer. Et c'est celui-là précisément que nous suggère la face nouvelle prise par l'Univers.

En vérité, on pourra bien dire que l'Évolution nous a gardé notre Dieu, si, par elle, notre religion se trouve forcée à la reconnaissance et comme à l'éclosion du Christ Universel. Mais en revanche, et plus vraiment encore, il faudra ajouter que le Christ Universel sera apparu juste à temps pour protéger d'elle-même l'idée d'Évolution.

Au point où sont arrivés ses efforts de construction scientifique et sociale du Monde, l'Humanité hésite. L'analyse a poussé jusqu'à l'extrême l'étude du présent et du passé de la Terre. Il s'agirait maintenant, en conformité avec les courants cosmiques décelés par l'Histoire, de faire face à l'avenir, c'est-à-dire, après l'avoir reconnue, de pousser plus avant l'Évolution. *Tout l'Esprit de la terre se coalisant pour un surcroît d'unité pensante :* voilà l'issue ouverte devant nous.

Or, devant l'évidence de ce geste à faire, nous discutons, nous tergiversons. Et pourquoi? Simplement parce que nous n'arrivons pas à croire à la vérité complète de notre découverte. Il faudrait logiquement admettre que, si le Monde marche vers le spirituel, il doit y avoir un sommet conscient à l'Univers. Nous ne nous décidons pas à faire le pas de cette acceptation. Il devient clair qu'une impulsion d'ordre réel doit venir nous aider à franchir ce point mort. Pourquoi l'ébranlement ne serait-il pas donné au Monde par les chrétiens, eux qui vivent dans le sentiment habituel qu'il y a, par-delà toutes les apparences, un centre universel d'action réfléchie ? L'Église, et c'est peut-être là l'indice le plus reconnaissable de sa vérité immortelle, est seule en ce moment à protéger efficacement l'idée et l'expérience d'un *Divin Personnel*. Qu'attendons-nous pour faire régner intrinsèquement cette foi sur le domaine des constructions naturelles de l'Esprit ?

Si le Christ triomphe un jour, comme nous l'espérons, sur le Monde moderne, nous le devrons au fait que, soit par son existence (seule capable de nous déceler historiquement le Centre cosmique requis par la théorie générale de l'Univers), soit, comme il nous reste à dire, par son Évangile (seul capable de nous transformer en bons serviteurs du Monde en marche), il sera comme le Sauveur de l'Évolution.

III. ÉVANGÉLISME

« On nous a trop parlé d'agneaux. J'aimerais à voir un peu sortir les lions. » Trop de douceur et pas assez de force. Ainsi résumerais-je symboliquement mes impressions et ma thèse, en abordant la question du réajustement au Monde moderne de la doctrine évangélique.

Cette question est vitale. Le plus grand nombre de nos contemporains ne se soucient pas distinctement du sens à donner aux mystères de l'Incarnation et de la Rédemption. Mais tous réagissent vivement aux harmonies et aux désaccords intérieurs qui en résultent pour eux dans le domaine de la morale et de la mystique. Nous nous plaisons souvent à penser, nous autres chrétiens, que si tant de Gentils demeurent éloignés de la Foi, c'est parce que l'idéal que nous leur prêchons est trop parfait et trop difficile. Ceci est une illusion. Une noble difficulté a toujours fasciné les âmes. La vérité sur l'Évangile actuel c'est qu'il n'attire plus ou presque plus, parce qu'il est devenu *incompréhensible*. Dans un Monde qui s'est terriblement modifié, on nous redit les mêmes mots qui ont été trouvés par nos pères. A priori, on pourrait jurer que ces expressions anciennes ne peuvent plus nous satisfaire[1]. En fait, les meilleurs des incroyants que je connais penseraient déchoir de leur idéal moral s'ils faisaient le geste de se convertir. Ce sont eux qui me l'ont dit.

Ici encore il convient, pour rester fidèles à l'Évangile, de conformer son code spirituel à la figure nouvelle de l'Univers. L'Univers a désormais pris, pour notre expérience, une dimension de plus. Il a cessé d'être le jardin tout planté d'où une fantaisie du Créateur, pour un temps, nous exile. Il est devenu la grande œuvre en voie de réalisation qu'il s'agit de sauver en nous sauvant. Nous nous découvrons les éléments atomiquement responsables d'une cosmogénèse. Que deviennent, transportées dans cet espace nouveau, les directives morales chrétiennes ? Comment doivent-elles se courber pour demeurer elles-mêmes ?

D'un mot nous pouvons répondre : « En devenant, pour Dieu, les supports de l'Évolution. » Jusqu'ici le chrétien était élevé dans l'impression que pour atteindre Dieu, il devait tout lâcher. Maintenant il découvre qu'il ne saurait se sauver qu'au travers et en prolongement de l'Univers. L'évangélisme, à un moment donné, a pu se résumer dans la formule de l'Épître : « Religio munda haec est : visitare pupillos et viduas, et immaculatum se custodire ab hoc saeculo[2]. » Cette époque est définitivement passée. Ou plutôt les paroles de saint Jacques sont à interpréter avec les profondeurs morales que leur donnent pour nous des horizons nouveaux.

---

1. Si on n'en saisit pas le sens dans les dimensions actuelles du monde. (*N.D.E.*)

2. « La religion, dans sa pureté, la voici : visiter les orphelins et les veuves, et se garder de toute souillure venant de ce monde. » Teilhard a abrégé le texte de l'épître de saint Jacques (1,27). (*N.D.E.*)

Adorer, autrefois, c'était préférer Dieu aux choses, en les lui référant et en les lui sacrifiant. Adorer, maintenant, cela devient se vouer corps et âme à l'acte créateur, en s'associant à lui pour achever le Monde par l'effort et la recherche.

Aimer le prochain, autrefois, c'était ne pas lui faire de tort et panser ses blessures. La charité, désormais, sans cesser d'être compatissante, se consommera dans la vie donnée pour l'avance commune.

Être pur, autrefois, c'était principalement s'abstenir, se garder des taches. La chasteté, demain, s'appellera surtout sublimation des puissances de la chair et de toute passion.

Être détaché, autrefois, c'était ne s'intéresser aux choses, et n'en prendre, que le moins possible. Être détaché, ce sera, de plus en plus, dépasser successivement toute vérité et toute beauté par la force justement de l'amour qu'on leur porte.

Être résigné, autrefois, cela pouvait signifier acceptation passive des conditions présentes de l'Univers. Être résigné maintenant ne sera plus permis qu'au lutteur défaillant entre les bras de l'Ange.

Il semblait, jadis, n'y avoir que deux attitudes géométriquement possibles pour l'homme : aimer le Ciel ou aimer la Terre. Voici que, dans l'espace nouveau, une troisième voie se découvre : aller au Ciel *à travers* la Terre. Il y a une Communion (la vraie) à Dieu par le Monde. Et s'y livrer n'est pas faire le geste impossible de servir deux Maîtres.

Un tel Christianisme est encore, réellement, le vrai Évangélisme, puisqu'il représente la même force appliquée à soulever l'Humanité au-dessus du Tangible, dans un amour commun.

Mais, en même temps, cet Évangélisme n'a plus aucune odeur de l'opium qu'on nous reproche si amèrement (et avec un certain droit) de verser aux foules.

Il n'est même plus, simplement, l'huile adoucissante répandue sur les plaies et dans les rouages souffrants de l'Humanité.

Il se présente au vrai, comme l'animateur de l'action

humaine, à laquelle il apporte l'idéal précis d'une figure divine, historiquement entrevue, en laquelle se concentrent et se sauvent les précieuses essences de l'Univers.

Il répond exactement aux doutes et aux aspirations d'un âge brusquement éveillé à la conscience de son Avenir.

Lui, Lui seul, autant que nous pouvons juger, se révèle capable de justifier et d'entretenir au Monde le goût fondamental de la Vie.

Il est la religion même de l'Évolution.

CONCLUSION

Il y a quelques années, m'entretenant avec un vieux missionnaire, légèrement illuminé, mais regardé par tous comme un saint, je l'entendis prononcer les paroles surprenantes : « L'histoire établit qu'aucune religion n'a pu se maintenir au monde plus de deux mille ans. Passé ce temps, elles meurent toutes. Or, pour le christianisme, il va y avoir deux mille ans... » Le prophète voulait insinuer par ces mots que la fin du Monde était proche. Mais moi j'y entendis quelque chose de plus grave.

Oui, deux mille ans, plus ou moins, c'est une longue étape pour l'homme, surtout s'il vient, comme de nos jours, s'y ajouter le point critique d'un « changement d'âge ». Après vingt siècles, tant de perspectives se trouvent modifiées qu'il nous faut, religieusement, faire peau neuve. Les formules se sont rétrécies et durcies : elles nous gênent et elles ont cessé de nous émouvoir. Pour continuer à vivre, il faut muer.

Chrétien, je n'ai pas le droit de penser que, en cette période de transition où nous touchons, le Christianisme puisse disparaître, comme c'est arrivé à d'autres religions. Je le crois immortel. Mais cette immortalité de notre foi ne la dispense pas de subir, en les surmontant, les lois générales de périodicité qui dominent toute vie. Présentement, je reconnais donc que le Christianisme atteint (exactement comme l'Humanité qu'il recouvre) la limite d'un des cycles naturels de son existence.

A force de répéter et de développer abstraitement l'expression de nos dogmes, nous sommes en train de nous perdre dans des nuées où ne pénètrent plus ni les bruits ni les aspirations ni la sève de la Terre. Religieusement, nous vivons, par rapport au Monde, dans un double extrinsécisme, intellectuel et sentimental. Ceci est une indication que les temps sont proches d'une rénovation. Après bientôt deux mille ans, il faut que le Christ renaisse, qu'il se réincarne dans un Monde devenu trop différent de celui dans lequel il a vécu. Jésus ne saurait reparaître tangiblement parmi nous. Mais il peut manifester à nos esprits un aspect triomphal et nouveau de sa figure ancienne.

Le Messie que nous attendons, tous indubitablement, je crois que c'est le Christ Universel, c'est-à-dire le Christ de l'Évolution. *

* *Inédit* [1]. Tien-Tsin, Noël 1933.

1. Un exemplaire de cet écrit nous a été remis, portant la mention manuscrite « *Revu et corrigé* » suivi de la signature : *Teilhard*. Nous avons publié d'après cet exemplaire. (*N.D.E.*)

COMMENT JE CROIS

ŒUVRE QUE, PAR SOUCI APOSTOLIQUE,
MGR BRUNO DE SOLAGES AVAIT SOLLICITÉE
DU PÈRE TEILHARD

Je crois que l'Univers est une Évolution
Je crois que l'Évolution va vers l'Esprit
Je crois que l'Esprit [1] s'achève en du Personnel.
Je crois que le Personnel suprême est le Christ-Universel.

C OMME toute autre connaissance humaine, la Psychologie
religieuse se construit sur des expériences. Elle a besoin
de faits. Et puisque, en l'occurrence, les faits n'apparaissent qu'au plus profond des consciences, elle attend, pour
se développer, des « confessions » individuelles.

C'est purement à ce titre documentaire que j'ai essayé de
fixer, dans les pages qui suivent, les raisons, les nuances et
aussi les limites ou les difficultés de ma foi chrétienne. Je ne
m'estime nullement meilleur ou plus important qu'un autre.
Simplement il se trouve, pour une série de raisons acciden-
telles que mon cas est significatif, et à ce titre, qu'il mérite
d'être enregistré.

L'originalité de ma croyance est qu'elle a ses racines dans
deux domaines de vie habituellement considérés comme
antagonistes. Par éducation et par formation intellectuelle,
j'appartiens aux « enfants du Ciel ». Mais par tempérament et
par études professionnelles je suis « un enfant de la Terre ».
Placé ainsi par la vie au cœur de deux mondes dont je connais,
par une expérience familière, la théorie, la langue, les senti-
ments, je n'ai dressé aucune cloison intérieure. Mais j'ai laissé
réagir en pleine liberté l'une sur l'autre, au fond de moi-

---

1. « Aujourd'hui, je dirais : « ... Je crois que l'Esprit, *dans l'Homme*,
s'achève en Personnel. » Note placée, en 1950, par le Père Teilhard, dans
Le Cœur de la Matière.

même, deux influences apparemment contraires. Or, au terme de cette opération, après trente ans consacrés à la poursuite de l'unité intérieure, j'ai l'impression qu'une synthèse s'est opérée naturellement entre les deux courants qui me sollicitent. Ceci n'a pas tué mais renforcé cela. Aujourd'hui je crois probablement mieux que jamais en Dieu, — et certainement plus que jamais au Monde. N'y a-t-il pas là, à une échelle individuelle, la solution particulière, au moins ébauchée, du grand problème spirituel auquel se heurte, à l'heure présente, le front marchant de l'humanité ?

A tout hasard, je vais jeter au vent la graine. Ces pages, je le répète, ne prétendent, en aucune manière, fixer la théorie d'une apologétique générale. Elles se bornent à raconter, autant que je les comprends, les développements d'une expérience personnelle. A ce titre, elles ne satisferont pas tout le monde. A tel de mes lecteurs, telle de mes évidences paraîtra contestable, et l'enchaînement des termes s'en trouvera rompu.

Il reste que sous des expressions de formes infiniment variées, il ne saurait finalement y avoir qu'un axe psychologique de progression spirituelle vers Dieu. Même exprimées en termes tout à fait subjectifs, beaucoup des choses que je vais dire ont nécessairement leurs équivalents dans des tempéraments différents du mien, — et, par sympathie, elles doivent les faire résonner. L'Homme est essentiellement le même en tous ; et il suffit de descendre assez profondément en soi-même pour trouver un fond commun d'aspirations et de lumière. Pour employer une formule où passe déjà mon thème fondamental : « C'est par ce que nous avons de plus incommunicablement personnel que nous touchons à l'Universel. »

INTRODUCTION : L'ÉVOLUTION DE LA FOI

Sur le plan strictement psychologique où veulent demeurer ces pages, j'entends par « foi » toute adhésion de notre intelligence à une perspective générale de l'Univers. On peut chercher à définir cette adhésion par certains aspects de liberté (« option ») ou d'affectivité (« attrait ») qui l'accompagnent. Ces traits me paraissent dérivés ou secondaires. La note essentielle de l'acte de foi psychologique, c'est à mon avis de percevoir comme possible, et d'accepter comme plus probable, une conclusion qui, par l'ampleur spatiale ou par éloignement temporel, déborde toutes prémisses analytiques. *Croire c'est opérer une synthèse intellectuelle.*

Ceci posé, il me semble que la condition première imposée par notre expérience à tout objet, pour être *réel*, consiste pour cet objet, non à rester toujours identique à lui-même, ou au contraire à changer sans cesse, — mais à croître en gardant certaines dimensions propres qui le font *continuellement homogène à lui-même.* Autour de nous, toute vie naît d'une autre vie, ou d'une « prévie », toute liberté d'une autre liberté, ou d'une « pré-liberté ». Pareillement, dirai-je, dans le domaine des croyances, *toute foi naît d'une foi.* Cette génération, sans doute, n'exclut pas le raisonnement. De même que la liberté se manifeste dans la Nature en captant et échafaudant des déterminismes, ainsi la foi progresse dans nos esprits en tissant autour d'elle un réseau cohérent de pensées et d'action. Mais ce réseau ne monte et ne tient finalement que sous l'influence organisatrice de la foi initiale. Ainsi l'exige, transporté en psychologie religieuse, le principe d'homogénéité qui domine les transformations synthétiques de la Nature.

Croire, c'est développer un acte de synthèse dont l'origine première est insaisissable.

De cette double proposition il suit que, pour me démontrer à moi-même ma foi chrétienne, je ne saurais avoir (et je n'ai en fait jamais trouvé) d'autre méthode que de vérifier en moi la légitimité d'une évolution psychologique. Dans un premier temps, je sens le besoin de descendre, degré par degré, à des croyances toujours plus élémentaires, jusqu'à une certaine intuition fondamentale au-dessous de laquelle je ne discerne plus rien. Dans un second temps, je cherche à remonter la série naturelle (j'allais dire le « phylum ») de mes actes de foi successifs dans la direction d'une perspective d'ensemble qui finalement se trouve coïncider avec le christianisme. — Vérifier d'abord la solidité d'une foi initiale inévitable. Vérifier ensuite la continuité organique des stades successifs traversés par les accroissements de cette foi. Je ne connais pas d'autre apologétique pour moi-même. Et je ne saurais par suite en suggérer aucune autre à ceux pour qui je désire le suprême bonheur de se trouver un jour face à face avec un Univers unifié.

PREMIÈRE PARTIE

LES ÉTAPES INDIVIDUELLES DE MA FOI

1. *La Foi au Monde.*

Si par suite de quelque renversement intérieur, je venais à perdre successivement ma foi au Christ, ma foi en un Dieu personnel, ma foi en l'Esprit, il me semble que je continuerais invinciblement à *croire au Monde*. Le Monde (la valeur, l'infaillibilité et la bonté du Monde), telle est en dernière analyse la première, la dernière et la seule chose en laquelle je crois. C'est par cette foi que je vis. Et c'est à cette foi, je le sens que, au moment de mourir, par-dessus tous les doutes, je m'abandonnerai.

Comment décrire, et comment justifier, cette adhésion fondamentale?

Sous sa forme la plus enveloppée, la foi au Monde, telle que je l'expérimente, se manifeste par un sens particulièrement éveillé des interdépendances universelles. Une certaine philosophie du Continu a voulu opposer le morcellement intellectuel du Monde aux progrès de la Mystique. Les choses, en moi, se passent différemment. Plus on est fidèle aux invitations analytiques de la pensée et de la science contemporaines, plus on se sent emprisonné dans le réseau des liaisons cosmiques. Par la critique de la Connaissance, le sujet se trouve identifié toujours davantage avec les plus lointains domaines d'un Univers qu'il ne saurait percevoir qu'en étant partiellement un même corps avec lui. Par la Biologie (descriptive, historique, expérimentale), le vivant est mis de plus en plus en série avec la trame entière de la Biosphère. Par la Physique, une homogénéité et une solidarité sans limite se découvrent dans les nappes de la Matière. « Tout tient à tout. » Sous cette expression élémentaire, la foi au Monde ne diffère pas sensiblement de l'acquiescement à une vérité scientifique. Elle se manifeste par une certaine prédilection à approfondir un fait (l'interliaison universelle) dont personne ne doute; par une certaine tendance à donner à ce fait la priorité sur les autres résultats de l'expérience. Et c'est, me semble-t-il, sous l'influence combinée de cette séduction et de cette « emphase» que se fait, dans la naissance de ma foi, le pas décisif. Pour tout homme qui pense, l'Univers forme un système interminablement lié dans le temps et dans l'espace. De l'avis commun, il forme un *bloc*. Pour moi, ce terme n'est qu'une ébauche instable d'idée, et il s'achève inévitablement dans une expression plus décisive; le Monde constitue un *Tout*. — D'un concept à l'autre la transition est-elle légitime? et sous quelle forme de perception s'opère-t-elle?

Il est essentiel de le noter. A cet état naissant, l'idée de Tout demeure très vague en moi, et en apparence indéterminée.

S'agit-il d'une totalité statique ou dynamique : — matérielle ou spirituelle? — progressive dans son mouvement, ou périodique et circulaire? Je ne m'en occupe pas encore. Simplement, par-dessus l'ensemble lié des êtres et des phénomènes, j'entrevois, ou je pressens, une Réalité globale dont la condition est d'être plus nécessaire, plus consistante, plus riche, plus assurée dans ses voies, qu'aucune des choses particulières qu'elle enveloppe. A mes yeux, autrement dit, il n'y a plus de « choses », dans le Monde : il y a seulement des « éléments ».

D' « ensemble » à « Tout », de « choses » à « éléments », la transition paraît insensible. Encore un peu et l'on dirait : identité. Et pourtant ici se place, en fait, un clivage initial dans la masse pensante humaine. La classification des intelligences ou âmes semblerait devoir être une tâche impossible. En réalité elle obéit à une loi très simple. Sous d'infinies différenciations secondaires dues à la diversité des préoccupations sociales, des recherches scientifiques ou des confessions religieuses, il y a au fond deux classes d'esprits, et deux seulement : les uns qui ne dépassent (ni ne sentent le besoin de dépasser) la perception du multiple, — si lié d'ailleurs en soi-même qu'apparaisse celui-ci; — et les autres, pour qui la perception de ce même multiple s'achève forcément dans quelque unité. Les pluralistes et les monistes. Ceux qui ne voient pas, et ceux qui voient. Ces deux tendances opposées sont-elles, en ceux qu'elles affectent, congénitales, et par suite irréformables? et de l'une d'entre elles a-t-on le droit de déclarer qu'elle est « la vraie »? — Tout le problème, ici en germe, de la valeur absolue de la foi, et de la possibilité de la conversion.

La solution la plus commode (et celle en fait par laquelle beaucoup s'esquivent) consiste à dire : Affaire de goût et de « *tempérament* ». On naît moniste ou pluraliste, comme géomètre ou musicien. Rien d' « objectif » à chercher derrière les deux attitudes. Elles expriment simplement nos préférences instinctives pour l'un ou l'autre de deux points de vue également présentés par l'Univers.

Cette réponse me paraît une échappatoire.

Tout d'abord, il n'y a pas réellement équivalence, si on réfléchit bien, entre les deux termes mis en présence. Être pluraliste, c'est comme être fixiste : ces mots ne font que couvrir un vide, une carence. Au fond, le pluraliste n'adopte aucune attitude positive. Il renonce seulement à donner aucune explication. Ou bien, donc, il faut refuser toute espèce de supériorité au *positif* sur le *négatif*, — ou bien il faut, par force, incliner vers la seule possibilité constructive ouverte devant nous : traiter l'Univers comme s'il était un.

Mais est-il besoin de parler de *force* en ces questions? et la présence du Tout dans le Monde ne s'impose-t-elle pas à nous avec la directe évidence de quelque lumière? En vérité, je le crois. Et c'est même précisément la valeur de cette intuition primordiale qui me paraît supporter l'édifice entier de ma croyance. En définitive, et pour rendre compte de faits trouvés au plus intime de ma conscience, je suis amené à penser que l'Homme possède, en vertu même de sa condition d' « être dans le Monde », un *sens* spécial qui lui découvre, d'une manière plus ou moins confuse, le Tout dont il fait partie. Rien d'étonnant, après tout, dans l'existence de ce « sens cosmique ». Parce qu'il est sexué, l'Homme possède bien les intuitions de l'amour. Puisqu'il est élément, pourquoi ne sentirait-il pas obscurément l'attrait de l'Univers? En fait, rien, dans l'immense et polymorphe domaine de la Mystique (religieuse, poétique, sociale et scientifique) ne s'explique sans l'hypothèse d'une telle faculté, par laquelle nous réagissons synthétiquement à l'ensemble spatial et temporel des choses pour saisir le Tout derrière le Multiple. « Tempérament », si l'on veut, puisque, semblable à tous les autres dons de l'esprit, le sens cosmique est inégalement vivace et pénétrant suivant les individus. Mais tempérament *essentiel*, où s'exprime aussi nécessairement la structure de notre être que dans le désir de se prolonger et de s'unir. Je disais plus haut qu'il y a deux catégories primitives d'esprits : les pluralistes et les monistes. Il me faut corriger maintenant cette parole. Individuellement, le « sens du Tout » peut être atrophié, ou bien dormir. Mais la matière échapperait plutôt à la gravité qu'une âme à la Présence de l'Univers. Par le fait même qu'ils sont des hommes, même les pluralistes pourraient « voir » : ils ne sont que des monistes qui s'ignorent.

Plus loin, porté par la logique de mon développement, je reviendrai à considérer la masse rassurante de pensée religieuse humaine qui se meut consciemment dans l'attraction passionnément sentie du Tout; et, à ce courant primordial et puissant, je demanderai de me donner une direction finale sur laquelle ma pensée personnelle hésite. Pour l'instant ce m'est assez d'avoir assuré sur un consentement quasi universel la valeur d'une intuition personnelle profondément sentie.

A la foi confuse en un Monde Un et Infaillible je m'abandonne, — où qu'elle me conduise.

2. *La foi en l'Esprit.*

Tout ce que nous regardons se précise. Cette loi générale de la perception vaut pour le sens cosmique. Nous ne pouvons pas nous être éveillés à la conscience de Tout, sans que les contours, d'abord indéterminés, de la Réalité Universelle tendent, sous nos tâtonnements, à prendre figure. Jusqu'en ce point, j'ai l'impression que la naissance de ma foi était un phénomène presque organique et réflexe, comme serait la réponse des yeux à la lumière. Maintenant je distingue, dans les progrès de ma vision sur le Monde, l'intervention de facteurs plus clairement liés à mon temps, à mon éducation et à ma personnalité.

Un premier point qui se découvre à moi avec une évidence que je ne songe même plus à contester, c'est que l'Unité du

Monde est de nature dynamique ou évolutive. Ici je ne fais que trouver en moi, sous forme participée et individuelle, cette révélation de la Durée qui a si fondamentalement modifié, depuis un siècle, la conscience que les Hommes prenaient de l'Univers. En plus de l'Espace qui fascinait Pascal, il y a maintenant pour nous le Temps, non pas un temps réceptacle où se logeraient les années, — mais un temps organique, mesuré par le développement du Réel global. Jadis nous nous regardions nous-mêmes, et les choses autour de nous, comme des « points » fermés sur eux-mêmes. Les êtres se découvrent maintenant semblables à des fibres sans fil, tressées dans un processus universel. Dans un abîme passé tout plonge en arrière. Et vers un abîme futur, en avant, tout s'élance. Par son histoire, chaque être est coextensif à la Durée entière; et son ontogénèse n'est que l'élément infinitésimal d'une Cosmogénèse en laquelle s'exprime finalement l'individualité, et comme la face de l'Univers.

Ainsi le Tout universel, de même que chaque élément, se définit à mes yeux par un mouvement particulier qui l'anime. Mais quel peut être ce mouvement? Où nous entraîne-t-il? Cette fois, pour décider, je sens s'agiter et se grouper en moi des suggestions ou des évidences recueillies au cours de mes recherches professionnelles. Et c'est en historien de la Vie, au moins autant qu'en philosophe, que je réponds, du fond de mon intelligence et du fond de mon cœur : « Vers l'Esprit. »

Évolution spirituelle. Je sais que l'association de ces deux termes paraît encore contradictoire, ou du moins anti-scientifique, à un grand nombre (et peut-être au plus grand nombre) des naturalistes et des physiciens. Parce que les recherches évolutionnistes aboutissent à rattacher, de degré en degré, les états de conscience supérieure à des antécédents en apparence inanimés, nous avons largement cédé à *l'illusion matérialiste* qui consiste à regarder comme « plus réels » les éléments de l'analyse que les termes de la synthèse. Il a pu sembler, à ce moment, que la découverte du Temps, en abattant les digues derrière lesquelles une philosophie statique protégeait la transcendance des « âmes », dissolvait l'Esprit dans des flots de particules matérielles : plus d'esprit — rien que de la matière. Ma conviction est que cette plongée en arrière est terminée, et que, dès maintenant, nous remontons, portés par le même courant évolutionniste, vers des conceptions inverses : plus de matière, rien que l'esprit.

Dans mon cas particulier, la « conversion » s'est opérée sur l'étude du « fait humain ». — Chose étrange. L'Homme, centre et créateur de toute science, est le seul objet que notre science n'ait pas encore réussi à envelopper dans une représentation homogène de l'Univers. Nous connaissons l'histoire de ses os. Mais, pour son intelligence réfléchie, il n'y a pas encore de place régulière trouvée dans la Nature. Au milieu d'un Cosmos où le primat est encore laissé aux mécanismes et au hasard, la Pensée, ce phénomène formidable qui a révolutionné la Terre et se mesure avec le Monde, fait toujours figure d'inexplicable anomalie. L'Homme, dans ce qu'il a de plus humain, demeure une monstrueuse et encombrante réussite.

C'est pour échapper à ce paradoxe que je me suis décidé à renverser les éléments du problème. Exprimé en partant de la Matière, l'Homme devenait l'inconnue d'une fonction insoluble. Pourquoi ne pas le poser en terme connu du Réel? L'Homme semble une exception. Pourquoi ne pas en faire la clef de l'Univers? L'homme refuse de se laisser forcer dans une cosmogonie mécaniciste. Pourquoi ne pas édifier une Physique à partir de l'Esprit? — J'ai essayé, pour mon compte, cette marche du problème. Et tout de suite il m'a semblé que la Réalité vaincue tombait dénouée à mes pieds [1].

---

1. Pour accomplir ce geste si simple, mais libérateur, il faut évidemment surmonter *l'illusion de la Quantité* : l'Homme paraît dérisoirement perdu et accidentel dans les immensités sidérales. Mais n'en est-il pas de même du radium par qui se sont renouvelées nos perspectives de la matière? Il faut aussi surmonter *l'illusion de la fragilité* : dernier venu parmi les

Tout d'abord, sous l'influence de ce simple changement de variable, l'ensemble de la vie terrestre prenait figure. Fusant en désordre dans mille directions diverses tant que l'on s'attache à la distribuer suivant de simples détails anatomiques, la masse des vivants se déploie sans effort aussitôt qu'on y cherche l'expression d'une poussée continue vers plus de spontanéité et plus de conscience; et la Pensée trouve sa place naturelle dans ce développement. Supporté par d'infinis tâtonnements organiques, l'animal pensant cesse d'être une exception dans la nature; il représente simplement le stade embryonnaire le plus élevé que nous connaissions dans la croissance de l'Esprit sur Terre. D'un seul coup, l'Homme se trouvait situé sur un axe principal de l'Univers. Et voici que, par une généralisation presque nécessaire de cette première constatation, des perspectives plus vastes encore s'ouvraient devant moi. Si l'Homme est la clef de la Terre, pourquoi la Terre à son tour ne serait-elle pas la clef du Monde? Sur Terre nous constatons une augmentation constante « psychique » à travers le temps. Pourquoi cette grande règle ne serait-elle pas l'expression la plus générale que nous puissions atteindre de l'Évolution universelle? Une Évolution à base de Matière ne sauve pas l'Homme : car tous les déterminismes accumulés ne sauraient donner une ombre de liberté. En revanche une Évolution à base d'Esprit conserve toutes les lois constatées par la Physique, tout en menant directement à la Pensée : car une masse de libertés élémentaires en

animaux, l'Homme ne semble supporté dans le Monde que par une pyramide de circonstances exceptionnelles : mais l'histoire de la Terre n'est-elle pas là tout entière pour nous assurer que rien ne progresse plus infailliblement dans la Nature que les improbables synthèses de la Vie? Il faut enfin ne pas se laisser intimider par le reproche d'*anthropocentrisme* : on déclare enfantin et vaniteux pour l'Homme de résoudre le Monde par rapport à lui-même. Mais n'est-ce pas une vérité scientifique que, dans le champ de notre expérience, il n'y a de pensée que la pensée humaine? Est-ce de notre faute si nous coïncidons avec l'axe des choses? Et peut-il du reste en être autrement, puisque nous sommes intelligents? (*N.D.A.*)

désordre équivaut à du déterminé. Elle sauve *à la fois* l'Homme et la Matière. Donc il faut l'adopter.

Dans la constatation de cette réussite se consomme définitivement pour moi une « foi en l'Esprit », dont les principaux articles peuvent s'exprimer ainsi :

a) L'Unité du Monde se présente à notre expérience comme la montée d'ensemble, vers quelque état toujours plus spirituel, d'une Conscience d'abord pluralisée (et comme matérialisée). Mon adhésion complète et passionnée à cette proposition fondamentale est essentiellement d'ordre synthétique. Elle résulte d'une graduelle et harmonieuse organisation de tout ce que m'apporte la connaissance du Monde. Aucune autre formule que celle-ci ne me paraît suffire à couvrir la totalité de l'expérience.

b) En vertu même de la condition qui le définit (à savoir, d'apparaître en terme de l'Évolution universelle), l'Esprit dont il s'agit ici a une nature particulière bien déterminée. Il ne représente en rien quelque entité indépendante ou antagoniste par rapport à la Matière [1], — quelque puissance prisonnière ou flottante dans le monde des corps. Par Esprit j'entends « l'Esprit de synthèse et de sublimation » en qui, laborieusement, parmi des essais et des échecs sans fin, se concentre la puissance d'unité diffuse dans le Multiple universel : *l'Esprit naissant au sein et en fonction de la Matière.*

c) Le corollaire pratique de ces perspectives est que, pour se diriger à travers les brumes de la vie, l'Homme possède une règle biologique et morale absolument sûre, qui est de se diriger constamment lui-même « vers la plus grande conscience ». Ce faisant, il est certain de marcher de conserve, et d'arriver au port, avec l'Univers. En d'autres termes, un principe absolu d'appréciation dans nos jugements doit être

---

1. Ce mot est pris ici dans son sens immédiat et concret (pour désigner le monde des corps), et non avec sa signification savante (philosophique ou mystique) de *face anti-spirituelle* des êtres. (*N.D.A.*)

celui-ci : « Mieux vaut, et à quelque prix que ce soit, être plus conscient que moins conscient. » Ce principe me paraît la condition même de l'existence du Monde. Et cependant, en fait, beaucoup d'hommes le contestent, explicitement ou implicitement, sans se douter de l'énormité de leur négation. Bien des fois, après quelque discussion infructueuse sur des points avancés de philosophie ou de religion, je me suis brusquement entendu dire par mon interlocuteur qu'il ne voyait pas qu'un être humain fût absolument supérieur à un Protozoaire, — ou encore que le « Progrès » fait le malheur des peuples. Notre controverse s'était développée au-dessus d'une ignorance fondamentale. Un homme, si savant fût-il, n'avait pas compris que la seule réalité qui soit au Monde est la passion de grandir. Il n'avait pas fait le pas élémentaire sans lequel tout ce qui me reste à dire paraîtra illogique et incompréhensible.

3. *La foi en l'Immortalité.*

Parvenu au palier de la foi en une Évolution spirituelle du monde, j'ai senti (après beaucoup d'autres, j'imagine) la tentation de m'arrêter. Est-il besoin d'aller au-delà de cette vision d'espoir pour fonder une attitude morale de l'existence, — pour justifier et purifier la vie? — Et cependant, une fois encore, à force de regarder sympathiquement et admirativement l'Univers, j'ai senti évoluer en moi-même ma croyance. Et j'ai reconnu que ce n'était rien d'avoir découvert en moi et autour de moi un Esprit naissant si cet Esprit n'était pas immortel. L'immortalité, c'est-à-dire, au sens très général où je prends ici le mot, *l'irréversibilité*, voilà qui me paraît suivre, à titre de propriété ou de complément nécessaire, toute idée de progrès universel.

Que, *dans l'ensemble*, l'Univers doive ne jamais s'arrêter ni reculer dans le mouvement qui l'entraîne vers plus de liberté et de conscience, ceci m'est d'abord suggéré par la nature même de l'Esprit. En soi, l'Esprit est une grandeur physique constamment croissante : pas de limite appréciable, en effet, aux approfondissements de la connaissance et de l'amour. Mais s'il *peut* grandir sans arrêt, n'est-ce pas une indication qu'il *le fera*, en effet, dans un Univers dont la loi fondamentale paraît être que : *tout le possible se réalise ?* En fait, aussi loin dans le passé que pénètre notre expérience, nous voyons la Conscience monter à travers les âges. On peut discuter sans fin la question de savoir si l'intelligence humaine a gagné encore, au cours de l'Histoire, en perfection individuelle. Mais une chose est sûre : c'est que, sur le court intervalle des deux derniers siècles, les puissances *collectives* de l'esprit ont augmenté dans des proportions impressionnantes. Tout se rapproche autour de nous, et tout s'apprête à faire bloc dans l'Humanité. Vraiment nous pouvons dire aujourd'hui, sans quitter le terrain des faits, que, à perte de vue, le Monde autour de nous dérive, entraîné en sens opposé par deux courants conjugués également irréversibles : l'Entropie et la Vie.

Cette impossibilité que montre la Vie (prise dans l'ensemble) à rétrograder est déjà un solide appoint en faveur de la croyance et de l'indestructibilité des conquêtes de l'Esprit. A cette démonstration on peut toutefois objecter qu'elle est d'ordre empirique, et qu'elle ne porte en somme que sur une étendue et sur une phase limitées de l'Univers. Il serait bien plus satisfaisant de rattacher directement l' « immortalité » à quelque propriété essentielle de l'Évolution cosmique. Le pouvons-nous ?

Depuis longtemps, je m'imagine avoir trouvé, à mon usage personnel, la solution de ce problème dans l'analyse de l' « Action ». Agir (c'est-à-dire appliquer notre volonté à la réalisation d'un progrès) paraît une chose si simple qu'elle ne requiert aucune explication. Mais en réalité, il en est de cette fonction élémentaire comme de la perception extérieure. Au regard du « bon sens », voir, entendre, sentir, paraissaient être des actes immédiatement intelligibles. Et cependant il a fallu pour les justifier les immenses efforts d'une Critique, au terme de laquelle il est apparu (nous le rappelions plus haut) que chacun de nous ne fait partiellement qu'un avec la totalité de l'Univers. Ainsi en est-il de l'Action. Nous agissons, c'est entendu. Mais quelles propriétés structurelles le Réel doit-il avoir pour que ce mouvement de volonté puisse se produire? A quelles conditions le Monde doit-il satisfaire pour qu'une liberté consciente puisse jouer en lui? A ce problème de l'Action je réponds, après Blondel et Le Roy : « Pour mettre en branle la chose, si petite en apparence, qu'est une activité humaine, il ne faut rien moins que l'attrait d'un résultat indestructible. Nous ne marchons que sur l'espoir d'une conquête immortelle. » Et je conclus directement : « Donc il y a de l'Immortel en avant de nous. »

Examinons successivement la majeure et le lien de ce raisonnement.

La majeure, d'abord. Celle-ci me paraît constituer un fait psychologique élémentaire, encore que pour le percevoir, il faille une certaine éducation du regard intérieur. En ce qui me concerne, la chose est claire : dans le cas d'une *action vraie*, (j'entends par là celle où l'on donne quelque chose de sa vie), je ne m'engage qu'avec l'arrière-pensée, déjà notée par le vieux Thucydide, de faire «une œuvre pour toujours ». Non pas, bien entendu, que j'aie la vanité de vouloir léguer mon nom à la postérité. Mais une sorte d'instinct essentiel me fait entrevoir, comme seule désirable, la joie de collaborer atomiquement à l'établissement définitif d'un Monde; et rien d'*autre finalement ne saurait m'intéresser*. Dégager une quantité infinitésimale d'absolu. Libérer un peu d'être, pour toujours. Le reste n'est qu'insupportable vanité.

Je me suis fait bien des fois contester la valeur de ce témoignage intérieur. Plusieurs de mes amis m'ont assuré ne rien éprouver de pareil eux-mêmes. « Affaire de tempérament, m'ont-ils dit. Vous éprouvez le besoin de philosopher. Mais pourquoi raisonner ses tendances? Nous, nous travaillons, nous cherchons, parce que cela nous plaît, comme nous buvons un verre... » — Et moi, parce que je suis sûr d'avoir lu au fond de moi-même un trait essentiellement humain, et donc universel, je leur réponds : « Vous n'allez pas juqu'au bout de votre cœur ni de votre pensée. Et c'est pour cela du reste que dorment en vous le « sens cosmique » et la foi au Monde. Lutter, conquérir, vous satisfait et vous attire. Mais ne discernez-vous donc pas que ce qui est apaisé en vous par l'effort est précisément la passion « *d'être définitivement davantage* »? en serait-il de même si quelque jour (si loin soit-il) *rien* ne devait subsister de votre œuvre, *pour personne?* Tel qu'il est, votre goût de la vie demeure sentimental et fragile. Je vous parais bizarre et exceptionnel parce que je tâche d'analyser le mien et de le rattacher à un trait structurel du Monde. Or moi, en vérité, je vous dis qu'avant de s'embarquer demain pour la grande aventure d'où doit sortir sa consommation il faudra que la masse humaine se recueille, tout entière, et examine une bonne fois la valeur de l'impulsion qui la pousse en avant. Cela vaut-il la peine, vraiment, de nous plier, — ou même, comme il le faut, de nous passionner, — devant la marche du Monde?... L'Homme, plus il est homme, ne saurait se donner qu'à ce qu'il aime. Et il n'aime finalement que l'indestructible. Multipliez tant que vous voulez l'extension et la durée du Progrès. Promettez cent millions d'années encore d'accroissement à la Terre. Si, au terme de cette période, il apparaît que le tout de la conscience doit retourner à zéro, *sans qu'en soit recueillie nulle part la secrète essence*, alors, je le déclare, nous désarmerons, — et ce sera la grève. La perspective d'une *mort totale* (il faut réfléchir beaucoup à ce mot pour en mesurer la puissance destructive sur nos âmes), cette perspective, dis-je, devenue consciente, tarirait immédiatement en nous les sources de l'effort. Regardez autour de vous le nombre grandissant de ceux qui pleurent secrètement d'ennui et de ceux qui se tuent pour échapper à la vie... Le jour est proche où l'Humanité s'apercevra que, en vertu même de sa position dans une Évolution cosmique qu'elle est devenue capable de découvrir et de critiquer, elle se trouve biologiquement placée entre le suicide et l'adoration. »

Mais alors, si la majeure de mon raisonnement est vraie, — c'est-à-dire, si, non point par fantaisie, mais par nécessité interne, la « Vie réfléchie » ne peut se mouvoir que vers de l'Immortel, — alors, *étant donné le stade où je suppose parvenue l'évolution de ma foi*, j'ai le droit de conclure, comme je l'ai fait : « Donc l'Immortel existe. » Et en effet, si le Monde, pris dans sa totalité, est quelque chose d'infaillible (première étape); et si, par ailleurs, il se meut vers l'Esprit (deuxième étape); alors il doit être capable de nous fournir ce qui est essentiellement requis pour la continuation d'un pareil mouvement : je veux dire un horizon *sans limites en avant*. Sans quoi, impuissant à alimenter les progrès qu'il suscite, il se trouverait dans l'inadmissible situation d'avoir à s'évanouir dans le dégoût chaque fois que la conscience née en lui parviendrait à l'âge de raison.

Ainsi achève de se dissiper à mes yeux le mirage de la Matière. Moi aussi, et peut-être plus que personne, j'ai d'abord secrètement placé dans la masse des corps la position d'équilibre et le principe de consistance de l'Univers. Mais peu à peu, sous la pression des faits, j'ai vu s'inverser les valeurs. Le Monde ne tient pas « par en bas », mais « par en haut ». Rien de plus instable en apparence que les synthèses graduellement opérées par la Vie. Et cependant c'est dans la direction de ces constructions fragiles que l'Évolution avance pour ne jamais reculer.

Quand tout le reste, s'étant concentré ou dissipé, aura passé, il restera l'Esprit.

4. *La foi en la Personnalité.*

Voici donc que, par degrés, ma foi initiale au Monde s'est muée irrésistiblement en une foi à la spiritualité croissante et indestructible du Monde. En fait, cette perspective est simplement celle à laquelle se rallient, plus ou moins confusément, la plupart des esprits de type « moniste »; il serait difficile, en effet, de sauver autrement « le phénomène humain ». Mais sous quelle forme nous représenter le terme immortel de l'Évolution universelle? Ici, les croyances divergent. Demandez à un « moniste [1] » comment il se figure l'Esprit final de l'Univers. Neuf fois sur dix, il vous répondra : « Comme une vaste puissance impersonnelle, dans laquelle iront se noyer nos personnalités. » Or la conviction que je veux essayer de défendre ici, est précisément, à l'inverse, que, s'il y a irréversiblement de la Vie en avant de nous, ce Vivant doit culminer en un Personnel où nous nous trouvions nous-mêmes « sur-personnalisés ». Comment justifier cette nouvelle étape dans l'explication de ma foi?

Simplement, ici encore, en obéissant aux suggestions du Réel, harmonisé jusqu'au bout, tout entier.

L'idée, si répandue, que le Tout, même ramené à la forme d'Esprit, ne saurait être qu'impersonnel, a évidemment son origine dans une *illusion spatiale*. Autour de nous, le « personnel » est toujours un « élément » (une monade); et l'Univers, en revanche, se manifeste surtout à notre expérience par des activités diffuses. De là cette impression tenace que le personnel est un attribut exclusif du « particulaire, en tant que tel », — et qu'il doit décroître par conséquent à mesure que s'opère l'unification totale.

Mais cette impression, au point où j'en suis arrivé dans le

---

1. Ce terme est pris évidemment ici comme opposé à « pluraliste », et non à un sens hégélien. (*N.D.A.*)

développement de ma foi, ne résiste pas à la réflexion. L'Esprit du Monde, tel qu'il m'est apparu naissant, n'est pas un fluide, un éther, une énergie. Complètement différent de ces vaporeuses matérialités, il est une prise graduelle de conscience, en laquelle se groupent et s'organisent, dans leur essence, les innombrables acquisitions de la Vie. Esprit de synthèse et de sublimation, l'ai-je défini plus haut. Suivant quelle voie d'analogie pouvons-nous donc l'imaginer? Serait-ce en relâchant notre centre individuel de réflexion et d'affection? Nullement. Mais en resserrant au contraire celui-ci, toujours plus au-delà de lui-même. L'être « personnalisé », qui nous constitue *humains*, est l'état le plus élevé sous lequel il nous soit donné de saisir l'étoffe du Monde. Portée à sa consommation, cette substance doit posséder encore, à un degré suprême, notre perfection la plus précieuse. Elle ne peut être dès lors que « super-consciente », c'est-à-dire « super-personnelle ». Vous vous cabrez devant l'idée d'un Univers personnel. L'association de ces deux concepts vous paraît monstrueuse. Illusion spatiale, répéterai-je. Au lieu de regarder le Cosmos du côté de sa sphère extérieure, matérielle, retournez-vous donc vers le point où tous les rayons se joignent! Là aussi, ramené à l'Unité, le Tout existe, — et concentré dans ce point, vous pouvez le saisir tout entier.

Ainsi, en ce qui me concerne, je ne puis concevoir une Évolution vers l'Esprit qui n'aboutirait pas à une suprême Personnalité. Le Cosmos, à force de converger, ne peut se nouer dans *Quelque Chose* : il doit, comme déjà partiellement et élémentairement dans le cas de l'Homme, se terminer sur *Quelqu'un*. Mais alors se pose la question subsidiaire : que restera-t-il de chacun de nous dans cette ultime Conscience que l'Univers prendra de lui-même.

En soi, à vrai dire, le problème d'une survie personnelle m'inquiète peu. Dès lors que le fruit de ma vie est recueilli dans un Immortel, que m'importe d'en avoir égoïstement la conscience et la joie? Très sincèrement, ma félicité personnelle ne m'intéresse pas : c'est assez, pour mon bonheur, que le meilleur de moi-même passe, à jamais, dans un plus beau et un plus grand que moi.

Mais c'est ici précisément que, du cœur même de mon indifférence à survivre, en rejaillit la nécessité. Le meilleur de moi-même, ai-je dit. Mais quel est donc cette précieuse parcelle que le Tout attend de récolter en moi? Est-ce une idée qui sera éclose dans ma pensée? une parole que j'aurai dite? une lumière que j'aurai rayonnée?... Manifeste insuffisance de tout cela! Admettons que je sois un de ces rares humains dont la trace visible ne s'évanouit pas comme le sillage du navire. Admettons encore et faisons aussi large que possible, la part (très réelle) des influences impondérables que chaque vivant exerce sans s'en douter sur l'Univers autour de lui. Que représente cette fraction utilisée de mon énergie comparée au foyer de pensée et d'affection qui constitue « mon âme? » L'œuvre de ma vie, oui, elle est représentée en quelque chose par ce qui passe de moi en tous. Mais combien plus par ce que je parviens à faire d'incommunicable, d'*unique*, au fond de moi-même. Ma personnalité, c'est-à-dire le centre particulier de perceptions et d'amour que ma vie consiste à développer, voilà mon vrai trésor. Voilà, par conséquent, la seule valeur dont le prix et la conservation peuvent intéresser et justifier mon effort. Et voilà par suite la portion par excellence de mon être que ne peut laisser échapper le Centre où convergent toutes les richesses sublimées de l'Univers.

Or, comment va-t-elle pouvoir s'opérer, cette transmission de moi-même à l'Autre, ainsi requise simultanément par les exigences de mon Action et par la réussite de l'Univers? Vais-je me dépouiller de ce qui est « moi » pour le donner à « Lui »? Il semble que nous ayons parfois l'impression que ce geste soit possible. Mais quelle illusion! Réfléchissons une minute. Et nous reconnaîtrons que nos qualités personnelles ne sont pas une flamme dont nous puissions nous séparer en la communiquant. Nous pensions peut-être nous en

136

dépouiller comme d'un vêtement qui se donne. Mais elles coïncident précisément avec la substance de notre être, — tissées qu'elles sont dans leurs fibres par la conscience que nous en avons. Ce qui doit être préservé dans la consommation universelle, ce ne sont rien moins que les *propriétés de notre centre* : et donc c'est ce centre lui-même; — et donc c'est ce précisément par quoi notre pensée se réfléchit sur elle-même. La Réalité où culmine l'Univers ne peut donc se développer à partir de nous qu'en nous conservant : dans la Personnalité suprême, nous ne pouvons que nous trouver personnellement immortalisés.

Vous vous étonnez de cette perspective. Mais c'est alors que, sous l'une de ses multiples formes, l'illusion matérialiste est encore là qui vous égare, comme elle a égaré la plupart des panthéismes. Presque invinciblement, je le rappelais en commençant ce paragraphe, nous nous imaginons le grand Tout sous la figure d'un Océan immense où les filets de l'être individuel viennent disparaître. Il est la Mer où le grain de sel est dissous, le Feu où se volatilise la paille... S'unir à Lui, c'est donc se perdre. Mais justement cette image est fausse, voudrais-je pouvoir crier aux Hommes, et contraire à tout ce que j'ai vu m'apparaître de plus clair au cours de mon éveil à la foi. Non, le Tout n'est pas l'immensité détendue, et donc dissolvante, où vous cherchez son image. Mais il est essentiellement, Lui comme nous, un Centre, doué des qualités d'un centre. Or quelle est la seule façon dont puisse se former et se nourrir un centre? Serait-ce en décomposant les centres inférieurs qui tombent sous son empire? — Non point, — mais en les renforçant à sa propre image [1]. Sa manière à lui, de dissoudre, c'est d'unifier plus loin encore. Se fondre dans l'Uni-

---

1. Ce qui revient à dire que la véritable union (c'est-à-dire l'union spirituelle ou de synthèse) différencie les éléments qu'elle rapproche. Ceci n'est pas un paradoxe, mais la loi de toute expérience. Deux êtres qui s'aiment ont-ils jamais une plus vive conscience de chacun d'eux-mêmes que lorsque, l'un dans l'autre, ils se sont noyés? (*N.D.A.*)

vers pour la monade humaine, c'est être super-personnalisée.

Ici s'arrêtent et culminent les développements individuels de ma foi, — en un point où, m'arrivât-il de perdre confiance en toute religion révélée, je resterais encore, me semble-t-il, solidement accroché. D'étape en étape, ma croyance initiale au Monde a pris Figure. Ce qui était d'abord intuition confuse de l'unité universelle est devenu sentiment raisonné et défini d'une Présence. Au Monde, maintenant, je sais que je tiens et que je reviendrai, non pas seulement par les cendres de ma chair, mais par toutes les puissances développées de ma pensée et de mon cœur. *Je puis l'aimer*. Et puisque de la sorte, dans le Cosmos, il se dessine maintenant pour moi une sphère supérieure du Personnel et des relations personnelles, je commence à soupçonner que des attractions et des directions de nature intellectuelle pourraient bien m'envelopper et me parler.

Une Présence n'est jamais muette.

DEUXIÈME PARTIE
LA CONFLUENCE DES RELIGIONS

1. *Le phénomène religieux et le choix d'une religion.*

En vertu même de la structure unitaire et convergente reconnue ci-dessus à l'Univers, la ligne de développement suivie par ma croyance au cours de ses étapes individuelles ne saurait être une fibre isolée dans l'évolution de la pensée humaine. S'il est vrai que le Tout se révèle à chacun de ses éléments pour l'attirer, — et s'il est vrai aussi que toute activité douée de self-conscience éprouve organiquement le besoin de se justifier à elle-même la valeur de son effort, — alors, la naissance de ma foi ne représente que l'élément infinitésimal d'un processus beaucoup plus vaste et beaucoup plus sûr, commun à tous les hommes. Et c'est ainsi que je me trouve conduit, par la logique même de ma croissance, à émerger au-dessus de mon individualisme, et à découvrir en face de moi l'expérience religieuse générale de l'Humanité, *pour m'y mêler.*

Ce geste d'adhésion à une force extérieure de croyance, beaucoup d'esprits, intérieurement sensibles au Divin, répugnent, je sais, à l'exécuter. La Religion : affaire strictement personnelle : voilà ce que pensent, ou sont prêts à penser, les plus intelligents d'entre nous. Cette prétention individualiste, du point de vue évolutionniste-spirituel où m'a conduit la foi au Monde, je viens déjà, implicitement, de la condamner. A mon sens, le phénomène religieux, pris dans son ensemble, n'est rien moins que la réaction, à l'Univers en tant que tel, de la conscience et de l'action humaine collectives en voie de développement [1]. Il exprime, à l'échelle du social, la foi passionnée au Tout que j'ai cru discerner en moi. Qu'est-ce à dire, sinon qu'il ne saurait avoir d'autre sujet que la totalité de la pensée terrestre ? Née du besoin qu'a la Terre de s'expliciter un Dieu, la Religion est attachée et coextensive, non à l'homme individu, mais à l'Humanité tout entière. En elle, comme dans la Science, s'accumulent, se corrigent, et peu à peu s'organisent infailliblement, une infinité de recherches humaines. Comment pourrais-je éviter de m'y agréger et où trouverais-je ailleurs une confirmation et un complément au mouvement personnel qui m'a secrètement porté jusqu'aux pieds d'une adorable mais encore silencieuse Présence ? Je ne m'aviserais certes pas de vouloir constituer

---

1. Rien de plus inexact, donc, que de regarder la Religion comme un stade primitif et transitoire traversé par l'Humanité au cours de son enfance. Plus l'homme sera homme, plus il lui sera nécessaire de pouvoir et de savoir adorer. Le phénomène religieux n'est qu'une des faces de l' « hominisation ». Et, comme celle-ci, il représente une grandeur cosmique irréversible. (*N.D.A.*)

à moi seul la Science. Pareillement mon effort pour croire ne peut aboutir qu'encadré et prolongé par une expérience humaine totale. Dans l'énorme fleuve des Religions, auquel vient d'aboutir le filet de mes démarches intimes, je dois donc me plonger sans hésitation. Mais, autour de moi, les flots sont si troubles. Ils tourbillonnent en tant de sens divers. De tant de côtés on m'appelle au nom de quelque révélation divine. Auquel de ces courants, en apparence contraires, dois-je me livrer, pour être porté par le flot vers l'Océan ?

Dans l'ancienne apologétique, le choix d'une religion se trouvait principalement guidé par la considération du miracle. Le privilège, pour une doctrine, de se présenter avec un cortège de pouvoirs « dépassant les forces de la nature » garantissait qu'elle venait de Dieu. Nul autre que le Créateur ne pouvait user de ce sceau. Dès lors, le miracle une fois constaté, il ne restait plus aux hommes, en vertu d'un syllogisme très simple, qu'à recevoir les directions données par le thaumaturge, *quelles que fussent* du reste leurs attraits ou leurs répugnances à s'y conformer. Naturellement, il était supposé que la parole de Dieu ne pouvait être que satisfaisante à la raison et au cœur de sa créature. Mais le fait et la fonction de cette harmonie entre nos désirs et la Révélation étaient largement laissés à l'état de sous-entendu.

Je n'ai personnellement aucune difficulté à accepter le miracle, pourvu que celui-ci n'aille pas (ceci est la thèse même de l'Église) contre les règles de *plus en plus nombreuses et précises* que nous découvrons à l'évolution naturelle du Monde [1]. Bien plus : convaincu, comme je le suis, que les déterminismes de la Matière ne sont que des servitudes résiduelles de l'Esprit, je ne comprendrais pas qu'autour de l'axe principal de spiritualisation représenté par « la vraie religion », il ne se mani-

---

1. En fait, à prendre les prodiges, mêmes évangéliques, tels qu'on les présente souvent, je me vois forcé à dire que je crois, non point en vertu, mais en dépit des miracles qu'on me propose. Et je suis sûr que telle est la situation inavouée d'une masse de chrétiens. (*N.D.A.*)

feste (et plus qu'ailleurs) une libération progressive des corps. Mais justement parce que ce déplacement continu vers le haut des limites de nos possibilités me paraît constituer un prolongement sans rupture à une propriété naturelle de l'Évolution, je cesse d'y voir un caractère tranché, équivalant à une déchirure par Dieu du voile sans couture des phénomènes. Le miracle, bien compris, reste à mes yeux un critère de vérité, mais subordonné et secondaire. La seule raison capable de me décider à adhérer à une religion ne peut être en définitive (ceci résulte de la première partie de ce travail) que l'harmonie d'ordre supérieur existant entre cette religion et le credo individuel auquel m'a conduit l'évolution naturelle de ma foi.

Foi en l'unité du Monde, foi en l'existence et en l'immortalité de l'Esprit naissant de la synthèse du Monde, — ces trois Fois se résumant dans l'adoration d'un centre (personnel et personnalisant) de convergence universelle : tels sont, je le répète, les termes de ce credo. Voyons dans quel courant je dois me jeter pour que ces aspirations soient le plus favorablement reçues, corrigées et multipliées. En ceci consistera pour moi l'épreuve des Religions.

2. L'épreuve des Religions.

En dépit de certains foisonnements superficiels, dus à l'insatisfaction des fidèles plus qu'à la naissance d'un nouvel idéal, le complexe des Religions tend, sous l'influence de l'esprit « moderne », à se simplifier notablement. C'est au moins l'impression que je retire de leur observation. Et puisque, dans ces pages, il ne s'agit explicitement que de moi-même, je dirai qu'à mon sens un premier examen suffit pour réduire à trois les types de croyances *possibles*. Le groupe des religions orientales, les néo-panthéismes humanitaires, — et le Christianisme : voilà les directions entre lesquelles je pourrais hésiter, si je me trouvais (comme je le suppose ici fictivement) dans le cas d'avoir réellement encore à choisir ma religion [1].

a) La grande séduction des *religions orientales* (disons le Bouddhisme, pour fixer les idées) est d'être éminemment universalistes et cosmiques. Jamais peut-être le sens du Tout, qui est la sève de toute mystique, n'a jailli avec plus d'exubérance que dans les plaines de l'Inde. C'est là, lorsque s'écrira une histoire synthétique des religions, qu'il faudra placer, quelques siècles avant le Christ, la naissance du panthéisme. Et c'est là encore, lorsque grandit l'attente d'une révélation nouvelle, que se tournent de nos jours les yeux de l'Europe moderne. Commandée, ainsi que je l'ai dit, par l'amour du Monde, ma foi individuelle devait être spécialement sensible aux influences orientales. Et j'ai parfaitement conscience d'en avoir subi l'attrait, — jusqu'au jour où m'est apparu que l'Orient et moi nous entendions sous les mêmes mots des choses différentes. L'Esprit, pour le sage hindou, c'est l'unité homogène où le parfait vient se perdre en supprimant toutes nuances et toutes richesses individuelles. Recherches, personnalisation, progrès terrestres, autant de pestes de l'âme. *La Matière est poids mort et une illusion.* L'Esprit au contraire, pour moi, c'est, ai-je dit, l'unité de synthèse en laquelle le saint vient s'achever en poussant à l'extrême la différenciation et les ressources de sa nature. Savoir et pouvoir : voilà le seul chemin menant à la libération. *La Matière est toute chargée de possibilités sublimes.* Ainsi l'Orient me fascine par sa foi en l'unité finale de l'Univers. Mais il se trouve que nous avons, lui et moi, deux conceptions opposées des relations de passage

---

1. Malgré le nombre de ses adeptes, et ses progrès constants (dans des couches peu évoluées, notons-le, de l'Humanité), l'Islam n'est pas considéré ici, parce qu'il n'apporte, à mon avis, (au moins sous sa forme originale), aucune solution particulière au problème moderne de la religion. Il me paraît représenter un judaïsme résiduel, sans individualité. Et il ne peut se développer qu'en devenant humanitaire ou chrétien. (*N.D.A.*)

entre la Totalité et ses éléments. Pour lui, l'Un apparaît de la suppression, — et pour moi il naît de la concentration du Multiple. Deux morales, deux métaphysiques, et deux mystiques, sous les mêmes apparences monistes [1]. Que l'équivoque se découvre : et c'en serait assez, je pense, pour que, des religions orientales menant logiquement au renoncement passif, se dégoûte notre Monde moderne, surtout avide de légitimer religieusement ses conquêtes. Sur moi, en tout cas, leur courant a perdu, ipso facto, toute puissance. Le Dieu que je cherche doit se manifester à moi comme un Sauveur de l'activité humaine. Je pensais l'avoir entrevu à l'Orient. Ne m'attendrait-il pas à l'autre bout de l'horizon dans les régions nouvellement ouvertes à la mystique humaine par « la route de l'Ouest » ?

b) A la différence des vénérables cosmogonies asiatiques que je viens d'éliminer, *les panthéismes humanitaires* représentent autour de nous une forme toute jeune de religion. Religion peu ou pas codifiée (en dehors du Marxisme). Religion sans Dieu apparent, et sans révélation. Mais Religion au vrai sens, si par ce mot on désigne la foi contagieuse en un Idéal auquel donner sa vie. Malgré d'extrêmes diversités de détail, un nombre rapidement croissant de nos contemporains s'accordent d'ores et déjà à reconnaître que l'intérêt suprême de l'existence consiste à se vouer corps et âme au Progrès universel, — celui-ci s'exprimant par les développements tangibles de l'Humanité. Depuis bien longtemps, le monde n'avait pas assisté à un pareil effet de « conversion ». Qu'est-ce à dire sinon que, sous des formes variables (communistes ou nationalistes, scientifiques ou

---

1. Je prends ici, c'est clair, les religions orientales telles qu'elles sont en droit, en vertu de leur conception fondamentale de l'Esprit et non telles qu'elles deviennent en fait dans les néo-bouddhismes, par convergence aux mystiques de type occidental. (*N.D.A.*)

politiques, individuelles ou collectives), nous voyons positivement naître et se constituer autour de nous, depuis un siècle, une Foi nouvelle : la Religion de l'Évolution. Tel est le deuxième des courants spirituels avec lesquels j'ai à mesurer ma foi.

Par nature et par occupation, je suis trop (ai-je dit plus haut) un enfant du Monde, pour ne pas me sentir à ma place dans un temple construit à la gloire de la Terre. Et que représente, à vrai dire, le « sens cosmique » d'où germe l'organisme entier de ma croyance sinon cette foi même en l'Univers qui anime les panthéismes modernes ? — L'Orient m'avait déplu parce qu'il ne laisse logiquement aucune place ou aucune valeur aux développements de la nature. Ici au contraire je trouve, érigée en une sorte d'absolu, la genèse de la plus grande conscience, et son cortège essentiel de créations et de recherches. Ici je me vois provoqué aux efforts sans limite pour la conquête du temps et de l'espace. Ici, je le sens, est le milieu intérieur naturel où je suis fait pour m'épanouir et évoluer. Comment expliquer autrement la sympathie immédiate et l'accord profond que j'ai toujours remarqués entre moi et les plus émancipés serviteurs de la Terre ? — J'ai donc souvent aimé à m'aventurer en rêve à leur suite, curieux de deviner jusqu'où pourraient coïncider nos routes. Or chaque fois, après un temps très court, je me suis trouvé déçu. C'est que, après un beau départ, les adorateurs du Progrès s'arrêtent presque immédiatement, sans vouloir ou pouvoir dépasser le deuxième stade de ma croyance individuelle. Ils s'élancent bien vers la foi en l'Esprit (le *vrai* Esprit de sublimation et de synthèse). Mais en même temps ils se refusent à chercher si, pour légitimer le don qu'ils lui font d'eux-mêmes, cet Esprit se présente à eux doué d'immortalité et de personnalité. Ces deux propriétés, nécessaires à mon avis pour justifier l'effort humain, ils les nient, le plus souvent; ou du moins ils cherchent à édifier en dehors d'elles le corps de leur religion. D'où bien vite une sensation d'insécurité, d'inachèvement, d' « asphyxie. »

Les Religions hindoues me donnaient l'impression d'un abîme où on se jetterait pour saisir l'image du soleil. Chez les panthéistes humanitaires d'aujourd'hui, il me semble étouffer sous un ciel trop bas.

c) Alors il ne me reste plus qu'à me tourner vers la troisième et dernière branche du fleuve, — vers le *courant chrétien.* Là sans doute, par élimination, doit se trouver la direction que je cherche, — celle où je rencontrerai, amplifiées par une longue tradition vivante, les tendances d'où est sortie et dont s'entretient ma foi. Je me suis donc livré aux influences de l'Église. Non plus, ce coup-ci, par une expérience mentale fictive, mais au cours d'un essai prolongé, j'ai tâché de faire coïncider ma petite religion personnelle avec la grande Religion de Jésus. Eh bien, pour être absolument *vrai* en face de moi-même, comme devant les autres, je dois dire que, une troisième fois encore, l'accord ne s'est pas établi, — au moins dès le début. Je ne me suis pas reconnu d'abord dans l'Évangile : et voici pourquoi.

Le Christianisme est par excellence la Religion de l'Impérissable et du Personnel. Son Dieu pense, aime, parle, punit, récompense comme *Quelqu'un.* Son Univers culmine en des âmes immortelles, responsables pour toujours de leur destinée. Ainsi s'anime et s'ouvre tout grand, au-dessus de ses fidèles, le même ciel qui pour les panthéismes humanitaires demeurait impassible et fermé. Il y a, dans cette illumination des sommets, une magnifique attirance. Mais pour y parvenir, il m'a longtemps semblé que le chemin était coupé d'avec la Terre, — comme si l'on m'eût demandé d'escalader des nuages. C'est qu'à force de n'envisager que des relations « personnelles » dans le Monde, le Chrétien moyen a fini par rapetisser à la mesure de « l'homme juridique » le Créateur et la Créature. A force d'entendre exalter la valeur de l'esprit et la surnaturalité du divin, il en est venu à regarder l'âme comme un hôte de passage dans le Cosmos et une prisonnière de la Matière. Pour lui, dès lors, l'Univers a cessé d'étendre sur toute l'expérience intérieure le primat de son organique unité : l'opération du salut, devenue affaire de réussite individuelle, se développe sans souci de l'évolution cosmique. Le Christianisme ne paraît pas croire au Progrès humain. Il n'a pas développé, ou il a laissé s'endormir en lui le *sens de la Terre*... Comment alors ne sentirais-je pas, — moi dont toute la sève monte de la Matière, que mon adhésion à sa morale et à sa théologie est forcée et conventionnelle ? Mes espérances suprêmes, celles-là même que les panthéismes ni d'Orient, ni d'Occident ne pouvaient satisfaire, la foi en Jésus les comble. Mais n'est-ce pas pour me retirer, de l'autre main, le seul support sur lequel je pouvais m'élever à l'attente d'une immortalité divine : la foi au Monde ? — Ma religion individuelle a-t-elle donc des exigences si exceptionnelles ou si nouvelles qu'aucune formule ancienne ne puisse la satisfaire ?

Je pouvais le craindre.

C'est alors que m'est apparu le Christ-Universel.

3. *Le Christ-Universel et la convergence des Religions.*

Le Christ-Universel, tel que je le comprends, est une synthèse du Christ et de l'Univers. Non point divinité nouvelle, — mais explication inévitable du Mystère en quoi se résume le Christianisme : l'Incarnation.

Aussi longtemps qu'on la décrit et qu'on la traite en termes juridiques, l'Incarnation paraît un phénomène simple, — superposable à n'importe quelle espèce de Monde. Que l'Univers soit petit ou grand, statique ou évolutif, il est juste aussi simple pour Dieu de le *donner* à son Fils : puisqu'il ne s'agit en somme que d'une déclaration. Toute autre se découvre la situation si on l'envisage d'un point de vue organique, qui est au fond celui de toute vraie connaissance du Réel. La croyance la plus chère du chrétien (disons, plus exactement, du catholique) est que le Christ, par sa « grâce », l'enveloppe et le fait participant de sa vie divine [1]. Mais comment donc peut s'opérer (de possibilité physique) cette mystérieuse emprise ? « Par la puissance divine », nous dit-on. J'entends bien. Mais ceci n'est pas plus une réponse que lorsque le nègre explique l'avion en disant : « Affaire de Blancs. » Comment la puissance divine, précisément, doit-elle combiner l'Univers pour qu'une Incarnation y soit biologiquement réalisable ? Voilà ce qui m'intéresse. Voilà ce que j'ai cherché à comprendre. Et voilà ce qui m'a amené à la conclusion suivante.

Si nous voulons, nous autres chrétiens, *conserver* au Christ les qualités mêmes qui fondent son pouvoir et notre adoration, nous n'avons rien de meilleur, ou même rien d'autre à faire que d'accepter jusqu'au bout les conceptions les plus modernes de l'Évolution. Sous la pression combinée de la Science et de la Philosophie, le Monde s'impose de plus en plus à notre expérience et à notre pensée comme un système lié d'activité s'élevant graduellement vers la liberté et la conscience. La seule interprétation satisfaisante de ce processus, ajoutais-je plus haut, est de le regarder comme irréversible et convergent. Ainsi se définit, en avant de nous, *un Centre cosmique universel* où tout aboutit, où tout s'explique, où tout se sent, où tout se commande. Eh bien, c'est en ce pôle physique de l'universelle évolution qu'il est nécessaire, à mon avis, de placer et

---

1. Cette union supérieure s'opère, ajoute-t-on, dans une zone « surnaturelle » de l'âme. Et, pour avoir ajouté ce qualificatif obscur, le théologien semble se croire dispensé de chercher comment peuvent se concilier ensemble les exigences du dogme et les possibilités de la Terre. Le problème existe pourtant, et il est majeur. « Surnaturel » (quel que soit précisément le contenu positif du terme) ne peut signifier que « suprêmement réel », c'est-à-dire « suprêmement conforme » aux conditions de réalité imposées aux êtres par la Nature. Pour *pouvoir* être le Sauveur et la Vie des âmes dans leurs prolongements surnaturels, le Christ doit donc premièrement satisfaire certaines conditions vis-à-vis du Monde pris dans sa réalité expérimentale et naturelle. (*N.D.A.*)

de reconnaître la plénitude du Christ. Car *dans nulle autre espèce de Cosmos,* et *à nulle autre place* aucun être, *si divin soit-il,* ne saurait exercer la fonction d'universelle consolidation et d'universelle animation que le dogme chrétien reconnaît à Jésus [1]. L'Évolution, en découvrant un sommet au Monde, rend le Christ possible, — tout comme le Christ, en donnant un sens au Monde, rend possible l'Évolution.

J'ai parfaitement conscience de ce qu'il y a de vertigineux dans cette idée d'un être capable de rassembler dans son activité et son expérience individuelle toutes les fibres du Cosmos en mouvement. Mais, en imaginant une pareille merveille, je ne fais rien autre chose, je le répète, que de transcrire en termes de réalité physique les expressions juridiques où l'Église a déposé sa foi. Équivalemment sans s'en douter, le moindre catholique impose, par son Credo, une structure particulière à l'Univers. Prodigieuse et cependant cohérente. N'est-ce pas une simple illusion quantitative, observais-je ci-dessus, qui nous fait regarder comme incompatible le Personnel et l'Universel?

Je me suis engagé pour mon compte, sans hésiter, dans la seule direction où il me semblait possible de faire progresser, et par conséquent de sauver ma foi. Le Jésus ressuscité que les autres m'apprenaient à connaître, j'ai essayé de le placer en tête de l'Univers que j'adorais de naissance. Et, le résultat de cette tentative, c'est que depuis vingt-cinq ans je m'émerveille sans arrêt devant les infinies possibilités que l' « universalisation » du Christ ouvre à la pensée religieuse.

Le catholicisme m'avait déçu, en première apparence, par ses représentations étroites du Monde, et par son incompréhension du rôle de la Matière. Maintenant je reconnais qu'à la suite du Dieu incarné qu'il me révèle je ne puis être sauvé

---

1. Autrement dit le Christ a besoin de trouver un Sommet du Monde pour sa consommation comme il a eu besoin de trouver une Femme pour sa conception. (*N.D.A.*)

qu'en faisant corps avec l'Univers. Et ce sont du même coup mes aspirations « panthéistes » les plus profondes qui se trouvent satisfaites, guidées, rassurées. Le Monde autour de moi devient divin. Et pourtant, ni ces flammes ne me détruisent, — ni ces flots ne me dissolvent. Car, à l'inverse des faux monismes qui poussent par la passivité vers l'inconscience, le « pan-christisme » que je découvre place l'union au terme d'une différenciation laborieuse. Je ne deviendrai l'Autre qu'en étant absolument moi-même. Je ne parviendrai à l'Esprit qu'en dégageant jusqu'au bout les puissances de la Matière. Le Christ total ne se consomme et n'est attingible qu'au terme de l'Évolution universelle. En lui j'ai trouvé ce dont mon être rêvait : un Univers personnalisé, dont la domination me personnalise. Et, cette « Ame du Monde », je la tiens non plus seulement comme une création fragile de ma pensée individuelle, mais comme le produit d'une longue révélation historique où les moins croyants sont bien obligés de reconnaître une des principales directrices du progrès humain.

Car (et c'est là peut-être le plus merveilleux de l'affaire) le Christ-Universel où se satisfait ma foi personnelle n'est pas autre chose que l'expression authentique du Christ de l'Évangile. Christ renouvelé, sans doute, au contact du Monde moderne, mais Christ *agrandi afin* de rester lui-même. On m'a reproché d'être un novateur. En vérité, plus j'ai médité les magnifiques attributs cosmiques prodigués par saint Paul au Jésus ressuscité, plus j'ai réfléchi au sens conquérant des vertus chrétiennes, plus je me suis aperçu que le Christianisme ne prenait sa pleine valeur que porté (comme j'aime à le faire) à des dimensions universelles. Inépuisablement fécondées l'une par l'autre, ma foi individuelle au Monde et ma Foi chrétienne en Jésus n'ont pas cessé de se développer et de s'approfondir. *A ce signe*, d'un accord continuel entre ce qu'il y a de plus naissant en moi et de plus vivant dans la religion chrétienne, j'ai définitivement reconnu que j'avais trouvé dans celle-ci le complément cherché de moi-même et je me suis donné [1].

Mais, si je me suis donné, moi, pourquoi les autres, tous les autres, ne se donneraient-ils pas à leur tour, aussi? Je le disais en commençant : ces lignes sont une confession personnelle. Mais au fond de mon esprit, en les écrivant, j'ai senti passer du plus grand que moi-même. La passion pour le Monde d'où jaillit ma foi, — l'insatisfaction aussi que j'éprouve, de prime abord, en face de n'importe laquelle des formes anciennes de religion, ne sont-elles pas toutes deux la trace, dans mon cœur, de l'inquiétude et de l'attente qui marquent l'état religieux du Monde d'aujourd'hui?

Sur le grand fleuve humain, les trois courants (oriental, humain, chrétien) s'opposent encore. Cependant, à des signes sûrs, on peut reconnaître qu'ils se rapprochent. L'Orient paraît avoir déjà presque oublié la passivité originelle de son panthéisme. Le culte du Progrès ouvre toujours plus largement ses cosmogonies aux forces d'esprit et de liberté. Le Christianisme commence à s'incliner devant l'effort humain. Dans les trois branches travaille obscurément le même esprit qui m'a fait moi-même.

Mais alors la solution que poursuit l'Humanité moderne ne serait-elle pas essentiellement celle-là précisément que j'ai rencontrée? Je le pense et dans cette vision s'achèvent mes espérances. Une convergence générale des Religions sur un Christ-Universel qui au fond les satisfait toutes : telle me paraît être la seule conversion possible du Monde, et la seule forme imaginable pour une Religion de l'avenir.

---

1. Plus j'y pense, et moins je vois d'autre critère pour la vérité que d'établir un maximum croissant de cohérence universelle. Un tel succès a quelque chose d'objectif, dépassant les effets de tempérament. (N.D.A.)

ÉPILOGUE
LES OMBRES DE LA FOI

J'ai fini d'énumérer les raisons et les modalités de ma croyance. Il ne me reste plus qu'à dire quelle sorte de clarté ou de sécurité je trouve dans les perspectives auxquelles j'adhère. Et alors j'aurai fini de raconter l'histoire de ma foi.

Après ce que je viens de déclarer sur ma conviction qu'il existe un terme personnel divin à l'Évolution universelle, on pourrait penser que, en avant de ma vie, l'Avenir se découvre serein et illuminé. Pour moi, sans doute, la mort apparaît juste comme un de ces sommeils après lesquels nous ne doutons pas de voir se lever un glorieux matin.

Il n'en est rien.

Sûr, de plus en plus sûr, qu'il me faut marcher dans l'existence comme si au terme de l'Univers m'attendait le Christ, je n'éprouve cependant aucune assurance particulière de l'existence de celui-ci. Croire n'est pas voir. Autant que personne, j'imagine, je marche parmi les ombres de la foi.

Les ombres de la foi... Pour justifier cette obscurité si étrangement incompatible avec le soleil divin, les docteurs nous expliquent que le Seigneur, volontairement, se cache, afin d'éprouver notre amour. Il faut être incurablement perdu dans les jeux de l'esprit, il faut n'avoir jamais rencontré en soi et chez les autres la souffrance du doute, pour ne pas sentir ce que cette solution a de haïssable. Comment, mon Dieu, vos créatures seraient devant vous, perdues et angoissées, appelant au secours. Il vous suffirait, pour les précipiter sur vous, de montrer un rayon de vos yeux, la frange de votre manteau, — et vous ne le feriez pas?

L'obscurité de la foi, à mon avis, n'est qu'un des cas particuliers du problème du Mal. Et, pour en surmonter le scan-

dale *mortel,* je n'aperçois qu'une voie possible : c'est de reconnaître que si Dieu nous laisse souffrir, pécher, douter, c'est
qu'il *ne peut pas,* maintenant et d'un seul coup, nous guérir
et se montrer. Et, s'il ne le peut pas, c'est uniquement parce
que nous sommes encore *incapables,* en vertu du stade où se
trouve l'Univers, de plus d'organisation et de plus de lumière.

Au cours d'une création qui se développe dans le Temps,
le Mal est inévitable. Ici encore la solution libératrice nous
est donné par l'Évolution.

Non, Dieu ne se cache pas, j'en suis sûr, pour que nous le
cherchions, — pas plus qu'il ne nous laisse souffrir pour
augmenter nos mérites. Bien au contraire, penché sur la
Création qui monte à lui, il travaille de toutes ses forces à
la béatifier et à l'illuminer. Comme une mère, il épie son
nouveau-né. Mais mes yeux ne sauraient encore le percevoir.
Ne faut-il pas justement toute la durée des siècles pour que
notre regard s'ouvre à la lumière?

Nos doutes, comme nos maux, sont le prix et la condition
même d'un achèvement universel. J'accepte, dans ces conditions, de marcher jusqu'au bout sur une route dont je suis
de plus en plus certain, vers des horizons de plus en plus
noyés dans la brume [1].

Voilà comment je crois. *

* *Inédit.* Pékin, 28 octobre 1934.

---

1. Les horizons, alors noyés dans la brume, devaient s'illuminer :
« Depuis quatre mois le soleil de l'Énergie Christique n'a pas cessé de
monter verticalement dans mon ciel (intellectuel et mystique) », écrira
le Père Teilhard, en 1947, à son ami. M. l'Abbé Gâté. Et les derniers
écrits du Père témoignent du paroxysme de l'illumination : « C'est dans
l'éblouissement d'une universelle Transparence et d'un universel Embra-
sement que j'aurai la joie de fermer les yeux. » (*Le Cœur de la Matière,*
1950.) « L'Énergie se faisant Présence... Il semblerait qu'un seul rayon
d'une telle lumière, tombant sur la Noosphère, dût provoquer une
explosion assez forte pour embraser et renouveler instantanément la face
de la Terre... » (*Le Christique,* mars 1955.) (*N.D.E.*)

QUELQUES VUES GÉNÉRALES SUR L'ESSENCE DU CHRISTIANISME

1. Essentiellement, le Christianisme consiste à regarder l'histoire du Monde comme répondant au processus suivant : Un Je (ou Moi) suprême (Dieu hyper-personnel) s'agrège, sans les confondre, les « je » humains, en et par le « je » « Christique ».

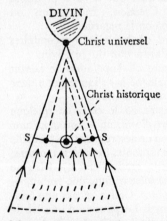

S.S. — Surface d'hominisation où apparaissent les grains de personnalité créée

2. *L'attitude pratiquement* exprimée par cette perspective est claire, et se montre historiquement douée d'une valeur évolutive mystique privilégiée, et comme indéfinie.

3. Le problème posé par la construction d'un *schème rationnel statique* sauvant l'indépendance relative, et cependant l'inter-dépendance organique de ces trois catégories de « Je », a donné naissance à une théologie métaphysique compliquée (théorie des personnes, de la nature en Dieu et dans le Christ).

4. Sous *une forme dyna-*

155

mique, le point de vue chrétien peut s'exprimer assez clairement sous la forme symbolique donnée ci-contre. Le multiple (créé) converge graduellement vers l'Unité (en Dieu), le
sommet du cône étant formé par le Christ en qui le Plural
unifié (somme organisée des centres de conscience créés)
rejoint le Centre actif de l'unification.

N. B. Plus en détail, il faut noter, dans le « cône » symbolique,
la section en surface « d'hominisation », où le multiple atteint
l'état de conscience réfléchie. C'est à partir de cette surface
critique (apparition de l'homme) que les centres ou grains
de conscience peuvent être considérés comme définitivement
constitués (car c'est à partir de là seulement que les « je »
créés se trouvent constitués).

5. Dans cette perspective dynamique (exprimant que la
création se présente essentiellement à nous sous forme évolutive), il est intéressant de remarquer que *le même* processus
fondamental peut s'appeler Création, Incarnation ou
Rédemption, suivant le côté d'où on le regarde :

a) Création, dans la mesure où les « je » secondaires
(humains) se constituent sous l'attraction du Je Divin.

b) Incarnation, dans la mesure où l'opération se faisant
par unification, le Je Divin est amené à « s'immerger » dans
son œuvre, à raison même de son opération.

c) Rédemption, dans la mesure où le créé, en quelque
point qu'on le considère *en cours* d'unification, présente une
part d'inorganisation résiduelle ou de désorganisation (actuelle
ou virtuelle) définissant le Mal sous toutes formes. En un sens,
si créer est unifier (évolutivement, graduellement), Dieu ne
peut créer sans que du Mal apparaisse comme une ombre, —
du Mal à compenser et à surmonter. Ceci n'est pas une limi-
tation à la puissance de Dieu, mais l'expression d'une loi de
nature, ontologique, contre laquelle il serait absurde de supposer que Dieu puisse aller.

N. B. Ceci, soit dit en passant, grandit singulièrement, sans
le fausser, le « sens de la Croix ». La Croix est le symbole et

le geste du Christ soulevant le Monde avec tout son fardeau d'inertie mais aussi avec tout son élan : geste d'expiation, mais aussi de traversée et de conquête. La création est de la catégorie d'un « effort ».

6. De ceci il résulte que, prises dans leur sens plein, Création, Incarnation, Rédemption ne sont pas des faits *localisables* en un point déterminé du temps et de l'espace, mais de véritables dimensions du Monde (non pas objets de perception, mais condition de toutes les perceptions).

Il n'en est pas moins vrai que toutes trois peuvent se traduire par des faits particuliers *expressifs*, tels que : l'apparition historique du type humain (création), la naissance du Christ (incarnation), sa mort (rédemption). Mais ces faits historiques ne sont que l'expression privilégiée de processus ayant des dimensions « cosmiques ».

Dans le même sens je n'ai pas d'objection à admettre que le Mal inhérent au Monde en vertu de son mode de création puisse être regardé comme étant particulièrement individualisé sur Terre au moment de l'apparition des « je » humains responsables. Ce serait là, au *sens strict*, le péché originel des théologiens [1]. En un autre sens on pourrait se demander si le vrai péché humain ne serait pas celui de l'Homme arrivé, plus tard, à une sorte de plénitude de sa conscience et de sa responsabilité [2]...

7. Ce qui donne au Christianisme son efficience et sa tonalité particulières, c'est l'idée fondamentale que le Foyer suprême de l'Unité, non seulement se reflète en chaque élément de conscience qu'il attire, mais que, pour obtenir l'unification finale, il a eu à se « matérialiser » sous forme

---

1. On ne saurait négliger du point de vue théologique l'importance capitale d'une telle affirmation. (*N.D.E.*)

2. Cf. plus haut : *Note sur quelques représentations historiques possibles du péché originel*, note 2, p. 69. (*N.D.E.*)

d'un élément de conscience (le « je » christique, historique).
Pour agir efficacement, le Centre des centres s'est réfléchi
sur le Monde sous la forme d'un centre (= Jésus).

Cette conception du Christ, non seulement prophète et
homme exceptionnellement conscient de Dieu, mais « étin-
celle divine », choque au premier abord un esprit « moderne »,
comme un désuet anthropomorphisme. Mais il faut observer :

a) Que la réaction moderne contre l'anthropomorphisme
est allée beaucoup trop loin, jusqu'à nous faire douter d'une
ultra-personnalité divine. Si l'on reconnaît que le véritable
Universel (Centre de l'Univers) ne peut être que de nature
hyper-personnelle, sa manifestation historique sous une forme
personnelle redevient pensable, en droit, quitte à corriger
certaines de nos représentations de détail.

b) Et aussi que, psychologiquement, en fait, l'étonnante
puissance de développement mystique manifestée par le
Christianisme est indissolublement liée à l'idée que le Christ
est historique. Supprimé ce noyau, le Christianisme n'est
plus autre chose qu'une « philosophie » comme les autres :
il perd toute sa force, sa vitalité.

8. Du point de vue où nous nous sommes placés ici, le
Christianisme paraît satisfaire au mieux la tendance religieuse essentielle qui porte l'Homme vers quelque sorte de
« panthéisme ».

Il y a deux sortes de panthéismes :

a) Ceux pour qui l'Unité du Tout naît de la fusion des
éléments — ceux-ci disparaissent à mesure que celui-ci
apparaît.

b) Ceux pour qui les éléments *s'achèvent* par accession à
un Centre plus profond qui les domine et les sur-centre en
Lui-même. En vertu du principe (théorique et expérimental)
que l'union ne confond pas les termes qu'elle unit, mais les
différencie, la deuxième forme de « panthéisme » est seule
intellectuellement légitime et seule mystiquement satisfaisante.

Or c'est précisément celle qui s'exprime dans l'attitude chrétienne.

9. On reproche généralement au Christianisme d'être périmé parce que fondé à la fois sur un anthropomorphisme (de Dieu) et un anthropocentrisme (de l'Homme).

Il est incontestable qu'à une période donnée de l'histoire on a, pour des raisons obvies, été enclin à se représenter d'une manière trop simpliste ou trop humaine la nature du Je divin et la position significative (privilégiée) de l'Homme; mais ces représentations trop sommaires couvraient un fond durable de vérité.

Si, en effet, l'on regarde Dieu, non plus comme un centre ordinaire de conscience (de type humain), mais comme un *Centre de centres;* et si l'on regarde l'Homme, non plus comme le Centre du Monde, mais comme un axe (ou une flèche) nous indiquant, par sa direction, le sens dans lequel progresse le Monde (vers toujours plus de conscience et de personnalité) : alors on échappe aux faiblesses de l'anthropomorphisme et de l'anthropocentrisme, et cependant on garde tout ce dont a besoin le dogme chrétien. Simplement par un changement enrichissant de dimensions. *

* *Inédit.* Paris, mai 1939.

LE CHRIST ÉVOLUTEUR

> Une Croix devenue signe de croissance en
> même temps que de rachat est la seule
> désormais dont pourra se signer le Monde.

LE CHRIST ÉVOLUTEUR

OU UN DÉVELOPPEMENT LOGIQUE
DE LA NOTION DE RÉDEMPTION [1]

Avertissement
I.   Une perspective nouvelle en Science : l'Humanisation.
II. Un conflit apparent dans la Pensée chrétienne : Salut et Évolution.
III. Un progrès théologique en vue : la face créatrice de la Rédemption.
Remarque finale.
Appendice : Péché originel et Évolution.

AVERTISSEMENT

LES pages qui suivent ne sont pas destinées au « public »,
mais à des « professionnels » seulement. On a pu me
reprocher d'avoir diffusé imprudemment, dans le passé,
des vues dont la nouveauté risquait de troubler et d'égarer
certains esprits mal préparés à les recevoir ou à les critiquer.
Ici, ce n'est pas à la masse croyante ou incroyante que je
vais parler, pour essayer de lui découvrir un champ agrandi,
interminable, d'adoration; mais c'est à mes pairs en philosophie et en théologie que je m'adresse, dans l'espoir de leur

---

1. Réflexions sur la nature de l' « action formelle » du Christ dans le
Monde.
Cf. Bonsirven : Rap. (notion historique juive) = constitution de l'*ère
messianique* (notion apparaissant *après* l'Égypte). *(N.D.A.)*

faire prendre conscience d'un état de choses auquel ils peuvent sans doute faire face mieux que moi-même, — mais que, pour diverses raisons, je suis peut-être à même d'apercevoir plus clairement qu'eux :

Je veux dire la nécessité grandissante où nous nous trouvons aujourd'hui de ré-ajuster à un Univers renouvelé les lignes fondamentales de notre Christologie.

I. UNE PERSPECTIVE NOUVELLE EN SCIENCE : L'HUMANISATION

S'ils veulent parler dans une langue intelligible, et mieux encore, persuasive, à nos contemporains, il est indispensable, avant toutes choses, que les théoriciens du Christianisme comprennent, acceptent et aiment l'idée nouvelle que l'Homme moderne a été *scientifiquement* amené à se faire de lui-même.

A un degré initial, cette idée est celle d'une dépendance organique et génétique reliant intimement l'Humanité au reste du Monde. *L'Homme est né, et il croît, historiquement, en dépendance de toute Matière et de toute Vie.* Que ce point soit incomplètement assimilé encore par la Philosophie et la Théologie traditionnelles, j'en conviens. Mais ces difficultés et ces lenteurs (inhérentes à tout revirement de pensée) ne changent rien à une situation dont il faudrait que les « docteurs en Israël » réalisent, dans leur esprit, le caractère *définitif*. Aujourd'hui, l'origine de l'Homme par voie évolutive (le terme « évolution » étant pris dans son acception la plus générale, et sur le plan strictement expérimental), cette origine évolutive, dis-je, ne fait plus *aucun doute* pour la Science. Qu'on se le dise bien : la question est déjà réglée, — si bien réglée, que continuer à la discuter dans les Écoles est juste autant du temps perdu que si l'on délibérait encore sur l'impossibilité pour la Terre de tourner.

Or pendant que nous restons ainsi en arrière à nous battre contre des faits désormais établis, le problème scientifique de l'Homme continue à marcher; et, sans nous attendre, il est déjà entré dans une deuxième phase, où la première trouve ses développements naturels et son achèvement.

Le XIXe siècle et le XXe (à ses débuts) s'étaient surtout attachés à éclairer *le passé* de l'Homme, — le résultat de leurs investigations étant d'établir avec évidence que l'apparition de la Pensée sur Terre correspondait biologiquement à *une « hominisation » de la Vie*. Voici maintenant que le faisceau des recherches scientifiques, dirigé *en avant*, sur les prolongements du « phénomène humain », est en train de faire apparaître, dans cette direction, une perspective plus étonnante encore : celle d'*une « humanisation » progressive de l'Humanité*.

Je m'explique.

Instinctivement, jusqu'ici, nous tendions à nous représenter l'Humanité comme limitée, vers le haut, par une sorte de surface d'évaporation (la mort), à travers laquelle les âmes, produits successifs des générations, s'échappent une à une, — et disparaissent. Dans ce régime en état d'équilibre, aucun cycle d'ampleur plus grande que celui des vies individuelles. Ainsi comprise, l'Humanité se perpétuerait, elle s'étendrait même, sur Terre, mais sans changer de niveau, au cours des âges.

Tout autre est la figure que commencent à démêler nos yeux, désormais habitués à l'énormité et à la lenteur des mouvements cosmiques.

Au regard de l'Anthropologie moderne, le groupe humain ne forme plus un agrégat statique d'éléments juxtaposés, mais il constitue une sorte de super-organisme, obéissant à une loi de croissance globale et définie. Semblable en ceci à tout autre vivant, l'Homme est né, non seulement comme un individu. Mais *comme une espèce*. Il y a donc lieu de reconnaître et d'étudier en lui, par-delà le cycle de l'individu, *le cycle de l'Espèce*.

Sur la nature particulière de ce cycle supérieur, les savants sont encore loin d'être tombés d'accord. Je ne crois pas me tromper toutefois en affirmant que l'idée grandit chez eux, et s'apprête à triompher, que le processus biologique actuellement en cours dans l'Humanité consiste, spécifiquement et essentiellement, en l'élaboration progressive d'une conscience humaine collective. De plus en plus clairement, le phénomène général de la Vie se ramène, bio-chimiquement, à l'édification graduelle de groupements moléculaires ultra-compliqués, et, par suite, ultra-organisés. *Par sa fraction axiale, vivante, l'Univers dérive, simultanément et identiquement, vers le super-complexe, le super-centré, le super-conscient.*

De ce point de vue (où convergent et se résument toute la Physique, toute la Chimie et toute la Biologie modernes), le Phénomène Humain prend pour la première fois, dans la Nature, un sens déterminé et cohérent. En tête de la vie animale, dans le Passé, l'individu humain, avec la suprême complexité et la parfaite centréité de son système nerveux. Et, en tête de la vie hominisée, dans l'Avenir, la formation attendue d'un groupement supérieur (de type encore inconnu sur Terre), où tous les individus humains se trouveront à la fois achevés et synthétisés.

Chacune de nos « ontogénèses » particulières prise dans une Anthropogénèse générale, en laquelle s'exprime probablement l'essence' de la Cosmogénèse....

Cette vision paraîtra folle à ceux de mes lecteurs qui ne se sont pas familiarisés avec l'immensité, désormais incontestée, des abîmes parmi lesquels évolue sans vertige la pensée scientifique moderne.

Je répète et je maintiens que, en substance, elle exprime simplement ce que tout le monde commence à pressentir, et ce que tout le monde pensera demain, — pour le plus grand risque (pensent les uns), ou pour le plus grand bien (pensent les autres, dont je suis), de notre Religion.

II. UN CONFLIT APPARENT DANS LA PENSÉE CHRÉTIENNE : SALUT ET ÉVOLUTION

Tant qu'il ne s'agissait que de la structure de la Matière, ou de l'énormité de l'Espace, les derniers progrès de la Science ont pu s'effectuer sans retentir particulièrement sur la paix des croyants. Entre ces sensationnelles révélations de l'Immense et de l'Infime, et le dogme évangélique, les relations n'étaient pas assez immédiates pour être tout de suite senties. — Dans le cas de « l'Humanisation », c'est tout autre chose. Ici, un compartiment nouveau, ou, pour mieux dire, une dimension de plus, viennent soudain élargir, presque sans limites, la Destinée humaine, — compartiment et dimension *dont aucune mention explicite ne se trouve dans l'Évangile* [1]. Jusqu'alors le fidèle avait appris à penser, à agir, à craindre, à adorer, *à l'échelle de sa vie et de sa mort individuelles.* Comment va-t-il, comment peut-il, sans rupture des cadres traditionnels, étendre sa foi, son espérance, sa charité, à la mesure d'une organisation terrestre destinée à se poursuivre sur des millions d'années?...

Disproportion entre la petite Humanité que se figurent encore nos catéchismes, et la grande Humanité dont nous entretient la Science; — disproportion entre les aspirations, les anxiétés, les responsabilités tangibles de l'existence suivant

---

1. Jésus l'avait annoncé : « J'ai encore beaucoup de choses à vous dire, mais vous ne pouvez pas les porter maintenant. Quand il viendra, lui, l'Esprit de vérité, il vous conduira vers la vérité tout entière... » Jn. XXI, 12-13. (*N.D.E.*)

qu'elles s'expriment dans un ouvrage profane ou dans un traité de religion... Il ne faut pas chercher ailleurs que dans ce déséquilibre (plus ou moins explicitement senti) la source profonde du malaise qui pèse aujourd'hui sur tant d'intelligences et de consciences chrétiennes. Contrairement à une opinion commune, ce n'est pas la découverte scientifique des humbles origines humaines, mais bien plutôt c'est la découverte, également scientifique, d'un prodigieux avenir humain, qui trouble aujourd'hui les cœurs, et qui devrait par suite préoccuper, au-dessus de tout, nos modernes apologètes.

Or comment la question se pose-t-elle, techniquement, pour la Théologie?

Dans l'ensemble, on peut affirmer que, pour franchir la crise de ré-ajustement par laquelle nous passons, une issue triomphale est déjà en vue. Prolongées logiquement jusqu'au bout d'elles-mêmes, les perspectives scientifiques de l'Humanisation déterminent, au sommet de l'anthropogénèse, l'existence d'un centre ou foyer ultime de Personnalité et de Conscience, nécessaire pour diriger et synthétiser la genèse historique de l'Esprit. — Or ce « point Oméga » (comme je l'ai appelé) n'est-il pas la place idéale d'où faire rayonner le Christ que nous adorons, — un Christ dont la domination surnaturelle se double, nous le savons, d'un pouvoir physique prépondérant sur les sphères naturelles du Monde? « In quo omnia constant [1]. » — Extraordinaire rencontre, en vérité, des données de la Foi avec les démarches de la raison! Ce qui paraissait menace devient confirmation magnifique. Loin d'interférer avec le dogme chrétien, les agrandissements démesurés que vient de prendre l'Homme dans la Nature auraient donc comme résultat (si on les pousse à fond) de conférer à la Christologie traditionnelle un surcroît d'actualité et de vitalité.

Ici, toutefois, une difficulté de fond apparaît, où gît le

---

1. « En lui tout subsiste. » Co. 1, 17. (*N.D.E.*)

point précis sur lequel veuillent bien réfléchir les professionnels auxquels je m'adresse.

Pris *matériellement* dans leur nature de « Centres universels », le Point Oméga de la Science et le Christ révélé coïncident, — je viens de le dire. Mais, considérés *formellement*, dans leur mode d'action, sont-ils vraiment l'un à l'autre assimilables ? D'une part, la fonction spécifique de Oméga est de faire converger sur soi, pour les ultra-synthétiser, les parcelles conscientes de l'Univers. D'autre part, la fonction christique (sous sa forme traditionnelle) consiste essentiellement à relever, à réparer, à sauver l'Homme d'un abîme. Ici, un salut, par le pardon obtenu. Là un achèvement, par le succès d'une œuvre réalisée. *Ici un rachat. Là une genèse.* Les deux points de vue sont-ils transposables, pour la Pensée et pour l'Action ? — Autrement dit, peut-on passer, *sans déformation pour l'attitude chrétienne*, de la notion d' « *Humanisation par Rédemption* » à celle d'« *Humanisation par Évolution* » ?

Voilà, si je ne me trompe, le nœud du problème religieux moderne, et le point de départ, peut-être, d'une nouvelle Théologie.

III. UN PROGRÈS THÉOLOGIQUE EN VUE : LA FACE CRÉATRICE DE LA RÉDEMPTION

Et ici, avant d'aller plus loin, insistons sur une remarque préliminaire.

Dans l'histoire de l'Église, il est évident et admis que les vues dogmatiques et morales se perfectionnent continuellement, par explicitation et intégration de certains éléments qui, d'accessoires qu'ils paraissaient, deviennent graduellement essentiels, ou même prépondérants. — Dans l'analyse de l'acte de Foi, le mécanisme intellectuel de la conversion, dominé jadis par la notion de miracle, s'explique principalement aujourd'hui par le jeu de facteurs plus généraux et moins syllogistiques, tels que la merveilleuse cohérence établie par la Révélation dans le système total de notre pensée et de notre action. En matière sexuelle, la théorie du mariage, centrée autrefois sur le devoir de la propagation, tend maintenant à faire la part de plus en plus large à une complétion spirituelle, mutuelle, des deux époux. En matière de justice, l'intérêt des moralistes, plutôt absorbé jusqu'ici par les problèmes de droit individuel, se porte avec une prédilection croissante vers les obligations de nature collective et sociale. Dans ces divers cas, et d'autres encore, la Théologie évolue, non par addition ou soustraction à son contenu, mais par accentuation et atténuation relatives de ses traits, — le processus aboutissant, en fait, chaque fois, à l' « émergence » d'un concept ou d'une attitude plus hautement synthétiques.

Revenons maintenant à la question particulière qui nous occupe.

Dans le dogme de la Rédemption, la pensée et la piété chrétiennes ont *surtout* considéré jusqu'ici (pour des raisons historiques obvies) l'idée de réparation expiatrice. Le Christ était *surtout* regardé comme l'Agneau chargé des péchés du Monde, et le Monde *surtout* comme une masse déchue. Mais le tableau comportait *aussi*, depuis l'origine, un autre élément (positif, celui-là) de re-construction, ou de re-création. Des cieux nouveaux, une Terre nouvelle : tels étaient, même pour un Augustin, le fruit et le prix du sacrifice de la Croix.

N'est-il pas concevable, — bien plus, n'est-il pas en train d'arriver — que (en conformité avec le mécanisme, ci-dessus rappelé, de l'évolution des dogmes) ces deux éléments, positif et négatif, de l'influence christique intervertissent leurs valeurs respectives, ou même leur ordre naturel, dans la vision et la dévotion des fidèles guidés par l'Esprit de Dieu ?

Sous la pression des événements et des évidences modernes,

le Monde tangible et ses prolongements prennent certainement, de nos jours, un intérêt croissant pour les disciples de l'Évangile. De là, dans la Religion, un renouveau « humaniste », qui, sans rejeter aucunement les ombres, préfère néanmoins exalter la face lumineuse, de la Création. Nous assistons, et nous participons, en ce moment, à la montée irrésistible d'un Optimisme chrétien.

Or comment cet Optimisme réagit-il sur la forme de notre adoration?

Tout d'abord, à un premier degré, le Christ tend de plus en plus à nous attirer comme Conducteur et comme Roi, aussi bien, et autant, que comme Réparateur, du Monde. Purifier, sans doute; mais, en même temps, vitaliser : les deux fonctions, bien que conçues encore comme indépendantes, se présentent déjà à notre cœur comme équi-pollentes et conjuguées.

Mais déjà cette position intermédiaire paraît elle-même dépassée.

Interrogeons les jeunes masses chrétiennes qui montent. Interrogeons-nous nous-mêmes. L'épanouissement, l'élan religieux que nous cherchons et attendons tous, plus ou moins consciemment, ne doit-il pas venir d'une Christologie renouvelée où la Réparation (si intégralement maintenue soit-elle) passerait cependant au second plan (« in ordine naturæ ») dans l'opération salvifique du Verbe?... « Primario », consommer la Création dans l'union divine; et pour cela, « secundario », éliminer les forces mauvaises de retour en arrière et de dispersion. Non plus expier *d'abord*, et, par *surcroît*, restaurer; mais créer (ou sur-créer) *d'abord*, et, pour ce (inévitablement, mais incidemment) lutter contre le mal, et payer pour lui. — N'est-ce point là l'ordre nouveau que prennent invinciblement pour notre foi les facteurs anciens?

Sous cet angle d'attaque, le passage, la transformation que nous cherchions apparaît possible entre Rédemption et Évolution.

Un Baptême où la purification devient un élément subordonné dans le geste divin total de soulever le Monde.

Une Croix symbolisant, bien plus que la faute expiée, la montée de la Création à travers l'effort.

Un Sang qui circule et vivifie, plus encore qu'il n'est répandu.

L'Agneau de Dieu portant, avec les péchés, le poids des progrès du Monde.

L'idée de Pardon et de Sacrifice se muant, par enrichissement d'elle-même, en l'idée de Consommation et de Conquête.

Le Christ-Rédempteur, autrement dit, s'achevant, sans rien atténuer de sa face souffrante, dans la plénitude dynamique d'un CHRIST-ÉVOLUTEUR.

Telle est la perspective qui, certainement, monte à notre horizon.

REMARQUE FINALE

Dans cette voie, d'ores et déjà ouverte, il ne m'appartient évidemment pas, — il n'appartient à personne, en fait, — de pronostiquer avec certitude jusqu'où s'avancera le Christianisme de demain.

Une possibilité toutefois se présente à mon esprit sur laquelle je voudrais insister en terminant.

Si divine et immortelle que soit l'Église, elle ne saurait échapper entièrement à la nécessité universelle où se trouvent les organismes, quels qu'ils soient, de se rajeunir périodiquement. Après une phase juvénile d'expansion, toute croissance se détend, et devient étale. Inutile de chercher ailleurs la raison du ralentissement dont se plaignent les Encycliques, quand elles nous parlent de ces derniers siècles « où la Foi se refroidit ». C'est que le Christianisme a déjà deux mille ans d'existence, et que, par suite, le moment est venu pour lui (comme pour n'importe quelle autre réalité physique) d'un rajeunissement nécessaire par infusion d'éléments nouveaux.

Or, où chercher le principe de ce rajeunissement?

Pas ailleurs, à mon sens, qu'aux sources brûlantes, tout juste ouvertes, de l' « Humanisation ».

La montée persistante de l'Humanité dans le ciel de la pensée moderne n'a pas cessé, depuis un siècle, de préoccuper et de troubler les défenseurs de la Religion. De cet astre nouveau, où ils croyaient voir un rival de Dieu, ils ont constamment cherché à contester la réalité, ou à diminuer l'éclat.

Tout autre, si je ne m'abuse, est la signification du phénomène; et tout autre, par suite, doit être vis-à-vis de lui notre réaction.

Non seulement, dirai-je, Progrès humain et Règne de Dieu ne se contredisent point; — non seulement les deux attractions peuvent s'aligner l'une sur l'autre sans se perturber; — mais de cette conjonction hiérarchisée s'apprête vraisemblablement à sortir la renaissance chrétienne dont l'heure paraît biologiquement venue.

Que, juxtaposées l'une à l'autre, dans un même Univers, foi au Monde et foi au Christ soient conciliables, ou même additionnables, ce serait déjà beaucoup. Mais nous pouvons soupçonner et ambitionner quelque chose de plus.

Le grand événement qui se prépare, et que nous devons aider, ne serait-ce pas que, nourris, agrandis, *fécondés* l'un par l'autre, ces deux courants spirituels fassent émerger le Christianisme, *par synthèse*, dans une sphère nouvelle : celle précisément où, combinant en Lui les énergies du Ciel et celles de la Terre, le Rédempteur viendra se placer surnaturellement, pour notre Foi, au foyer même où convergent naturellement, pour notre Science, les rayons de l'Évolution?

APPENDICE
PÉCHÉ ORIGINEL ET ÉVOLUTION

Réfléchir sur les rapports possibles entre Salut chrétien et Progrès humain, c'est évidemment, tout au fond, re-poser le problème irritant, mais inévitable, des rapports existant entre Péché originel et Évolution.

Sur ce point délicat, je déclare expressément, une fois de plus, que je ne cherche en rien, ici, à prévenir ou à influencer les décisions de l'Église. Mais il me paraît essentiel d'insister auprès des Théologiens pour qu'ils fixent leur attention sur deux points dont ils ne peuvent plus ne pas tenir compte dans leurs constructions.

1) En premier lieu, et pour un faisceau de raisons à la fois scientifiques et dogmatiques, il ne paraît plus possible aujourd'hui de considérer le Péché originel comme *un simple anneau* dans la chaîne des faits historiques. Soit que l'on considère l'homogénéité organique désormais reconnue par la Science à l'Univers physique, — soit que l'on réfléchisse aux extensions cosmiques données par le Dogme à la Rédemption, — une même conclusion s'impose. Pour satisfaire à la fois les données de l'expérience et les exigences de la Foi, la Chute originelle *n'est pas localisable* à un moment, ni en un lieu déterminés. Elle ne s'inscrit pas dans notre passé comme un « événement » particulier. Mais, transcendant les limites (et affectant la courbure générale) du Temps et de l'Espace, elle « qualifie » le milieu même au sein duquel se développe la totalité de nos expériences [1].

_____
1. « Parce que, au niveau de l'Homme, le péché (mal moral) est apparu inévitablement (de nécessité statistique, dans une « population »), il n'en

Elle ne se présente pas comme un *élément sérial*, mais comme *une face* ou une modalité globale de l'Évolution.

2) En deuxième lieu, il apparaît avec évidence que, dans un Univers de structure évolutive, l'origine du Mal ne soulève plus les mêmes difficultés (et n'exige plus les mêmes explications) que dans un Univers statique, initialement parfait. Plus besoin, désormais, pour la raison, de soupçonner et de chercher « un coupable ». Désordres physiques et moraux ne naissent-ils pas spontanément dans un système qui s'organise, *aussi long-temps* que ledit système n'est pas complètement organisé? « Necessarium est ut scandala eveniant [1]. » — De ce point de vue, le péché originel, considéré dans son fondement cosmique (sinon dans son actuation historique, chez les premiers humains) tend à se confondre avec le mécanisme même de la Création, — où il vient représenter l'action des forces négatives de « contre-évolution ».

Je ne me hasarderai pas ici à pronostiquer les retentissements que ces perspectives auront certainement un jour (pour la signifier et l'agrandir) sur la *représentation* que nous nous faisons encore de la Faute originelle [2]. Mais il est bien remarquable (et même « exaltant ») de pouvoir déjà observer ceci :

« Quel que soit le pas en avant auquel se décide la pensée chrétienne, on peut affirmer qu'il se fera dans le sens d'une liaison organique plus étroite (à la fois en co-extension et en connection) entre forces de Mort et forces de Vie à l'intérieur

---

reste pas moins qu'il est apparu, et que cette apparition peut être regardée comme ayant « contaminé » le « phylum » humain; et donc que chaque nouvel humain doit être baptisé »... *Lettre du Père Teilhard*, 19 juin 1953. Cf. *Vues Ardentes*, p. 112. Éd. du Seuil.

1. « Il faut que les scandales arrivent. » Le texte exact de la Vulgate, Mat. 18, 7, est : « Necesse est enim ut veniant scandala. » (*N.D.E.*)
2. Conditions désormais imposées au Péché originel :
    1) qu'il rende le *Christ maximum*,
    2) qu'il permette, diffuse, une « activance » maxima. (*N.D.A.*)

de l'Univers en mouvement, — c'est-à-dire, finalement, entre Rédemption et Évolution. »*

* Pékin, 8 octobre 1942.
Inédit (à l'exception de la partie publiée dans le cahier V de l'Association des Amis de P. Teilhard de Chardin : *Le Christ Évoluteur*, Éd. du Seuil, 1966).

INTRODUCTION
A LA VIE CHRÉTIENNE

INTRODUCTION AU CHRISTIANISME [1]

I. L'ESSENCE DU CHRISTIANISME :
A « PERSONALISTIC UNIVERSE »

Du point de vue réaliste et biologique qui est éminemment celui du dogme catholique, l'Univers représente : 1) l'unification laborieuse et personnalisante en Dieu d'une poussière d'âmes, distinctes de Dieu, mais suspendues à Lui, 2) par incorporation au Christ (Dieu incarné), 3) à travers l'édification de l'unité collective humano-chrétienne (Église).

« Quand le Christ se sera assimilé toutes choses, alors il se

---

1. Le Père Teilhard a placé ici, un second titre, différent du premier. (*N.D.E.*)

soumettra à Celui qui lui a tout soumis, en sorte que Dieu soit tout en toutes choses » (1 Cor., 15-28).

D'où il suit qu'une triple foi est nécessaire et suffisante pour fonder l'attitude chrétienne :

1) Foi en la Personnalité (personnalisante) de Dieu, foyer du Monde.

2) Foi en la Divinité du Christ historique (non seulement prophète et homme parfait, mais objet d'amour et d'adoration).

3) Foi en la réalité du *phylum* Église, en qui et autour de qui le Christ continue à développer dans le Monde sa personnalité totale.

En dehors des trois articles fondamentaux ici mentionnés, tout n'est, au fond, que développements ou explications secondaires (historiques, théologiques ou rituels) dans la doctrine chrétienne.

Nous chercherons dans un instant à faire voir combien cette triple foi, souvent regardée comme surannée, est en réalité conforme aux vues et aux aspirations les plus caractéristiques du Monde moderne. Mais, avant de toucher cette question importante, il me faut tout de suite signaler trois autres points qui, parce qu'ils dérivent immédiatement de la vision chrétienne fondamentale, commandent, eux aussi, toute la structure du dogme chrétien. Ces points sont les suivants :

1) *Primauté de la Charité.* L'Univers chrétien consistant, par structure, en l'unification de personnes élémentaires dans une Personnalité suprême (celle de Dieu), l'énergie dominante et finale du système total ne peut être qu'une attraction de personne à personne, c'est-à-dire de l'amour. L'amour de Dieu pour le Monde et chacun des éléments du Monde, comme aussi l'amour des éléments du Monde entre eux et pour Dieu, ne sont donc pas seulement un effet secondaire surajouté au processus créateur, mais ils en expriment à la fois le facteur opérant et le dynamisme fondamental.

2) *Nature organique de la Grâce.* Sous l'effet unificateur de

l'amour divin, les éléments spirituels du Monde (les « âmes ») s'élèvent à un état de vie supérieur. Ils se « super-humanisent ». L'état d'union à Dieu, par suite, est beaucoup plus qu'une simple justification juridique, liée à un accroissement extrinsèque de la bienveillance divine. Du point de vue chrétien, catholique et réaliste, la grâce représente une sur-création physique. Elle nous fait monter d'un cran dans l'échelle évolutive cosmique. Autrement dit, elle est d'étoffe proprement biologique. Ceci, nous le verrons plus loin, a son application dans la théorie de l'Eucharistie, et plus généralement de tous les sacrements.

3) *Infaillibilité de l'Église.* Cet attribut est souvent mal compris, comme s'il prétendait douer un certain groupement humain d'une propriété monstrueusement disproportionnée avec le fonctionnement essentiellement laborieux et hésitant de notre raison. — En réalité, dire que l'Église est infaillible c'est simplement reconnaître que, en sa qualité d'organisme vivant, le groupe chrétien contient en soi et à un degré supérieur le sens et les potentialités obscures qui lui permettent de trouver, à travers d'innombrables tâtonnements, son chemin jusqu'à maturité et achèvement. C'est simplement, autrement dit, ré-affirmer, en termes différents, que l'Église représente un « phylum » suprêmement vivant. — Ceci posé, localiser, comme font les catholiques, l'organe permanent de cette infaillibilité phylétique dans les Conciles, — ou par concentration plus avancée encore de la conscience chrétienne, dans le Pape (formulant et exprimant, non pas ses propres idées, mais la pensée de l'Église), ceci n'a rien que de très conforme à la grande loi de « céphalisation » qui domine toute l'évolution biologique.

II. LA CRÉDIBILITÉ DU CHRISTIANISME
CHRISTIANISME ET ÉVOLUTION

Initialement, les premières conversions au Christianisme paraissent avoir été largement déclenchées par les prodiges dont s'accompagnait la prédication de l'Évangile. Quoi qu'on puisse penser de la fonction du Miracle dans l'économie chrétienne (voir plus loin), il est indéniable qu'aujourd'hui notre pensée hésite à faire dépendre uniquement de lui son adhésion à la Foi. A nos yeux le critère décidant finalement de la vérité d'une Religion ne saurait être que la capacité manifestée par cette Religion de donner un sens total à l'Univers en voie de découverte autour de nous. La « vraie » Religion, si elle existe, doit, pensons-nous, se reconnaître, non pas à l'éclat de quelque événement insolite particulier, mais à ce signe que, sous son influence et à sa lumière, le Monde revêt, dans son ensemble, un maximum de cohérence pour notre intelligence, et un maximum d'intérêt pour notre goût de l'action.

De ce point de vue, il est essentiel de rechercher, en toute objectivité, comment réagissent présentement, l'une sur l'autre, la Foi chrétienne traditionnelle au Christ et la jeune foi moderne en l'Évolution. Définitivement et pour toujours, on peut le croire, l'Univers s'est manifesté à notre génération comme un Tout organique, en marche vers toujours plus de liberté et de personnalité. Par le fait même, la seule Religion que l'Humanité désire et puisse admettre désormais est une Religion capable de justifier, d'assimiler et d'animer le Progrès cosmique tel qu'il se dessine dans l'ascension de l'Humanité. — Oui ou non, le Christianisme a-t-il l'étoffe suffisante pour être *la* Religion du Progrès attendue aujourd'hui par le Monde? De la réponse à cette question dépend entièrement son pouvoir d'attraction et de conversion sur nos âmes.

Or, sur ce point, où en sommes-nous, en ce moment?

Indéniablement, l'Église a d'abord vu avec inquiétude se développer le changement irrésistible de perspective qui, depuis le XVIIIᵉ siècle (et même depuis la Renaissance), n'a cessé de substituer pour nous au Cosmos bien circonscrit, bien centré et bien équilibré des Anciens un Univers démesuré et en pleine genèse, dans l'Espace, le Temps et le Nombre. Mais, de nos jours, beaucoup de préventions sont tombées; et les plus orthodoxes des chrétiens sont en train d'apercevoir trois choses :

1) En premier lieu, considérés dans la vision essentielle du Monde qu'ils proposent, Évolutionnisme et Christianisme *coïncident* au fond. — D'une part l'Évolutionnisme moderne a cessé d'être matérialiste et déterministe par tendance et par définition. De l'aveu des savants les plus autorisés (Haldane, J. Huxley, etc.), l'Univers tel que les faits nous le révèlent maintenant, dérive vers des états supérieurs de conscience et de spiritualité, — exactement comme dans la « Weltanschaung » chrétienne. Et, d'autre part, le Christianisme, sensibilisé par les conquêtes de la pensée moderne, s'avise enfin du fait que ses trois Mystères personnalistes fondamentaux ne sont en réalité que les trois faces d'un même processus (la Christogénèse) considéré, ou bien dans son principe moteur (Création), ou bien dans son mécanisme unificateur (Incarnation), ou bien dans son effort élévateur (Rédemption) [1] : ce qui nous jette en pleine Évolution.

2) En deuxième lieu, considérés dans l'expression respective de leur Personnalisme évolutif, Évolutionnisme et Christianisme *ont besoin l'un de l'autre* pour se soutenir et s'achever mutuellement. D'une part (on ne le remarque pas assez) le Christ Universel chrétien ne serait pas concevable si l'Univers, que sa fonction est de rassembler en Lui, ne possédait pas (en vertu de quelque structure évolutive) un centre naturel de

---

1. Voir ci-dessous, « Péché Originel et Rédemption. » (*N.D.A.*)

convergence où le Verbe pût, en s'y incarnant, rayonner et influer sur la totalité de l'Univers. D'autre part, si quelque Christ-Universel ne se manifestait pas, positivement et concrètement, au terme de l'Évolution telle que la découvre en ce moment la pensée humaine, cette Évolution demeurerait vaporeuse, incertaine, et nous n'aurions pas le goût de nous livrer pleinement à ses aspirations et à ses exigences. L'Évolution, pourrait-on dire, sauve le Christ (en le rendant possible); et en même temps le Christ sauve l'Évolution (en la rendant concrète et désirable).

3) En troisième lieu, et par suite, considérés dans leurs valeurs complémentaires, Évolutionnisme et Christianisme ne demandent qu'à se féconder l'un l'autre et à se *synthétiser*. — Séparés l'un de l'autre, les deux grands courants psychologiques qui se partagent aujourd'hui le Monde — je veux dire la passion de la Terre à construire et la passion du Ciel à atteindre — végètent et sont la source d'innombrables conflits au sein de chacun de nous. Quel sursaut d'énergie en revanche, si, le Christ venant prendre la place qui lui convient et qui lui revient (en vertu même de ses attributs les plus théologiques) en tête de l'Univers en mouvement, la conjonction arrivait à se produire entre la Mystique du Progrès humain et la Mystique de la Charité!

En vérité, loin de contredire aux aspirations modernes vers l'avenir, la Foi chrétienne se présente au contraire comme la seule attitude où un esprit passionné pour la conquête du Monde puisse trouver la justification totale et plénière de sa conviction.

Seul au monde, *hic et nunc* [1], le Chrétien, parce qu'il lui est donné de pouvoir mettre, non seulement un vague et froid *Quelque Chose* mais un *Quelqu'un* chaud et précis, au Sommet de l'Espace-Temps, se trouve en position de croire *à fond*, et (événement psychologique plus important encore!) de se

---

1. Ici et maintenant. (*N.D.E.*)

vouer *avec amour*, à l'Évolution (non plus seulement personnalisante, mais personnalisée).

Le Christianisme est, par structure même, la religion exactement taillée pour une Terre éveillée au sens de son unité organique et de ses développements.

Voilà en définitive la grande preuve de sa vérité, le secret de son attrait, et sa garantie d'une vitalité qui ne saurait qu'augmenter à mesure que les hommes deviendraient plus conscients de leur Humanité.

III. POINTS FORTS ET POINTS APPAREMMENT FAIBLES DU CHRISTIANISME : UN TOUR D'HORIZON

Après avoir clarifié l'essence du Christianisme et reconnu son agrément essentiel avec les aspirations religieuses modernes, il ne sera pas inutile de passer en revue et d'examiner, à cette lumière, un certain nombre de points dogmatiques, particulièrement notables ou critiques : — les uns pour qu'ils émergent avec tout le relief qu'ils méritent; — les autres pour que se dissipent certaines ombres qui les obscurcissent ou les défigurent à nos yeux; les uns et les autres pour qu'ils prennent leur place naturelle et fonctionnelle dans le cadre d'un « superévolutionnisme » chrétien.

1. *Trinité.*

Pour un esprit « d'aujourd'hui », la notion d'un Dieu en trois Personnes a quelque chose de compliqué, de bizarre et de superflu (« Trois Personnes en Dieu ? Qu'est-ce que cela vient faire ?... »). Et cette impression risque d'être renforcée par la façon peu éclairée dont certains fidèles, par besoin de renouveler leur piété, isolent dans leur dévotion, tantôt la

Trinité, du Christ, tantôt le Christ, de son Père et de son Esprit. — En réalité, bien comprise, la conception trinitaire ne fait que *renforcer* notre idée de l'unicité divine, en conférant à celle-ci la *structure* (ou pour mieux dire le caractère structurel, construit) qui est la marque de toute unité réelle et vivante dans notre expérience. Si Dieu n'était pas « trin » (c'est-à-dire s'il ne s'opposait pas intérieurement à lui-même) nous ne concevrions pas qu'il pût subsister sur soi, indépendamment, et sans la réaction de quelque Monde autour de lui ; — et s'il n'était pas trin, encore, nous ne concevrions pas, non plus, qu'il pût créer (donc s'incarner) sans s'immerger totalement dans le Monde qu'il suscite. De ce point de vue, la nature trinitaire de Dieu n'est pas une conception sans attache spécifique avec nos besoins religieux les plus actuels. Mais elle se découvre comme la condition essentielle de la capacité inhérente à Dieu d'être le sommet personnel (et, malgré l'Incarnation, transcendant) d'un Univers en voie de personnalisation.

2. *Divinité du Christ historique.*

L'idée d'un Christ total, en qui se développe et culmine sans absorption ni confusion la pluralité des consciences élémentaires qui forment le Monde, n'a rien que de très attrayant, je l'ai montré, pour notre pensée moderne. Beaucoup plus difficile trouvons-nous d'admettre que ce Christ-cosmique ait pu, à un moment de l'Histoire, se localiser sous forme d'un personnage humain dans le Temps et l'Espace. — Pour surmonter, au moins indirectement, cette répugnance naissant d'une disproportion que nous croyons sentir entre le Christ-Universel et l'Homme-Jésus, nous devons nous dire ceci :

1) Abstraitement, peut-être, nous pouvons rêver d'un Christ-Universel qui arriverait à tenir par lui-même et en avant dans la conscience chrétienne, sans le support et comme

le noyau d'un homme-Dieu, de plus en plus perdu et de plus en plus difficile à « vérifier » dans les obscurités grandissantes du Passé. Mais rien ne prouve, *en droit*, qu'une telle imagination soit biologiquement conforme à la structure des choses. Pour Dieu, s'incarner, dans un Monde en évolution, c'est *y naître*. Or comment y naître, sinon à partir d'un individu?...

2) Concrètement et historiquement, il est incontestable que la notion vivante et conquérante du Christ-Universel est apparue et a grandi dans la conscience chrétienne à partir de l'Homme-Jésus reconnu et adoré comme Dieu. Encore aujourd'hui, supprimer l'historicité du Christ (c'est-à-dire la divinité du Christ historique) serait faire s'évanouir instantanément dans l'irréel toute l'énergie mystique accumulée depuis deux mille ans dans le phylum chrétien. Christ né de la Vierge et Christ ressuscité : les deux ne forment qu'un seul bloc inséparable.

En présence de cette situation *de fait*, une attitude légitime et « calmante » pour le croyant moderne paraît être de se dire ceci : « Toutes réserves faites sur la façon, souvent peu critique, dont les auteurs pieux ont essayé de décrire la psychologie de l'Homme-Dieu, je crois à la divinité de l'Enfant de Bethléem *parce que*, *dans la mesure*, et *sous la forme* où celle-ci est historiquement et biologiquement incluse dans la réalité du Christ-Universel auquel s'adressent plus directement ma foi et mon adoration. »

Position confiante et raisonnable, qui respecte et accepte toutes les implications de ce qui est sûr, et laisse en même temps toute la place et la liberté convenables aux progrès à venir de la pensée humano-chrétienne.

3. *Révélation.*

Une fois admise la personnalité de Dieu, — la possibilité, et même la probabilité théorique d'une révélation, c'est-à-dire d'une réflexion de Dieu sur notre conscience, non seulement ne font pas difficulté, mais sont éminemment conformes à la structure des choses. Dans l'Univers, les relations entre éléments sont partout proportionnelles à la nature de ces éléments : matérielles entre objets matériels, vivantes entre vivants, personnelles entre êtres réfléchis. Dès lors que l'Homme est personnel, Dieu Personnel doit l'influencer à un degré et sous une forme personnels, — c'est-à-dire intellectuellement et sentimentalement; autrement dit, Il doit lui « parler ». Entre intelligences, une Présence ne saurait être muette.

Plus délicat est : 1) d'établir la réalité historique de cette influence et de cette « parole », et 2) d'en expliquer le mécanisme psychologique.

Sur ces deux points, les théoriciens du Christianisme sont loin d'être d'accord. Ce qui du moins paraît certain c'est que (même dans le cas du Christ, qui, pour nous parler, *a dû* se faire homme) Dieu ne se révèle pas à nous du dehors, par intrusion, mais *du dedans* [1], par stimulation, exaltation et enrichissement du courant psychique humain [2], le *son* de sa voix se reconnaissant surtout à la plénitude et à la cohérence qu'elle apporte à notre être individuel et collectif.

Et ceci nous conduit à examiner de plus près la doctrine du « miracle ».

---

1. C'est-à-dire *évolutivement*. Bien appliqué, ce principe fondamental que dans *tous* les domaines (Création, Rédemption, Révélation, Sanctification...) *Dieu n'agit que évolutivement*, ce principe, dis-je, me paraît nécessaire et suffisant pour moderniser et « faire repartir » le Christianisme tout entier. (*N.D.A.*)

2. C'est-à-dire par arrangement (super-arrangement) dirigé d'éléments (idées et tendances) tout pré-existants chez « l'auteur inspiré ». (1947). (*N.D.A.*)

4. *Miracles.*

Je l'ai dit plus haut. Alors que, dans l'apologétique ancienne, le miracle jouait un rôle dominant, parce que c'est lui qui était supposé servir le *sceau* divin authentiquant la parole des apôtres et des prophètes, — de nos jours il tend à perdre quelque chose de sa valeur sur la pensée humaine, pour deux raisons qui sont les suivantes :

1) D'une part, certains miracles acceptés tout simplement autrefois risquent maintenant de soulever de grosses difficultés dans la mesure où ils pourraient sembler, comme eût dit saint Thomas, non seulement *au-dessus*, mais *contre* les possibilités de la nature.

2) D'autre part, certains autres miracles, qui paraissaient jadis déceler clairement une intervention divine (telles certaines guérisons), ne nous semblent plus aujourd'hui aussi démonstratifs, parce que nous commençons à deviner que les déterminismes organiques, nés des habitudes et soumis au contrôle de la Vie, sont plus obéissants que nous ne pensions aux puissances de l' « âme ».

Sous l'influence de cette double constatation, le *Miracle chrétien* (c'est-à-dire la manifestation d'une influence personnelle divine dans le Christianisme) tend tout naturellement à se déplacer, pour notre regard, de la zone des « prodiges de détail » à la zone du « succès vital, général » désormais visible de la Foi en Jésus. Aujourd'hui (comme hier sans doute, mais plus explicitement) la capacité dont témoigne le Christianisme d'équilibrer, de diriger, d'animer et de plénifier l'évolution humaine (l'Anthropogénèse) nous fait certainement sentir et reconnaître dans le Monde le doigt de Dieu beaucoup plus qu'aucun événement extraordinaire particulier.

Reste cependant que le Christianisme ne serait plus le Christianisme si nous ne pouvions penser, fût-ce d'une manière confuse et générale, que, sous l'influence de Dieu, les déterminismes et les hasards cosmiques s'assouplissent, se finalisent, et s'animent autour de nous, à la mesure de notre union à Dieu et de notre prière. Mais, quelles que puissent être nos évidences intérieures (beaucoup plus sûres peut-être que tout raisonnement) à ce sujet, il faut bien reconnaître que l'objectivité de telles interventions particulières ou générales de la Providence dans notre vie relèvent de l'intuition personnelle plus que du démontrable.

Finalement, il faut toujours en revenir là, nous ne saurions reconnaître l'action et la voix de Dieu dans le Monde sans une sensibilisation particulière des yeux et des oreilles de notre âme (« grâce »), — c'est-à-dire sans une sorte de sens, ou de super-sens, spécial dont l'existence, observons-le — si l'Union à Dieu correspond vraiment à un degré supérieur de Vie — est parfaitement conforme aux lois de la Biologie.

N. B. Dans un certain nombre de cas (Virginité de Marie, Résurrection matérielle du Christ, Ascension, etc.), on a l'impression que les miracles évangéliques traduisent de façon tangible (à la manière de la Genèse), ce qu'il y a d' « irreprésentable » dans les événements aussi profonds que l'immersion du Verbe dans le phylum humain, ou que le passage du Christ de son état individuel humain à son état « cosmique » de centre de l'Évolution. Non pas simplement des symboles : mais l'expression imagée d'un inexprimable. D'où il suit qu'il serait aussi vain de soumettre de telles images à une critique scientifique (puisqu'elles ne correspondent à rien de photographiable) que ruineux de les rejeter (puisque ce serait retrancher de la Christogénèse son essence trans-expérimentale).

5. *Péché Originel et Rédemption.*

Le signe du chrétien est la Croix; et la signification première de la Croix est l'expiation d'une « faute originelle », en suite de laquelle l'Humanité serait brusquement tombée dans un état de péché, de douleur et de mort.

Rien de plus déconcertant à première vue, pour un esprit moderne que cette représentation de la Chute à laquelle paraissent s'opposer non seulement une Paléontologie et une Préhistoire qui ne peuvent situer ni le Paradis terrestre primitivement conçu ni un couple parachevé aux origines, — mais encore un optimisme fondé, habitué à regarder l'évolution humaine comme s'opérant suivant une trajectoire continue. Rien de plus déconcertant; et rien cependant, par bonheur, où apparaisse plus clairement la puissance de renouvellement et d'adaptation propre au phylum chrétien.

Quelle forme, en effet, l'idée de « salut » est-elle naturellement en train de prendre en ce moment, par simple coexistence et confrontation vitale de la Foi en la Rédemption et de la foi en l'Évolution, au fond de l'âme des fidèles?

D'une part, la faute originelle, si on la transpose aux dimensions de l'Univers tel que celui-ci nous apparaît maintenant dans la totalité organique du Temps et de l'Espace, tend de plus en plus à se combiner (au moins dans ses racines) avec la loi de Chute toujours possible et de Peine toujours présente, au sein d'un Monde en état d'Évolution. — D'autre part, dans l'opération salvatrice du Christ, l'attention chrétienne, sans perdre de vue le côté « expiation », incline à fixer beaucoup plus qu'avant son regard sur le côté « refonte et construction ».

De ce double chef, je ne crois pas me tromper en affirmant que, lentement mais sûrement, une transformation spirituelle est en cours, au terme de laquelle le Christ souffrant, sans cesser d'être « celui qui porte les péchés du Monde » et justement comme tel, deviendra de plus en plus pour les croyants, « celui qui porte et supporte le poids du Monde en évolution ».

Sous nos yeux, dans nos cœurs, j'en suis persuadé, le Christ-Rédempteur va s'achevant et s'explicitant dans la figure d'un Christ-Évoluteur. Et, du même coup, c'est la Croix dont le sens s'élargit et se dynamise à notre regard : la Croix symbole, non seulement de la face obscure, régressive, — mais aussi et surtout de la face conquérante et lumineuse de l'Univers en genèse; la Croix symbole de Progrès et de victoire à travers les fautes, les déceptions et l'effort; la seule Croix, en vérité, que nous puissions honnêtement, fièrement et passionnément présenter à l'adoration d'un Monde devenu conscient de ce qu'il était hier et de ce qui l'attend demain.

6. *Enfer.*

L'existence d'un Enfer est, avec le mystère de la Croix, un des aspects les plus déconcertants et les plus critiqués du Credo chrétien. Et pourtant, ramené à son essence, rien n'est plus conforme que ce dogme aux perspectives d'un Univers en évolution. Toute évolution (dans les limites de notre expérience) entraîne sélection et déchet. Impossible dès lors pour nous d'imaginer, dans la totalité de son processus, l'unification du Monde en Dieu sans faire une place (en droit, sinon en fait) à ce qui, éventuellement, se trouverait échapper à ce processus béatifiant. L'opération salvifique humaine, en quoi consiste la Création, peut-elle avoir un rendement de cent pour cent? Le Christianisme ne le décide pas, ni ne le nie absolument. Mais il nous rappelle qu'il peut y avoir de la perte, — et que, dans ce cas, les éléments « réprouvés » seraient à jamais éliminés, c'est-à-dire rejetés aux *antipodes* de Dieu.

De ce point de vue, poser l'Enfer est simplement une façon négative d'affirmer que l'Homme ne peut trouver, de nécessité physique et organique, son bonheur et son achèvement qu'en parvenant, par fidélité au mouvement qui l'entraîne, jusqu'au terme de son évolution. La Vie suprême (c'est-à-dire une pleine conscience de tout en tout), ou la Mort suprême (c'est-à-dire une conscience infiniment désunie sur elle-même).

Tout ou rien. Voilà l'alternative où nous place l'existence et que traduit l'idée d'Enfer. Qui oserait dire que cette condition ne s'harmonise pas avec ce que nous savons et tout ce que nous pressentons ? Et qui oserait dire, surtout, qu'elle ne fait pas honneur à l'importance de la Vie et à la dignité humaine ?

Ceci admis, n'essayons pas d'aller plus loin, c'est-à-dire évitons de nous laisser entraîner à des efforts fallacieux de *représentation* ou d'*imagination*. L'Enfer, on ne le répétera jamais assez, ne nous est connu, et il n'a de sens, que dans la mesure où il tient, dans nos perspectives, la place inverse du Ciel, comme le pôle opposé à Dieu. Autant dire que nous ne pouvons le définir que négativement, par rapport au Ciel qu'il n'est pas. Tout effort pour le « chosifier » et le décrire en lui-même, comme un tout isolé, risque de nous conduire (on l'a trop vu) à l'absurde et à l'odieux.

En somme, l'Enfer est une réalité « indirecte », que nous devons intensément sentir, mais sans qu'il nous soit bon ni possible de l'apercevoir et de le considérer en face, — exactement comme il en est du grimpeur qui ne cesse d'avoir conscience, au-dessous de lui, d'un abîme auquel son geste essentiel et sa victoire sont de tourner le dos.

Je n'oserais pas dire que les vues ici proposées soient encore communément admises par les théoriciens de la Foi chrétienne. Mais ce sont elles, en tout cas, qui gagnent et s'établissent dans la pratique des croyants. Et ce sont elles, par suite, qui ont grande chance d'exprimer l'orthodoxie vivante de demain.

7. *Eucharistie.*

Du point de vue réalistique qui caractérise partout le Christianisme catholique, les sacrements ne sont pas seulement un rite symbolique. Ils opèrent biologiquement, dans le domaine de la vie d'union personnelle avec Dieu, ce qu'ils représentent. — Nulle part cette idée de la fonction organique du sacrement n'apparaît avec plus de relief que dans l'Eucharistie (Messe et Communion).

A lire les catéchismes, on pourrait s'imaginer que tous les sacrements sont également importants, et que l'Eucharistie n'est qu'un sacrement comme et entre les autres. En réalité, parmi les sacrements, l'Eucharistie se tient dans un ordre à part. Elle est le premier des sacrements; ou, plus exactement, elle est *le* sacrement unique auquel se réfèrent tous les autres. Et ceci pour la bonne raison que par elle passe directement *l'axe* de l'Incarnation, c'est-à-dire de la Création.

Qu'arrive-t-il, en effet, toujours au point de vue chrétien-catholique, lorsque nous communions?

En premier lieu, et immédiatement, nous entrons personnellement en contact physiologique, à l'instant considéré, avec la puissance assimilatrice du Verbe incarné. Mais ce n'est pas tout. Ce contact particulier, disons notre *n-ième* communion, ne succède pas de façon discontinue aux *n* communions qui l'ont précédée au cours de notre existence; mais il se combine organiquement avec celles-ci dans l'unité d'un même développement spirituel, coextensif à toute la durée de notre vie. Toutes les communions de notre vie ne sont en fait que les instants ou épisodes successifs d'une seule communion, c'est-à-dire d'un seul et même processus de christification.

Or, ce n'est pas encore tout.

Ce qui est vrai de moi est vrai de n'importe quel autre chrétien vivant, ou passé, ou futur; et tous ces chrétiens, du reste, nous le savons par la raison et par la Foi, ne font, en l'Humanité et en Dieu, qu'un seul Tout organiquement lié dans une super-vie commune. Si donc toutes mes communions, à moi, ne forment qu'une seule grande communion, toutes les communions de tous les hommes de tous les temps, prises globalement, ne font, elles aussi, par leur somme, qu'une

seule et encore plus vaste communion, coextensive cette fois
à l'Histoire de l'Humanité. Ce qui revient à dire que l'Eucharistie, prise dans son exercice total, n'est pas autre chose
que l'expression et la manifestation de l'énergie unificatrice
divine s'appliquant en détail à chaque atome spirituel de
l'Univers.

En somme, adhérer au Christ dans l'Eucharistie, c'est inévitablement et *ipso facto*, nous incorporer, un peu plus chaque
fois, à une Christogénèse, laquelle n'est elle-même (en ceci
gît, nous l'avons vu, l'essentiel de la Foi chrétienne) que l'âme
de l'universelle Cosmogénèse.

Pour le chrétien qui a compris cette économie profonde,
et qui, en même temps, s'est pénétré du sentiment de l'unité
organique de l'Univers, communier n'est donc pas un acte
sporadique, localisé, parcellaire. En communiant à l'Hostie,
un tel chrétien a conscience de toucher au cœur même de
l'Évolution. Et, réciproquement, pour toucher au cœur de
l'Hostie, il s'aperçoit qu'il lui est indispensable de communier,
par acceptation et réalisation de sa vie totale, avec toute la
surface et l'épaisseur, avec tout le Corps du Monde en évolution.

Le Sacrement de notre vie subie et conquise, dans ses modalités individuelles aussi bien que dans son amplitude cosmique!

La « super-Communion »...

8. *Catholicisme et Christianisme.*

Un reproche souvent adressé aux catholiques par les autres
chrétiens est de vouloir monopoliser le Christ à leur usage, —
comme si en dehors du Catholicisme il n'y avait pas de véritable religion. — Après ce que nous avons dit ci-dessus de la
nature vivante et évolutive de la Foi chrétienne, il est facile
de voir que cette prérogative revendiquée par l'Église romaine

d'être la seule expression authentique du Christianisme n'est pas une prétention injustifiée, mais qu'elle répond à un besoin organique inévitable.

Nous l'avons rappelé d'une façon générale dès le début; et l'analyse d'un certain nombre de points dogmatiques, aujourd'hui encore en pleine « évolution », nous a permis de le vérifier dans le détail, historiquement. De par son essence, le Christianisme est beaucoup plus qu'un système fixe, et donné une fois pour toutes, de vérités à admettre et à conserver littéralement. Si fondé soit-il sur un noyau « révélé », il représente en fait une attitude spirituelle en voie de continuel développement : le développement d'une conscience christique à la mesure et à la demande de la conscience grandissante de l'Humanité. Biologiquement, il se comporte comme un « phylum ». De nécessité biologique, par conséquent, il doit avoir la structure d'un phylum, c'est-à-dire former un système cohérent et progressif d'éléments spirituels collectivement associés.

Ceci posé, il est clair que seul, *hic et nunc*, le Catholicisme, à l'intérieur du Christianisme, possède de tels caractères.

En dehors du Catholicisme, sans doute, de nombreuses individualités discernent et aiment le Christ, et donc lui sont unies, aussi bien (et même mieux) que des catholiques. Mais ces individualités ne sont pas groupées ensemble dans l'unité « céphalisée » d'un *corps* réagissant vitalement, comme un tout organisé, aux forces combinées du Christ et de l'Humanité. Elles bénéficient de la sève du tronc sans participer à l'élaboration et au jaillissement juvéniles de cette sève au cœur même de l'arbre. L'expérience est là pour le prouver : non seulement en droit, mais en fait, c'est dans le Catholicisme seul que continuent à germer les dogmes nouveaux, — et plus généralement à se former les attitudes nouvelles qui, par synthèse continuellement entretenue du Credo ancien et des vues récemment émergées dans la conscience humaine, préparent autour de nous l'avènement d'un Humanisme chrétien.

De toute évidence, si le Christianisme est vraiment destiné, comme il le professe et le sent, à être la religion de demain, ce ne saurait être que par l'axe vivant et organisé de son Catholicisme romain qu'il peut espérer se mesurer avec les grands courants humanitaires modernes, et se les assimiler.

Être catholique est la seule façon d'être chrétien pleinement et jusqu'au bout.

9. *La Sainteté chrétienne.*

Toutes les grandes religions se proposent d'élever l'Homme au-dessus de la Matière, c'est-à-dire de le spiritualiser, c'est-à-dire de le « sanctifier ». Mais, d'une religion à l'autre, la définition du « saint » varie, en même temps que les notions d'Esprit et de Matière. Quel est, sur ce point essentiel, la position chrétienne ?

En principe, et d'une manière générale, on peut dire que l'ascèse chrétienne a eu, dès le début, pour caractéristique originale, le souci de respecter l'intégrité, corps et âme, du « composé humain ». Tandis que dans la plupart des religions orientales la Matière, considérée comme mauvaise, doit être graduellement rejetée au cours de la sanctification, — le Christianisme maintient la valeur et les droits de la Chair, que le Verbe a prise, et qu'il fera ressusciter. Le Christ sauve, en même temps que l'Esprit, la Matière dans laquelle il s'est immergé. Pareillement, le chrétien ne doit pas chercher à annihiler son corps, mais à le sanctifier et à le sublimer.

Or, cette sublimation, en quoi consiste-t-elle exactement ?

Sur ce point, en conformité avec sa nature vivante et progressive, il semble que l'Église, par une évolution ascétique et mystique étroitement liée à l'explicitation de sa pensée dogmatique, soit en train de préciser ses vues.

Jusqu'à une date toute récente (c'est-à-dire tant que

197

Matière et Esprit pouvaient encore être considérés, dans le Monde, comme deux éléments hétérogènes statiquement accouplés), le Saint chrétien était celui qui, dans ce complexe dualiste, arrivait le mieux à établir l'ordre, en réduisant les énergies corporelles au rôle de servantes par rapport aux aspirations de l'esprit. D'où encore, un peu comme dans les religions orientales, un primat décidé de la mortification.

Maintenant par contre que, dans un Univers enfin perçu dans sa structure évolutive, Matière et Esprit prennent figure de deux termes solidaires l'un de l'autre dans l'unité d'un même mouvement (l'Esprit n'émergeant expérimentalement dans le Monde que sur de la Matière de plus en plus synthétisée), la question de l'ascèse se pose autrement. Pour le chrétien d'aujourd'hui, ce n'est plus assez de faire régner dans son corps la paix et le silence, de sorte que son âme puisse vaquer librement aux affaires divines. Ce qui importe, à ses yeux, pour être parfait, c'est surtout de tirer de ce corps tout ce qu'il renferme de *puissance spirituelle;* — et non pas seulement de ce corps étroitement limité à ses membres de chair, mais de tout l'immense corps « cosmique » que forme à chacun de nous la masse ambiante du « Weltstoff » en évolution.

Dans nos perspectives actuelles, où tout devient sacré parce que spiritualisable, le « Quittez tout et suivez-moi » de l'Évangile n'aboutit, en fin de compte, qu'à nous rejeter sur « tout » sous un angle plus haut, dans la mesure où ce « tout » (nous le voyons maintenant) nous permet de saisir et de prolonger le Christ dans l'universalité de son Incarnation. — Non plus surtout la mortification, — mais la perfection de l'effort humain grâce à la mortification.

Le Saint, le Saint chrétien, tel que nous le comprenons et l'attendons maintenant, ce n'est pas l'homme qui réussira à s'évader le mieux de la Matière, ou à la mater le plus complètement; mais c'est celui qui, cherchant à la pousser au-dessus d'elle-même et faisant concourir à la consommation christique l'intégrité de ses puissances d'or, d'amour et de liberté, réalisera devant nos yeux l'idéal du bon serviteur de l'Évolution [1]

CONCLUSION
CHRISTIANISME ET PANTHÉISME

De tout l'exposé qui précède il résulte clairement que le Christianisme est par excellence une Foi en l'unification progressive du Monde en Dieu; il est essentiellement universaliste, organique, et « moniste ».

Évidemment, ce monisme « pan-christique » a quelque chose de tout particulier. Parce que, du point de vue chrétien, l'Univers ne s'unifie en définitive qu'au moyen de relations personnelles, c'est-à-dire sous l'influence de l'*amour*, l'unification des êtres en Dieu ne saurait être conçue comme s'opérant par fusion (Dieu naissant de la soudure des éléments du Monde, ou au contraire les absorbant en Lui), mais par synthèse « différenciante » (les éléments du Monde devenant d'autant plus eux-mêmes qu'ils convergent davantage en Dieu). Car tel est l'effet spécifique de l'amour de renforcer sur soi les êtres qu'il rapproche entre eux. Dans l'Univers chrétien totalisé (dans le « Plérôme », comme dit saint Paul) Dieu ne reste pas seul, en fin de compte; mais il est tout en

---

1. La voie mystique suivie par le Père Teilhard — la « Via Tertia » comme il la nommait — ayant donné lieu à des interprétations erronées, il convient de souligner la différence que le Père établit, jusqu'en fin de vie, entre *mater complètement la matière* et *la pousser au-dessus d'elle-même*. C'est dans cette « sublimation », éliminant l'appropriation, que le religieux a suivi indéfectiblement la ligne qu'il avait adoptée en prononçant ses vœux : « Sanctifier dans la chasteté, la pauvreté et l'obéissance, la puissance incluse dans l'Amour, dans l'or et dans l'indépendance. » (*Le Prêtre*, p. 44, Éd. du Seuil.) (*N.D.E.*)

tous (« en pâsi panta Theos [1] »). Unité dans et par la pluralité.

Or ceci, qu'on le remarque bien, n'est pas une restriction, une atténuation, mais au contraire une perfection et une accentuation de l'idée d'Unité. *Seul* en fait le « panthéisme » d'amour ou « panthéisme » chrétien (celui où chaque être se trouve super-personnalisé, supercentré, par union au Christ, le super-Centre divin), — seul un tel panthéisme interprète exactement et satisfait pleinement les aspirations religieuses humaines, dont le rêve est finalement de se perdre consciemment dans l'unité. Seul il est conforme à l'expérience, qui, partout, nous montre que l'*union différencie*. Seul, enfin, il prolonge légitimement la courbe de l'Évolution où la centration de l'Univers sur lui-même ne progresse qu'à force de complexité organisée.

Contrairement à un préjugé trop répandu, c'est dans le Christianisme (pourvu qu'on le prenne dans l'intégrité de son réalisme catholique) que la mystique panthéiste de tous les temps, et plus spécialement celle de notre époque, toute pénétrée « d'évolutionnisme créateur », peut trouver sa forme la plus haute et la plus cohérente, la plus dynamique et la plus adorante.

Et voilà pourquoi, je le répète, le Christianisme a toutes chances d'être la vraie et la seule Religion de demain. *

---

* *Inédit.* Pékin, 29 juin 1944.

---

1. « Dieu tout en tous. » (*N.D.E.*)

CHRISTIANISME
ET ÉVOLUTION

SUGGESTIONS POUR SERVIR
A UNE THÉOLOGIE NOUVELLE

AVERTISSEMENT

Au cours des vingt dernières années, j'ai exposé, dans une longue série d'essais, les vues qui se faisaient graduellement jour dans mon esprit sur l'émersion, dans la pensée humaine moderne, d'un Évolutionnisme chrétien. Malheureusement ou heureusement, beaucoup de ces travaux n'ont pas été publiés. De plus chacun d'entre eux n'offrait, le plus souvent, sur le sujet, que des aperçus provisoires ou partiels. Aujourd'hui que mes idées ont mûri — et dans la mesure où elles peuvent apporter une aide utile à l'effort chrétien — il me paraît intéressant de les présenter enfin dans leur ensemble et leur essence, c'est-à-dire réduites au cadre d'un petit nombre de propositions fondamentales, organiquement liées. Sous cette forme schématique et maniable, ce qu'il peut y avoir de fécond, ou au contraire de criticable, dans ma pensée apparaîtra plus clairement. Ce qui est vivant trouvera sa chance de survivre et de grandir. Et dès lors ma tâche sera accomplie.

Comme le titre de ce mémoire l'indique, je n'écris ces lignes que pour apporter au travail commun de la conscience chrétienne une contribution individuelle, exprimant les exigences que prend, dans mon cas particulier, la « fides quaerens intellectum [1] ». Suggestions, et non affirmation

---

1. « La foi cherchant l'intellect. » (*N.D.E.*)

ou enseignement. Intimement convaincu, pour des raisons tenant à la structure même de mes perspectives, que la pensée religieuse ne se développe que traditionnellement, collectivement, « phylétiquement », je n'ai d'autre désir et espoir, dans ces pages, que de *sentire*, — ou, plus exactement, de *praesentire*, cum Ecclesia [1].

A. LA SITUATION RELIGIEUSE PRÉSENTE
FOI EN DIEU ET FOI AU MONDE : UNE SYNTHÈSE NÉCESSAIRE

1. On entend souvent dire que, religieusement parlant, la Terre est en train de se refroidir. En réalité, elle n'a jamais été plus ardente. Seulement c'est d'un feu nouveau, mal individualisé et mal identifié encore, qu'elle commence à brûler. Sous l'action de causes multiples et convergentes (découverte du Temps et de l'Espace organiques, progrès de l'unification ou « planétisation » humaine, etc.), l'Homme s'est indubitablement éveillé, depuis un siècle, à l'évidence qu'il se trouve engagé, sur un plan et à des dimensions cosmiques, dans un vaste processus d'Anthropogénèse. Or le résultat direct de cette prise de conscience a été de faire surgir, hors des profondeurs juvéniles, « magmatiques », de son être, une poussée encore informe, mais puissante, d'aspirations et d'espérances illimitées. Mugissements des vagues sociales, ou voix de la presse et des livres : pour une oreille avertie ou exercée, tous les bruits discordants qui montent en ce moment de la masse humaine résonnent à la mesure d'une note fondamentale unique, — la foi et l'espérance en quelque salut lié à l'achèvement évolutif de la Terre. Non, le Monde moderne n'est pas irréligieux, — bien au contraire. Seulement en lui, par brusque

---

1. *Sentir* (...) *pressentir* avec l'Église. (*N.D.E.*)

afflux, à dose massive, d'une sève nouvelle, c'est *l'esprit religieux*, dans sa totalité et son étoffe mêmes, qui bouillonne et se transforme.

2. En vertu même de cette « éruption », il est inévitable que des troubles profonds se manifestent au sein du Christianisme. Formulée, agencée, à la mesure et aux dimensions d'un état *antérieur* (antécédent) de l'énergie religieuse humaine, la dogmatique chrétienne ne fonctionne plus exactement aujourd'hui à la demande d'une « anima naturaliter christiana [1] » *nouveau modèle*. De là évidemment cette indifférence caractéristique de notre génération pour les doctrines de l'Église. Comme l'a remarqué Nietzsche, ce ne sont pas les arguments, c'est le *goût* de l'Évangile qui se perd, irrésistiblement drainé par un goût supérieur, ceci jusque (et malgré leurs efforts désespérés pour le retenir) chez un nombre surprenant de religieux et de prêtres. Et cependant le Christianisme n'est-il pas aujourd'hui *le seul* courant humain en vue où vive, avec des chances de survivre, la foi (essentielle pour l'avenir de toute Anthropogénèse) en un centre personnel et personnalisant de l'Univers ?

3. De ce point de vue, la situation psychologique du Monde actuel se présente comme suit. Ici, émergeant du tréfonds de la conscience humaine, une montée native, tumultueuse, d'aspirations cosmiques et humanitaires, — irrésistibles dans leur ascension, mais dangereusement imprécises, et plus dangereusement encore « impersonnelles » dans leur expression : la nouvelle Foi au Monde. Et là, inflexiblement maintenues par le dogme chrétien, mais de plus en plus désertées (en apparence) par le flot religieux, la vision et l'expectation d'un pôle transcendant et aimant de l'Univers : l'ancienne Foi en Dieu. — Que signifie ce conflit ? et comment va-t-il évoluer ? — Poser le problème comme nous venons de le faire, c'est à mon avis le résoudre. Foi au monde et Foi en Dieu, les deux

---

1. « Ame naturellement chrétienne. » (*N.D.E.*)

termes, loin d'être antagonistes, ne sont-ils pas complémentaires par structure ? — Ici, représenté par l'Humanisme moderne, une sorte de néo-paganisme, gonflé de vie, mais encore acéphale. Là, figurée par le Christianisme, une tête où le sang ne circule plus qu'au ralenti. Ici, les nappes d'un cône prodigieusement élargies, mais incapables de se fermer sur elles-mêmes : un cône sans sommet. Là un sommet qui a perdu sa base. — Comment ne pas voir que les deux fragments sont faits pour se rejoindre ?

4. En somme, après deux mille ans d'existence, et conformément à un rythme organique auquel rien ne paraît échapper dans la nature, le Christianisme, justement parce qu'il est immortel, n'est-il pas arrivé à un moment où, pour continuer à être, il doit (non par altération de sa structure, mais par assimilation de nouveaux éléments) se rajeunir et se renouveler ? Autrement dit, dans la crise présente où s'affrontent, sous nos yeux et dans nos cœurs, les forces chrétiennes traditionnelles et les forces modernes de l'Évolution, ne faut-il pas simplement reconnaître les péripéties d'une providentielle et nécessaire fécondation ?... Je le crois. Mais alors il est clair que, pour que la synthèse se fasse, le Christianisme doit, sans modifier la position de son sommet, ouvrir ses axes jusqu'à embrasser, dans sa totalité, la nouvelle pulsation d'énergie religieuse qui monte d'en bas pour être sublimée.

Comment, dans le double domaine de la Théologie et de la Mystique, cet élargissement (sans déformation) est-il concevable des directrices chrétiennes aux dimensions d'un Univers prodigieusement agrandi et solidarisé par la pensée scientifique moderne, voilà ce qui me reste à examiner.

B. UNE NOUVELLE ORIENTATION THÉOLOGIQUE :
LE CHRIST UNIVERSEL

5. D'une manière générale, on peut dire que si la préoccupation dominante de la Théologie durant les premiers siècles de l'Église fut de déterminer, intellectuellement et mystiquement, la position du Christ par rapport à la Trinité, son intérêt vital, de nos jours, est devenu le suivant : analyser et préciser les relations d'existence et d'influence reliant l'un à l'autre le Christ et l'Univers.

6. En ce qui concerne la nature de l'Univers, il apparaît de plus en plus évident que le problème fondamental posé de nos jours au philosophe chrétien est celui de *la valeur propre de* l' « être participé ». Tel que se trouve logiquement amenée à le définir l'ontologie classique. — c'est-à-dire entièrement contingent, et objet de pure miséricorde, — le Monde créé, soit qu'on le regarde du point de vue humain moderne, soit qu'on le considère du point de vue chrétien, se découvre comme également *insatisfaisant.* Du point de vue humain, nous nous sentons non seulement révoltés dans nos évidences intellectuelles, mais encore menacés dans les ressorts mêmes de notre action, par une doctrine qui *ne justifie plus à nos yeux* l'énormité ni les labeurs de l'Évolution en laquelle nous nous *voyons* aujourd'hui engagés. Que nous importe d'être « béatifiés » si nous n'ajoutons en fin de compte rien « d'absolu », par nos vies, à la Totalité de l'Être? — Et simultanément, du point de vue chrétien, nous ne comprenons plus pourquoi, par simple « bienveillance », un Dieu a pu s'engager dans un tel déchaînement de souffrances et d'aventures. Acculez tant que vous voudrez notre raison, par une dialectique de l'acte pur : vous ne convaincrez plus notre cœur que l'immense affaire cosmique, *telle qu'elle se révèle maintenant à nous*, ne soit

qu'un cadeau et un jeu divin. Et pourquoi donc du reste, s'il en était ainsi, pourquoi cet intérêt suprême attaché par les textes scripturaires les plus sûrs à la complétion du mystérieux Plérôme ? — Dieu est entièrement self-suffisant ; et cependant l'Univers lui apporte *quelque chose de vitalement nécessaire :* voilà les deux conditions, en apparence contradictoires, auxquelles doit désormais *explicitement* satisfaire (pour remplir sa double fonction : « activer » notre volonté, et « plérômiser » Dieu) l'être participé. Vieille comme la pensée religieuse elle-même, mais rajeunie et ravivée par la découverte de l'Évolution, l'antinomie paraît toujours aussi insurmontable. Mais ne serait-ce pas simplement que, pour la résoudre, nous devons (imitant en cela la Physique qui n'a pas hésité, sous la pression des faits, à changer sa Géométrie) nous décider enfin à créer une Métaphysique supérieure, où figure quelque dimension de plus?

Substituons par exemple, à une Métaphysique de l'*Esse*, une Métaphysique de l'*Unire* (ce qui revient en somme à suivre ici encore la Physique dans sa substitution, imposée par l'expérience, du mouvement au mobile dans les phénomènes). Que se passe-t-il? — Dans la Métaphysique de l'*Esse*, l'Acte pur, une fois posé, épuise tout ce qu'il y a d'absolu et de nécessaire dans l'Être; et plus rien ne justifie, quoi qu'on fasse, l'existence de l'Être participé. Dans une Métaphysique de l'Union, par contre, on conçoit, l'unité divine immanente une fois achevée, qu'un degré d'*unification* absolue soit encore possible : celui qui ramènerait au centre divin une auréole « antipodiale » de multiplicité pure. Défini comme tendant à un état final d'Unification maxima, le Système universel comporte une « liberté » de plus. « Inutile », superflu, sur le plan de l'être, le créé devient essentiel sur le plan de l'union. — Pourquoi ne pas chercher dans cette direction [1]?

_____

1. De ce point de vue, on pourrait dire que, pour notre raison discursive, tout se passe comme s'il y avait *deux phases* dans la « théogénèse ». Au cours de la première phase, Dieu se pose dans sa structure trinitaire

6 bis. Quelle que soit la solution adoptée, l'immensité organique de l'Univers nous oblige à re-penser la notion d'*omni-suffisance* divine : Dieu s'achève, Il se complète, en quelque façon, dans le Plérôme. Toujours sous le même angle, un autre ré-ajustement s'impose à notre pensée en ce qui concerne l'idée d'*omnipotence*. Dans la conception ancienne, Dieu pouvait créer 1) instantanément, 2) des êtres isolés, 3) aussi souvent qu'il lui plaisait. Nous entrevoyons maintenant que la Création ne peut avoir qu'un objet : *un Univers*, qu'elle ne peut s'effectuer (observée ab intra) que suivant un *processus évolutif* (de synthèse personnalisante), — et qu'elle ne peut jouer qu'*une seule fois* : quand le Multiple « absolu » (né par antithèse à l'Unité trinitaire) se trouve réduit, plus rien ne reste à unifier ni en Dieu, ni « en dehors » de Dieu.

Reconnaître que « Dieu ne peut créer qu'évolutivement » résout radicalement, devant la raison, le problème du Mal (celui-ci est un « effet » direct d'Évolution), — et explique en même temps la manifeste et mystérieuse association de Matière et Esprit.

7. En ce qui concerne les relations du Christ avec le Monde, tout le problème théologique actuel paraît se concentrer sur la montée, dans la conscience chrétienne, de ce qu'on pourrait appeler le *Christ-Universel*. Comprenons bien ce point capital.

Jusqu'ici, explicitement, la pensée des fidèles ne *distinguait* guère, en pratique, que deux aspects du Christ : l'Homme-Jésus et le Verbe-Dieu. Or il est évident qu'une troisième face du complexe théandrique demeurait dans l'ombre; je veux dire le mystérieux personnage super-humain partout sous-jacent aux institutions les plus fondamentales et aux affirma-

---

(l'Être fontal se réfléchissant, self-suffisant, sur lui-même) : « *Trinisation.* » Au cours de la deuxième phase, Il s'enveloppe de l'être participé, par unification évolutive du Multiple pur (« Néant positif ») né — à l'état de potentialité absolue — par antithèse à l'Unité trinitaire une fois posée : *Création.* (*N.D.A.*)

tions dogmatiques les plus solennelles de l'Église : Celui en qui tout a été créé, — Celui « in quo omnia constant [1] », — Celui qui, par sa naissance et son sang, ramène toute créature à son Père; le Christ de l'Eucharistie et de la Parousie, le Christ consommateur et cosmique de saint Paul. Jusqu'ici, je le répète, ce tiers aspect du Verbe *incarné* demeurait mal séparé des deux autres : ceci apparemment faute de substrat concret, « phénoménal », pour se matérialiser dans la pensée et la piété chrétiennes. Or qu'arrive-t-il de nos jours ? Sous l'effort combiné de la réflexion et des aspirations humaines, l'Univers, autour de nous, se lie et s'ébranle à nos yeux dans un vaste mouvement de convergence. Non seulement spéculativement, mais expérimentalement, notre cosmogonie moderne prend la forme d'une cosmogénèse (ou plus exactement d'une psycho- ou noo-génèse) au terme de laquelle se dessine un foyer suprême de personnalité personnalisante. Qui ne voit l'appui, le renforcement, le pouvoir d'éveil que la découverte de ce pôle physique de synthèse universelle vient apporter aux vues de la Révélation ? — *Identifions* en effet (au moins par sa face « naturelle ») le Christ cosmique de la Foi avec le Point Oméga de la Science. Tout se clarifie, s'amplifie, s'harmonise dans nos perspectives. D'une part, pour la Raison, l'évolution physico-biologique du Monde n'est plus indéterminée dans son terme : elle a trouvé un sommet concret, un cœur, un visage. D'autre part, pour la Foi, les propriétés extravagantes imposées par la Tradition au Verbe incarné sortent du métaphysique et du juridique pour prendre rang, réalistiquement et sans violence, au nombre et en tête des courants les plus fondamentaux reconnus aujourd'hui par la Science dans l'Univers. Position fantastique, il faut l'avouer, que celle du Christ : mais, justement parce que fantastique, à la vraie échelle des choses. En vérité, la clef de la voûte à construire est là entre nos mains. Pour

---

1. « En qui tout subsiste. » Co., i, 16. (*N.D.E.*)

opérer la synthèse attendue par notre génération entre foi en Dieu et foi au Monde, rien d'autre ni de mieux à faire que de dégager dogmatiquement, dans la personne du Christ, la face et la fonction cosmiques qui le constituent, organiquement, principe moteur et directeur, « âme » de l'Évolution.

Au 1er siècle de l'Église, le Christianisme a fait son entrée définitive dans la pensée humaine en assimilant hardiment le Jésus de l'Évangile au Logos alexandrin. Comment ne pas apercevoir la suite logique du même geste et le prélude d'un même succès dans l'instinct qui pousse aujourd'hui les fidèles, après deux mille ans, à reprendre la même tactique, non plus cette fois avec le principe ordonnateur du stable kosmos grec, mais avec le néo-Logos de la philosophie moderne, — le principe évoluteur d'un Univers en mouvement?

8. A cette généralisation du Christ-Rédempteur en un véritable « Christ-Évoluteur » (Celui qui porte, avec les péchés, tout le poids du Monde en progrès); à cette élévation du Christ historique à une fonction physique universelle; à cette identification ultime de la Cosmogénèse avec une Christogénèse, on a pu objecter qu'elles risquent de faire s'évanouir dans le sur-humain, de volatiliser dans le cosmique l'humaine réalité de Jésus. — Rien ne me paraît moins fondé que cette hésitation. — Plus en effet on réfléchit aux lois profondes de l'Évolution, plus on se convainc que le Christ-universel ne saurait apparaître à la fin des temps au sommet du Monde s'il ne s'y était préalablement introduit en cours de route, *par voie de naissance*, sous la forme d'un *élément*. Si vraiment c'est par le Christ-Oméga que tient l'Univers en mouvement, c'est en revanche de son germe concret, l'Homme de Nazareth, que le Christ-Oméga tire (théoriquement et historiquement) pour notre expérience, toute sa consistance. Les deux termes sont intrinsèquement solidaires, et ils ne peuvent varier, dans un Christ vraiment total, que simultanément.

9. Au cours de ce qui précède, nous avons concentré notre

attention sur les relations nouvelles émergeant entre le Verbe incarné et un Univers conçu désormais comme de nature unitaire et évolutive. Mais il est évident que tout développement dogmatique affectant la théologie du « Fils-Objet-d'amour » doit avoir son retentissement dans la théologie du Père, en qui finalement tout être doit trouver sa source. — La Paternité divine, ce message premier et fondamental de l'Évangile : serait-il injuste de dire que ce mystère a surtout été médité jusqu'ici par les chrétiens sur un plan encore « néolithique », c'est-à-dire sous sa face la plus juridique et la plus « familiale » ? Le Père : celui qui gouverne, qui nourrit, qui pardonne, qui récompense... Pourquoi pas, davantage, celui qui vivifie et qui engendre ? — Prenons-y garde. Subrepticement les mots changent de valeur spirituelle à mesure que se modifie, à l'arrière-plan, la pensée qui les supporte. Le « pater familias [1] », le Roi, — ces symboles ont définitivement perdu, aujourd'hui, pour nous leur prestige. C'est quelque chose de plus pénétrant, de plus organique, de plus vaste, que notre âge veut désormais adorer, par-dessus toute valeur humaine. Sans voiler en rien la chaleur personnelle du Centre divin, montrez-le toujours plus rayonnant du flux fontal et pérenne de l'acte créateur. Faites-le briller à nos yeux au foyer trinitaire du Point Oméga. Et c'est alors seulement que nous saurons redire, d'un cœur pleinement séduit et convaincu : « Notre Père qui êtes aux cieux. »

10. Création, Incarnation, Rédemption. Jusqu'ici ces trois mystères fondamentaux de la foi chrétienne, indissolublement liés *en fait* dans l'histoire du Monde, restaient *en droit* indépendants l'un de l'autre pour la raison. Dieu pouvait, semble-t-il, sans restriction d'aucune sorte, se passer de l'Univers. Il pouvait créer sans s'incarner. L'Incarnation à son tour pouvait n'être pas laborieuse ni souffrante. — Transposée du

---

1. « Père de famille » (famille au sens latin du mot, c'est-à-dire la maisonnée entière). (*N.D.E.*)

Cosmos ancien (statique, limité, et à chaque instant ré-arrangeable) dans l'Univers moderne (organiquement lié par son Espace-Temps en un seul bloc évolutif) les trois mêmes mystères tendent à ne former plus qu'un. Sans création, d'abord, quelque chose, semble-t-il, manquerait absolument à Dieu considéré dans la plénitude, non pas de son être, mais de son acte d'Union (cf. Nº 5). Créer, donc, pour Dieu, c'est par définition s'unir à son œuvre, c'est-à-dire s'engager d'une façon ou de l'autre dans le Monde par incarnation. Or « s'incarner », n'est-ce pas *ipso facto* participer aux souffrances et aux maux inhérents au Multiple en voie de pénible rassemblement ? Création, Incarnation, Rédemption : vus à cette lumière les trois mystères ne deviennent plus en vérité, dans la Christologie nouvelle, que les trois faces d'un même processus de fond, d'un *quatrième* mystère (lui seul absolument justifiable et valable en soi, en fin de compte, au regard de la pensée) auquel il conviendrait, pour le distinguer explicitement des trois autres, de donner un nom : le Mystère de l'Union Créatrice du Monde en Dieu, ou *Plérômisation*[1]. Or tout ceci n'est-il pas à la fois extrêmement chrétien et extrêmement cohérent ? Dans la théologie classique, pourrait-on dire, le dogme se présentait à notre raison comme une série de cercles indépendants, distribués sur un plan. Aujourd'hui, supporté par une dimension nouvelle (celle du Christ-Universel), le même dessin tend à se développer et à se grouper organiquement sur une même sphère, dans l'espace. — Simple et merveilleux effet d'*hyper-ortho-doxie*...

---

1. « Le Plérôme *est plus* (en valeur absolue) que « Dieu seul » avant que le Christ n'y soit rentré « avec le Monde incorporé en Lui ». La Plérômisation de l'Etre devra un jour se relier à la « Trinitisation dans quelque ontologie généralisée. » (*Lettre au Père J. M. Le Blond*, avril 1953.) (*N.D.E.*)

C. UNE NOUVELLE ORIENTATION MYSTIQUE :
L'AMOUR DE L'ÉVOLUTION

11. Réduit à la forme initiale, encore « brute », sous laquelle il émerge présentement dans le monde moderne, le nouvel esprit religieux se présente, avons-nous dit (Nº 1), comme la vision et l'anticipation passionnées de quelque super-Humanité. Mais parce que cette super-Humanité (terme le plus haut, dans nos perspectives, où puisse atteindre l'effort cosmique) ne s'exprime encore à nos yeux que sous les traits, bien vagues, d'un Collectif impersonnel, le mouvement d' « adoration » suscité par elle dans la conscience humaine ne peut encore se traduire, *à ce stade*, qu'en termes d'intelligence raisonnante et de volonté : reconnaître l'existence du mouvement qui nous totalise, et nous y conformer. Dans ce jeu de nos facultés, le cœur, avec tout ce que ce mot recouvre de plénitude énergétique et vitale, demeure inassouvi. — Que se produit-il par contre si (conformément à la synthèse théologique ci-dessus analysée, Nº 10) le Christ-Universel vient prendre la place et remplir la fonction du Point Oméga? Alors, du haut en bas, et sur la section entière des nappes cosmiques, une chaude lumière se répand, montant de la profondeur des choses. La Cosmogénèse se muant, comme nous avons dit, en Christogénèse, c'est l'étoffe, c'est le flux, c'est l'être même du Monde qui *se personnalisent. Quelqu'un* est en gestation dans l'Univers, et non plus seulement Quelque chose. — Croire, servir, ce n'était pas assez : voici qu'il devient, non seulement possible, mais impératif d'*aimer* (littéralement) l'Évolution.

12. Analysé du point de vue chrétien, tel qu'il naît spontanément et nécessairement du contact entre foi au Christ et foi au Monde, l'amour de l'Évolution n'est pas une simple extension de l'amour de Dieu à un objet de plus. Mais il

correspond à une explication radicale (on pourrait presque dire, il émerge d'une refonte) de la notion de charité. « Tu aimeras Dieu. » « Tu aimeras ton prochain pour l'amour de Dieu. » Sous sa forme nouvelle : « Tu aimeras Dieu dans et à travers la genèse de l'Univers et de l'Humanité », ce double commandement de l'Évangile se synthétise en un seul geste, d'une puissance d'application et de rénovation inouïe. Et en effet, grâce à cette simple transposition (aujourd'hui seulement rendue *possible* par un progrès décisif de la réflexion humaine), la charité chrétienne se trouve, d'un seul coup, et à la fois, dynamisée, universalisée, et (si l'on me passe le terme, pris dans son sens le plus légitime) « panthéisée » :

a) Dynamisée : non plus seulement adoucir les peines, panser les plaies, secourir les faiblesses, — mais pousser par amour jusqu'à leur terme supérieur, par tout effort et toute découverte, les puissances de l'Humanité.

b) Universalisée : non plus seulement concentrer notre attention et nos soins sur des âmes flottant dans un Univers neutre ou hostile, — mais subir et promouvoir, dans un élan passionné, le jeu entier et total des forces cosmiques au sein desquelles le Christ-Universel naît et se complète en chacun de nous.

c) « Panthéisée » : non plus seulement adhérer vitalement à Dieu par quelque pointe centrale et privilégiée de notre être, — mais communier, « super-communier », avec Lui (sans fusion ni confusion; car l'amour différencie et personnalise ses termes en les unissant) par toute la hauteur, la largeur, les profondeurs et la multiplicité des puissances organiques de l'Espace et du Temps.

13. L'humanisme contemporain reproche, non sans raison, à l'attitude évangélique de se montrer inapplicable, impraticable à l'échelle du monde moderne. Comment le monde, tel que nous l'entrevoyons aujourd'hui, pourrait-il bien se construire avec l'esprit de non-résistance au mal et de détachement terrestre prêché par la lettre du Discours sur la

Montagne?... On a pu parler de faillite ou de compromissions chrétiennes. Ces contradictions s'évanouissent à l'éclat de la super-charité rayonnée par le Christ-Universel. Aimer Dieu dans et par l'Univers en évolution : impossible d'imaginer formule d'action plus constructive, plus complète, plus entraînante, plus précise en chaque cas, et cependant plus ouverte à toutes les exigences imprévisibles de l'avenir. Formule théorique d'action, je dis bien. Mais plus encore néo-mystique *actuellement vivante* où tendent irrésistiblement à se combiner, dans toute conscience moderne, sous le signe chrétien, les deux attractions fondamentales qui jusqu'ici écartelaient si douloureusement entre le Ciel et la Terre, entre le théo- et anthropocentrisme, la puissance d'adorer humaine.

14. Considérée d'un point de vue psychologique général, cette attitude nouvelle représente l'état à la fois le plus complexe et le plus un auquel ait réussi à s'élever jusqu'ici, historiquement, la conscience humaine. Et l'on ne voit pas dans quelle autre direction cette conscience pourrait continuer à se centrer encore plus haut. Dans « l'acte de super-charité » en effet toutes les formes possibles d'intellection et de volition se découvrent à l'avance indéfiniment sublimables, synthétisables, et, si j'ose dire, « amorisables ». De ce chef l'amour apparaît bien comme la forme supérieure et unique vers laquelle convergent en se transformant toutes les autres espèces d'énergies spirituelles, — ainsi qu'on pouvait s'y attendre dans un Univers construit sur le plan et par les forces de l'Union.

Mais ce grand phénomène, ne l'oublions pas, est intrinsèquement dépendant des développements du Christ-Universel dans nos âmes. Voilà pourquoi, plus on observe les grands mouvements actuels de la pensée humaine, plus on se sent convaincu que c'est autour du Christianisme (considéré dans sa forme « phylétique », c'est-à-dire catholique) que se resserre toujours plus l'axe principal de l'Hominisation. *

* *Inédit.* Pékin, 11 novembre 1945.

RÉFLEXIONS
SUR LE PÉCHÉ ORIGINEL *

* Proposées à la critique des théologiens. (*N.D.A.*)

I. INTRODUCTION

Au cours de quelques générations, plusieurs changements importants, et inter-dépendants, se sont produits dans notre vision du monde, — changements dus beaucoup moins à l'introduction de nouveaux objets qu'à l'apparition (c'est-à-dire à la perception) de certaines *dimensions* nouvelles dans le champ de notre expérience. Citons, au premier chef :

a) *l'organicité* temporo-spatiale de l'Univers, — en vertu de laquelle tout élément et tout événement (si limitée soit leur trajectoire apparente dans l'Histoire) sont en réalité — par leur préparation, leur situation et leurs prolongements — co-extensifs à la totalité d'un Espace-temps sans bords [1];

b) *l'atomicité* de l'étoffe cosmique (caractère déjà pressenti par les Grecs, mais scientifiquement établi, dans son véritable réalisme et à son degré presque « affolant », depuis quelques années seulement), en vertu de laquelle le Monde ne procède dans ses arrangements qu'à coup d'innombrables essais et tâtonnements [2].

En soi, ces deux dimensions nouvelles (et d'autres encore qui en dépendent) n'affectent pas directement *les axes* du dogme

---

1. Ce qui ne veut pas dire : sans sommet ni terminaison ! (*N.D.A.*)
2. Et ceci non pas accidentellement, mais essentiellement. « Organicité » et « atomicité », ainsi comprises, ne sont pas autre chose que des attributs physiques nécessairement associés à la nature métaphysique de l'être participé. (*N.D.A.*)

chrétien. Mais, pour que soit sauvegardée l'unité essentielle
à toute vie intérieure, il est évidemment nécessaire que, dans
ses constructions et ses représentations, la pensée théologique
s'exprime (qualitativement et quantitativement) en harmonie
avec elles. L'*homogénéité* (de milieu et d'échelle) est (avec la
cohérence, dont elle n'est qu'un aspect) la première condition
de toute vérité.

Nulle part, peut-être, la nécessité, la possibilité et les avantages d'un pareil ajustement n'apparaissent avec plus de
clarté que dans le cas de la théorie du Péché Originel.

II. POSITION DU PROBLÈME

Sans exagération on peut dire que le Péché Originel est,
sous sa formulation encore courante aujourd'hui, un des
principaux obstacles où se heurtent en ce moment les progrès
intensifs et extensifs de la pensée chrétienne. Gêne ou scandale
pour les bonnes volontés hésitantes, et refuge en même temps
pour les esprits étroits, l'*histoire* de la Chute paralyse sous nos
yeux l'établissement, si nécessaire, d'une « Weltanschauung »
chrétienne pleinement humaine et humanisante. Chaque fois,
à peu près, qu'il m'est arrivé de défendre en public les droits
et la supériorité d'un optimisme chrétien : « Et le péché originel », me suis-je entendu demander, innocemment ou anxieu-
sement, par les auditeurs les mieux disposés, « qu'en faites-
vous ? »

Situation évidemment malsaine, et d'autant plus vexante
que, pour la renverser complètement, il suffirait de corriger,
dans nos représentations habituelles de la Chute, un simple
défaut de perspective qui peut s'exprimer comme suit. Sous
sa forme soi-disant traditionnelle, le Péché Originel est généralement présenté comme un événement « sérial », formant

chaîne (avec un avant et un après) *à l'intérieur* de l'Histoire.
Or, pour des raisons physiques et théologiques décisives, ne faudrait-il pas le traiter, au contraire, comme une réalité d'ordre
transhistorique, affectant (comme une teinte ou une dimension) la totalité de notre vision expérimentale du Monde?

Je voudrais, au cours de ces pages, montrer qu'il en est bien
ainsi; et que, correction faite, toute dysharmonie disparaît si
bien entre Péché Originel et pensée moderne qu'un dogme, en
ce moment si lourd à traîner, se révèle soudain capable de
nous donner intérieurement « des ailes ».

III. LE PÉCHÉ ORIGINEL,
CONDITION GÉNÉRALE DE L'HISTOIRE

De l'avis unanime des Théologiens (je pense), le réactif
(nécessaire et suffisant) de la présence du Péché Originel
dans le Monde, c'est la Mort [1]. Voilà pourquoi, fort logiquement, les tristes auteurs de *l'Évolution régressive* cherchent à
localiser la Chute avant tout fossile connu, c'est-à-dire dans
le Précambrien. Or, pour passer au-dessous, sinon de la Mort
au sens strict, mais de ses *racines*, n'est-ce pas beaucoup plus en
arrière, infiniment plus en arrière même (c'est-à-dire jusqu'à
l'origine première des choses) qu'il faudrait aller? Réfléchissons
un instant. Pourquoi les vivants meurent-ils, sinon en vertu de
la « désintégrabilité » essentielle à toute structure corpusculaire? Prise au sens le plus général et le plus radical du terme,
la Mort (c'est-à-dire la désagrégation) commence véritablement à se manifester dès l'atome. Inscrite dans la physico-

---

1. La Mort de l'Homme, éminemment, sans doute; mais *toute* mort,
par suite : puisque, par raison implacable d'homogénéité physique,
l'Homme n'eût pu échapper *seul* à la décomposition organique au sein
d'un système d'animaux essentiellement mortels. (*N.D.A.*)

chimie même de Matière, elle ne fait qu'exprimer à sa façon l'Atomicité structurelle de l'Univers. Impossible dès lors de sortir du « mortel » (et par suite de l'influence ou domaine du Péché Originel) sans sortir du Monde lui-même. Repéré et suivi à la trace dans la Nature par son effet spécifique, la Mort, le Péché Originel n'est donc pas localisable en un lieu ni en un moment particuliers. Mais il affecte et infecte bien (ainsi que je l'annonçais) la totalité du Temps et de l'Espace. S'il y a dans le Monde un Péché Originel, il ne peut y être que partout et depuis toujours, depuis la première formée jusqu'à la plus lointaine des nébuleuses. — Voilà ce dont nous avertit la Science. Et voilà ce que, par une coïncidence bien rassurante, viennent tout justement confirmer, si nous les poussons jusqu'au bout, les exigences les plus orthodoxes de la Christologie.

Sans exagération, on peut dire que l'objectif et le critère les plus essentiels de l'orthodoxie chrétienne peuvent se ramener à ce point unique : maintenir le Christ *à la mesure et en tête de la Création.* Quelque immense que se découvre le Monde, la figure de Jésus ressuscité doit *couvrir le Monde.* Telle est, depuis saint Jean et saint Paul, la règle fondamentale de la Théologie [1]. — Or, remarque-t-on assez le corollaire immédiat de ce principe premier, en ce qui concerne la nature du « premier Adam » ? Le rayon du pouvoir dominateur du Christ, par « définition », c'est le rayon de la Rédemption. Personne ne met cette majeure en doute. Or qu'arriverait-il (du point de vue christologique) si, dans nos perspectives modernes de la Cosmogénèse historique, le Péché Originel était maintenu à son échelle ancienne, — c'est-à-dire comme un accident survenu, vers la fin du Tertiaire, en un coin de la planète Terre ? — Ceci, évidemment que, *directement, organiquement,*

---

1. Saint Paul lui-même dans l'épître aux Romains (ix, 5) désigne Adam comme essentiellement relatif au Christ. Ce point de vue doit présider à toute élaboration théologique sur la nature du péché originel. (*N.D.E.*)

formellement, le pouvoir christique ne dépasserait pas, ne déborderait pas, un court et mince fuseau d'Univers autour de nous. Dénominativement, juridiquement, sans doute, le Christ pourrait encore être déclaré (en vertu de sa dignité divine) maître des autres secteurs cosmiques. Mais, au sens complet et physique de saint Paul, il cesserait d'être celui « in quo omnia constant [1] ». D'où il suit que, de ce nouveau chef, nous voici encore obligés (non plus cette fois par suite de l'universalité révélée de l'influence christique) de réfléchir sur le phénomène de la Chute, pour voir comment celui-ci pourrait bien être conçu et imaginé, non plus comme un fait isolé, mais comme une condition générale affectant la totalité de l'Histoire.

Effort d'autant plus légitime, observons-le, que précisément, venant d'une troisième direction (non plus scientifique, ni théologique, mais scripturaire) de la pensée humaine, la même obligation de re-penser le dogme du Péché Originel nous arrive du côté de l'Exégèse, dont les derniers progrès vont à nous avertir que ce sont uniquement des enseignements sur *la nature* de l'Homme, et non des renseignements « visuels » sur *son histoire* qu'il convient de chercher dans les premiers chapitres de la Genèse.

La route est libre en avant.

IV. PREMIÈRE FAÇON DE SE PRÉSENTER UN PÉCHÉ ORIGINEL TRANSHISTORIQUE : L'ORIGINE PECCAMINEUSE DU MULTIPLE. (Fig. 1.)

Une première ligne de pensée, si l'on cherche à se figurer un Péché Originel de nature pan-cosmique, est celle déjà essayée, il y a longtemps, par l'École alexandrine [2], et qui

---

1. « En qui tout subsiste. » Co., I, 18 (*N.D.E.*)
2. Si le travail n'a déjà été fait, il serait intéressant d'en rechercher

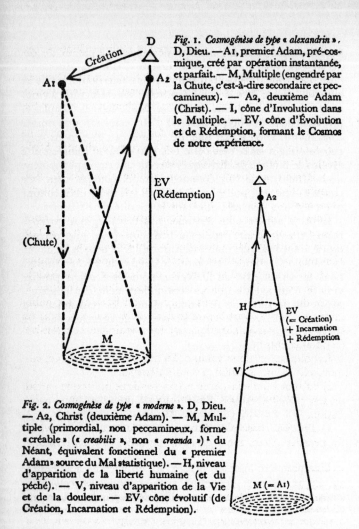

Fig. 1. *Cosmogénèse de type « alexandrin ».* D, Dieu. — A1, premier Adam, pré-cosmique, créé par opération instantanée, et parfait. — M, Multiple (engendré par la Chute, c'est-à-dire secondaire et peccamineux). — A2, deuxième Adam (Christ). — I, cône d'Involution dans le Multiple. — EV, cône d'Évolution et de Rédemption, formant le Cosmos de notre expérience.

Fig. 2. *Cosmogénèse de type « moderne ».* D, Dieu. — A2, Christ (deuxième Adam). — M, Multiple (primordial, non peccamineux, forme « créable » (« *creabilis* », non « *creanda* »)[1] du Néant, équivalent fonctionnel du « premier Adam » source du Mal statistique). — H, niveau d'apparition de la liberté humaine (et du péché). — V, niveau d'apparition de la Vie et de la douleur. — EV, cône évolutif (de Création, Incarnation et Rédemption).

_____

[1] « Créable », non nécessairement appelée à être créée. (*N.D.E.*)

conduit à imaginer le processus suivant pour la Chute et ses développements :

a) Création (instantanée) d'une créature humaine (Humanité) parfaite (premier Adam), qu'il serait absolument vain du reste, nous allons voir pourquoi, de chercher à décrire ou à compter. *Phase édénique.*

b) Désobéissance, sous quelque forme.

c) Chute dans le Multiple (c'est-à-dire engendrant le Multiple). *Phase pré-cosmique d'Involution.*

d) Remontée rédemptrice, par voie de ré-organisation et ré-unification progressive, vers et en le deuxième Adam. *Phase cosmique, historique, d'Évolution.*

Dans ce schème, les conditions générales exigées, nous l'avons vu, pour la solution du problème de la Chute, à la fois par la nature du Monde et par la Christologie, se trouvent bien remplies : noyés dans le cône « de remontée » cosmique (et donc incapables d'apercevoir notre chemin de descente), nous ne voyons l'Univers que sous forme d'une Évolution à partir du Multiple, — sans place pour l'Éden ni ses habitants, — avec la Mort depuis toujours et partout; et, dans ce système, l'opération christique est bien vraiment coextensive au Monde entier.

La solution est donc valable. Pour plusieurs raisons cependant, elle ne me satisfait pas complètement.

a) D'abord toute la partie extra-cosmique du drame « rend un son gratuit et fantastique ». Nous sommes là en pure imagination.

b) Ensuite, chose plus grave encore, la création *instantanée* du premier Adam me semble un type d'opération inintelli-

---

les traces dans les Pères grecs, — comme par exemple dans cette homélie où saint Grégoire de Naziance (ou de Nysse?) explique l'expulsion de l'Éden comme la chute dans une forme « plus épaisse » de vie. — Je crois savoir que les mêmes vues ont été reprises et enseignées à Louvain, il y a quelques années. (*N.D.A.*)

gible, — à moins plutôt qu'il ne s'agisse là que d'un mot couvrant l'absence de tout effort d'explication.

c) Enfin, dans l'hypothèse d'un être *unique* et *parfait*, mis à l'épreuve *une seule fois*, la chance de la Chute est si faible que vraiment, dans l'affaire, le Créateur apparaît comme un malchanceux.

Voilà pourquoi, encore que moins classique à première vue, un deuxième type de solution, qu'il me reste à présenter, m'a depuis toujours attiré, comme plus élégant, plus rationnel, plus cohérent, — et surtout comme plus digne à la fois du Monde et de Dieu.

V. DEUXIÈME LIGNE DE RÉFLEXION.
CRÉATION ÉVOLUTIVE ET ORIGINE STATISTIQUE DU MAL.
(Fig. 2.)

Dans l'explication « alexandrine » ci-dessus présentée, le Multiple d'où émerge l'Évolution est à la fois *secondaire* et *peccamineux dès son origine* : il représente en effet (idée fleurant le manichéisme et les métaphysiques hindoues...) de l'unité brisée et pulvérisée. — Partant d'un point de vue beaucoup plus moderne, et entièrement différent, posons, comme postulat de départ, que le Multiple (c'est-à-dire le *non-être*, s'il est pris à l'état pur) étant la seule forme rationnelle d'un *Néant créable*, (« creabile ») l'acte créateur n'est intelligible que comme un processus graduel d'arrangement et d'unification [1]. En vertu de ce postulat l'histoire du Monde (et même

---

1. Ce qui revient à admettre que *créer, c'est unir*. Et en vérité rien ne nous empêche de tenir que *l'union crée*. A ceux qui objectent que l'union présuppose des éléments déjà existants, je rappellerai que la Physique vient de nous montrer (dans le cas de la masse) que, expérimentalement

de tout monde possible) peut se représenter symboliquement au moyen du schème (fig. 2), — où on reconnaît immédiatement la moitié droite de la Fig. 1, avec cette différence que le Multiple de base représente cette fois, non plus les débris d'un être pulvérisé, mais la forme originelle, essentielle de l'être participé.

Mais ce n'est pas encore tout. Réfléchissant à la structure et aux propriétés du cône cosmique ainsi défini, on s'aperçoit vite que si, dans ce cas, le Multiple primordial n'a rien de directement peccamineux, en revanche, parce que son unification graduelle entraîne une multitude de tâtonnements et d'essais, dans l'immensité de l'Espace-Temps, il ne peut éviter de s'imprégner (dès le moment où il cesse d'être « rien ») de douleurs et de fautes. *Statistiquement* en effet, dans le cas d'un vaste système en voie d'organisation, il est absolument « fatal » : 1) que, en cours de route, des désordres locaux apparaissent (« necessarium est ut adveniant scandala [1] »), et 2) que de ces désordres élémentaires résultent, de niveau en niveau, (par suite de l'interliaison organique de l'étoffe cosmique) des *états collectifs désordonnés.* — Au-dessus de la Vie, il entraîne la Douleur. A partir de l'Homme, il devient Péché [2].

Eh bien, ce point une fois compris et admis, ne devient-il pas clair (si je ne m'abuse...) que, aussi bien et mieux encore que le Monde de la Fig. 1, l'Univers allégé de la Fig. 2 satisfait, du point de vue Chute, à toutes les exigences les plus actuelles de la Cosmologie et de la Théologie?

(et quoi que proteste le « sens commun ») le mobile n'existe qu'engendré par son mouvement. (*N.D.A.*)

1. « Il faut que des scandales arrivent. » Le texte exact, Mat. XVIII, 7, est : « Necesse est enim ut veniant scandala. » (*N.D.E.*)

2. Une formule aussi nette permet de lever l'ambiguïté de certaines expressions au terme desquelles le mal pourrait apparaître comme étant dans l'homme le pur résultat statistique d'un processus d'évolution. (*N.D.E.*)

Dans un pareil Univers, en effet :

1) Les données de la Science sont et seront toujours nécessairement respectées, puisque le cadre expérimental du Dogme vient se confondre avec celui de l'Évolution.

2) Le problème (intellectuel) du Mal s'évanouit. Puisque, en effet, dans cette perspective, souffrance physique et fautes morales s'introduisent *inévitablement* dans le Monde, non pas en vertu de quelque déficience de l'acte créateur, mais par structure même de l'être participé (c'est-à-dire à titre de *sous-produit, inévitable statistiquement,* de l'unification du Multiple), elles ne contredisent ni la puissance, ni la bonté de Dieu. — Le jeu en vaut-il la chandelle? Tout dépend de la valeur et de la béatitude *finales* de l'Univers, — un point sur lequel il faut bien nous en remettre à la sagesse de Dieu [1].

3) Enfin et surtout la théologie du Salut semble parfaitement respectée et justifiée. Dans cette explication, sans doute le Péché Originel cesse d'être un *acte* isolé pour devenir un *état* (affectant la masse humaine dans son ensemble, par suite d'une poussière de fautes disséminées au cours du temps dans l'Humanité). Mais ceci même contribue à intensifier (loin d'atténuer) les caractéristiques dogmatiques de la Chute. D'une part, en effet, la Rédemption est bien universelle, puisqu'elle vient remédier à un état de choses (présence universelle du Désordre) lié à la structure la plus profonde de l'Univers en voie de création. D'autre part le baptême individuel conserve, ou même accroît, toute sa raison d'être. Dans cette perspective, en effet, chaque nouvelle âme s'éveillant à la Vie se trouve solidairement contaminée par l'influence totalisée de toutes les fautes passées, présentes (et à venir) inévitablement répandues, de nécessité statistique, dans l'ensemble

---

1. D'une façon générale, ceci revient à dire que le Problème du Mal, insoluble dans le cas d'un Univers statique (c'est-à-dire d'un « Cosmos »), ne se pose plus dans le cas d'un Univers (multiple) évolutif (c'est-à-dire d'une Cosmogénèse). Il est étrange qu'une vérité aussi simple soit encore si peu aperçue et proclamée!... (*N.D.A.*)

humain en cours de sanctification [1]. Quelque chose en elle a donc besoin d'être purifié.

A première vue, disais-je, on aurait pu craindre que la figuration ici préférée de la Chute originelle ne fût un artifice permettant de respecter verbalement un dogme gênant, tout en le vidant de son contenu traditionnel. Plus on y pense, au contraire, plus on s'aperçoit que la transposition, tout en harmonisant parfaitement la notion de Péché Originel avec une perspective moderne de l'Univers [2], respecte entièrement la pensée et les habitudes chrétiennes, — le seul correctif apporté, en somme, étant de remplacer par une « matrice » et une hérédité collectives le sein de notre mère Ève : ce qui, incidemment, achève de nous libérer de l'obligation (chaque jour plus pesante) d'avoir à faire dériver paradoxalement d'un seul couple tout le genre humain [3].

N. B. Tandis que, dans un Univers de type « alexandrin » (fig. 1), Création et Rédemption correspondent à deux opérations et deux temps indépendants et distincts, il est remarquable que, dans la deuxième espèce du Monde (fig. 2), Création, Incarnation et Rédemption n'apparaissent plus que comme les trois faces complémentaires d'un seul et même processus : la Création entraînant (*parce que* unificatrice) une certaine immersion du Créateur dans son œuvre, et en même

---

1. Comme plus particulièrement nocives, parmi ces fautes, peuvent être regardées : a) les *premières* fautes commises sur Terre (commises avec conscience minima, mais avec action maxima sur un psychisme naissant) ; b) peut-être (s'il y a, en matière de liberté, réaction de l'avenir sur le passé) certaines *dernières* révoltes de l'Humanité parvenue à maturité (conscience et responsabilité maxima) ; et enfin, c) pour chaque individu, les fautes commises dans son groupement social et sur sa lignée particulière. (*N.D.A.*)

2. Puisque le Péché Originel devient alors un effet combiné d'Atomicité (désordre statistique) et d'Organicité (contamination générale de la masse humaine. (*N.D.A.*)

3. Dans sa partie théologique, l'explication ici présentée a été défendue à Lyon par le Père Rondet. (*N.D.A.*)

temps (*parce que* nécessairement génératrice de Mal, par effet secondaire statistique) une certaine compensation rédemptrice. — A quoi on m'a objecté que tout devenait trop simple et trop clair, alors, pour que l'explication fût bonne! — A quoi je réponds que, dans l'explication proposée, le mystère n'est nullement éliminé, mais simplement reporté à sa vraie place (c'est-à-dire tout en Haut et dans le Tout), qui n'est précisément ni la Création, ni l'Incarnation, ni la Rédemption dans leur mécanisme, mais « la Pléromisation » : je veux dire la mystérieuse relation « réplétive » (sinon complétive) [1] qui relie l'Être premier à l'être participé. *

* *Inédit*. Paris, 15 novembre 1947.

1. Quant à la relation « complétive » qui relie l'Être premier à l'être participé, Cf. Pierre de Bérulle, texte ci-après, p. 269. (*N.D.E.*)

LE PHÉNOMÈNE
CHRÉTIEN

En première appréhension et approximation (c'est-à-dire en dehors de toute considération théologique), le Christianisme se présente expérimentalement à nos yeux, en ce moment, comme un des principaux, et même en fait (si l'on excepte l'Islam qui n'est qu'une résurgence archaïsante du Judaïsme, — et le Néo-humanisme marxiste, destiné apparemment à se christianiser bientôt...) comme le dernier-né des courants religieux apparus historiquement dans les nappes pensantes de la Noosphère. A ce mouvement collectif de vision et de croyance, vieux de deux mille ans déjà, personne ne songe à refuser l'honneur insigne d'avoir servi de matrice à notre civilisation occidentale, — c'est-à-dire, bien probablement, à l'entière civilisation humaine de demain. Qui pourrait bien dire, par exemple, tout ce qui circule d'évangélisme, non seulement potentiel, mais héréditaire, dans le matérialisme le plus stalinien ?... Devant l'importance *passée* du Christianisme tout le monde s'incline volontiers. Mais que dire du présent ? et plus encore de l'avenir ? — Après deux mille ans d'existence, je dis bien, le mouvement chrétien (comme tant d'autres avant lui !) ne manifeste-t-il pas certains signes de vieillesse de d'usure ? — Le Dieu chrétien va-t-il toujours montant, — ou ne serait-il pas plutôt en train de se coucher, à notre horizon ?

Question violemment tragique, — *et pour tout le monde :*

233

puisque nul ne saurait dire à quel point, en plein xxᵉ siècle, le soleil christique continue à nous orienter et à nous échauffer, — sans que nous nous en doutions. Que se passerait-il au fond de nous, — que se passerait-il entre nous, — dans la nuit créée par sa disparition [1] ?

Au cours des pages qui suivent, je voudrais essayer de faire voir comment, à l'aide de deux visées prises à suffisamment longue distance pour éliminer toute cause prochaine d'erreur, il semble possible de déterminer l'orbite cherchée, et de reconnaître, sur bonnes données objectives, que, au-dessus de nos têtes, l'astre céleste, loin de décliner, poursuit toujours (et paraît destiné à poursuivre jusqu'à un zénith coïncidant avec celui de la Pensée terrestre elle-même) sa marche ascendante, — à travers un perpétuel renouveau de netteté et d'éclat.

Première visée, ou considération : dans le Christianisme, sous forme d'une foi toujours mieux explicitée en l'existence d'un Centre divin d'universelle convergence, c'est le courant monothéiste tout entier qui arrive mystiquement à maturité.

Deuxième considération : dans le processus de « noogénèse » générale (et plus précisément encore d'anthropogénèse planétaire) où nous nous découvrons chaque jour plus profondément inclus, c'est le Monothéisme (pris sous sa forme la plus avancée) qui seul paraît psychologiquement capable d'entretenir, en dernier ressort, les progrès de l'Évolution.

Deux constatations se rejoignant et se renforçant évidemment l'une l'autre pour garantir au Phénomène chrétien une importance et une valeur exactement coextensives, en intensité comme en durée, aux développements prévisibles de l'Humanité.

---

1. La grande Peur (si menaçante pour notre équilibre nerveux) qui pèse sur le monde en ce moment n'est-elle pas cosmique, bien plus que politique ; c'est-à-dire due à l'obscurcissement d'un ciel dédivinisé, beaucoup plus qu'à la montée d'aucun nuage atomique ?... (*N.D.A.*)

I. CHRISTIANISME ET MONOTHÉISME

A priori aussi bien qu'*a posteriori*, le Monothéisme a toutes sortes de droits pour être considéré comme une des principales formes élémentaires (sinon même comme la forme primitive unique) du sentiment religieux. Pour l'Homme fraîchement éclos à la Réflexion, en effet [1], quel geste plus instinctif (à en juger par nous-mêmes) que celui d'animer et d'anthropomorphiser en un grand Quelqu'un *tout l'Autre* dont il découvre autour de lui l'existence, l'influence et les menaces ? — Et n'est-ce pas justement à ce stade particulier d'adoration que nous trouvons encore fixées, d'après certains observateurs, les populations les moins socialement évoluées de la Terre ?

Tout ceci est bien probablement vrai. Mais tout ceci n'empêche pas (loin de là !) que, pareille en cela à toute autre intuition ou aspiration psychique profonde, la notion d'un seul grand et suprême Maître du Monde ait pu (ou même dû), au cours d'une longue maturation, passer d'une certaine simplicité initiale de confusion et d'indétermination (« prémonothéisme ») à une toujours plus haute simplicité d'élaboration et de clarté (« eu-monothéisme », ou monothéisme évolué), dont les termes les plus élevés sont encore bien loin en avant de nous.

Comme d'habitude en matière de « spéciation » ou de phylogénèse, les premiers stades de ce développement religieux échappent à notre vision distincte, aussi bien dans leurs modalités mystiques que dans leur répartition ethnique et géographique. Par contre, un point bien assuré, c'est que (il y a de cela trois ou quatre mille ans) ce qui devait devenir le tronc

---

1. Et (quoi qu'en dise l'école du Père W. Schmidt) en dehors de tout recours à une « révélation » divine. (*N.D.A.*)

puissant du Monothéisme moderne émerge distinctement dans les régions étonnamment progressives qui s'étendent du Nil à l'Euphrate; à la chaleur dégagée par l'Égypte, l'Iran et la Grèce, *la tige judéo-chrétienne.*

Le long de cet axe privilégié (une fois son individualisation achevée), deux transformations majeures, plus ou moins simultanées, se lisent facilement au cours des récits bibliques : l'une d'universalisation, l'autre d' « amorisation ». A ses premières origines enregistrables, le Iaveh hébreu n'est encore que le principal et le plus puissant des « dieux »; et ce n'est que sur un seul peuple choisi que son pouvoir se concentre, avec une prédilection toujours inquiétante par certains côtés. En fait, il ne faut rien moins qu'un travail de plusieurs siècles (c'est-à-dire il faut attendre la révolution chrétienne) pour que les potentialités cosmiques du Démiurge de la Genèse s'explicitent et s'humanisent enfin dans l'adoration d'un Dieu, non seulement maître redoutable, mais Père aimant et aimable de tous les hommes sans exception.

Et même alors tant s'en faut, contrairement à une opinion trop commune, que le processus se soit trouvé achevé!

Car enfin, en toute et profonde vénération pour les paroles humaines de Jésus, est-il possible de ne pas observer que la Foi judéo-chrétienne continue à s'exprimer (et par force!) dans les textes évangéliques, en fonction d'un symbolisme typiquement néolithique? Le Néolithique, c'est-à-dire l'âge d'une Humanité (et plus généralement d'un Monde) construits, depuis le Ciel en haut jusqu'au village en bas, sur le modèle (et quasiment à l'échelle) de la famille et du champ cultivé. Dans un pareil Univers comment imaginer, sans contradiction psychologique, que le Monothéisme ait pu se traduire autrement qu'en termes de Dieu grand Chef de famille et suprême propriétaire du Monde habité?...

Or tel est précisément le cadre ou milieu mental hors duquel notre conscience moderne est en train d'émerger de plus en plus. Irrésistiblement, autour de nous, par tous les accès de l'expérience et de la pensée, l'Univers va se liant organiquement et génétiquement sur lui-même. Comment, dans ces conditions, le Dieu-Père d'il y a deux mille ans (un Dieu du Cosmos, encore) ne se transfigurerait-il pas insensiblement, sous l'effort même de notre adoration, en un *Dieu de Cosmogénèse*, — c'est-à-dire en quelque Foyer ou Principe animateur d'une création *évolutive* au sein de laquelle notre condition individuelle apparaît beaucoup moins celle d'un serviteur qui travaille que celle d'un élément qui s'unit ?

Et voilà bien, si je ne m'abuse, ce qui, en ces jours mêmes, représente une des principales caractéristiques du Phénomène humain. Autour de nous, en nous-mêmes, nous pouvions croire le flot d'invention religieuse définitivement arrêté et fixé, depuis longtemps, dans sa plus haute formulation possible. Eh bien, non. En face des courants mystiques de type oriental qui s'obstinent encore à poursuivre l'Unité dans un geste d'identification par diffusion à la totalité distendue de la sphère cosmique, voici que, sous forme d'une Christologie étendue aux nouvelles dimensions du Temps et de l'Espace, une forme extrême de Monothéisme jaillit sous nos yeux des profondeurs phylétiques du Christianisme, c'est-à-dire sur l'axe catholique romain : Monothéisme, non plus seulement de domination, mais *de convergence*, au sommet duquel, par action victorieuse de l'amour sur les forces cosmiques de multiplicité et de dispersion, rayonne et se « plérômise » (suivant l'expression biblique) un Centre universel des choses.

Et maintenant, détournant un moment notre regard du subtil, mais profond, changement affectant, au plus intime de la mystique moderne, la teinte même de Dieu, observons un peu ce qui se passe, juste en même temps, dans le courant général de la conscience humaine.

II. MONOTHÉISME ET NÉO-HUMANISME

Dans le conflit constructif et fécond qui oppose encore, sur le domaine biologique, néo-darwinistes et néo-lamarckiens, il est curieux de noter avec quelle égale désinvolture les deux écoles en présence postulent et s'accordent sans discussion, au départ, un certain ressort ou dynamisme sans lequel les mécanismes évolutifs qu'ils imaginent resteraient fatalement aussi inertes qu'un moteur auquel on aurait oublié de fournir sa réserve d'essence. — Et, en effet, que la transformation des espèces s'opère du dehors (par effet de sélection naturelle), ou au contraire du dedans (par effet d'invention), n'est-il pas clair que, dans un cas comme dans l'autre, il est nécessaire d'imaginer, au cœur de l'être animé, une certaine polarisation ou préférence en faveur du « survivre », sinon même du « super-vivre »? Sur une substance vivante complètement indifférente ou détendue, aucune excitation de milieu, aucun jeu de grands nombres ne sauraient avoir la moindre prise. De même que l'expansion de l'Univers (si admise?...) présuppose, entre corpuscules matériels, une certaine action répulsive, issue de l'explosion de l' « atome primitif », — ainsi, pour soutenir l'épanouissement (tout à fait incontestable, celui-là) de la Biosphère, force est bien de recourir à l'existence primordiale, et à l'émergence toujours plus affirmée au cours des âges, d'une certaine *pression d'évolution*.

A cette « pression d'évolution », ultime ressort de tout mouvement vital, il serait naïf de vouloir donner une expression définie, valable à tous les niveaux de la Biogenèse. Par contre, à partir du point critique de Réflexion, c'est-à-dire dans le domaine humain, sa nature intime se « psychise » décidément, sous une forme parfaitement claire et familière : et nous l'appellerons tout simplement le *goût de vivre*.

Le goût de vivre...

Depuis douze ans, il n'est pour ainsi dire pas une seule conférence ou un seul article se rapportant à l'Homme où je ne me sois senti ramené, avec une urgence grandissante, à insister sur le rôle vital (bien que presque toujours inaperçu) de cette énergie fondamentale, sans laquelle, sous les plus violentes pressions du Milieu planétaire, et malgré l'appui prodigué de toutes les ressources matérielles désirables, le magnifique élan humain s'arrêterait misérablement : s'il venait par malheur à *ne plus avoir envie* de se prolonger ! — Statistiquement tournée par le jeu alterné ou combiné de la sélection et de l'invention, l'interférence tant redoutée des mauvaises volontés et des mauvaises chances ne me paraît pas (à en juger par le Passé) menacer sérieusement l'avenir du Monde pensant. Une fois le mouvement évolutif déclenché et établi, rien ne saurait, semble-t-il, empêcher désormais la Vie d'atteindre, sur notre Terre, le maximum possible de ses développements : rien, — sinon justement la détente générale et instantanée éventuellement provoquée par le coup d'aiguille fatal d'une grande désillusion.

Pensons-y toujours et de plus en plus. Pour que l'Homme, encore embryonnaire, parvienne à l'état adulte, il faut, absolument et avant tout, qu'il garde jusqu'à la fin (et malgré l'éveil en lui de facultés critiques toujours plus aiguës) le désir d'arriver jusqu'au bout de lui-même. L'Univers, autrement dit, pour ne pas décevoir (et donc *étouffer*) la Pensée à laquelle il a donné naissance, doit satisfaire à certaines conditions structurelles de fond.

Mais lesquelles ?

J'en vois deux, — non pas tant relatives, comme on pourrait s'y attendre, aux charmes plus ou moins grands de l'instant présent, que liées, l'une et l'autre, aux dimensions et aux tonalités du plus lointain Avenir. — Imaginons (je m'excuse de reprendre une fois de plus cette comparaison), — imaginons un groupe de mineurs pris, par accident, au plus profond de la terre. N'est-il pas évident que ces rescapés ne se décideront à la peine de remonter la galerie où ils se trouvent que si, au-dessus d'eux, ils peuvent présumer l'existence : 1) d'une issue, et 2) d'une issue s'ouvrant sur du respirable et du lumineux? — Eh bien, pareillement, à une génération (la nôtre) brusquement confrontée avec la réalité d'un long et pénible effort à donner pour atteindre la limite supérieure, toujours plus reculée, de l'Humain, il serait inutile, je prétends, de dire de marcher, si, en avant de nous, nous pouvions soupçonner que le Monde est hermétiquement clos, ou qu'il ne débouche que sur de l' « Inhumain » (ou du Sous-humain). Une Mort *totale* où sombrerait, pour toujours et pour tout le monde, le fruit évolutif de notre effort planétaire; ou bien, ce qui reviendrait au même, une forme atténuée ou déformée de survie où ne passerait pas le meilleur de la vision unanimisante à laquelle l'existence nous incite à collaborer : l'une quelconque de ces deux tristes perspectives serait suffisante, à elle seule (ceci me paraît psychologiquement *sûr*), pour que, incurablement, s'insère dans les moelles de notre action le virus foudroyant de l'Ennui, de la Peur et du Découragement.

Plus la Vie s'individualise, plus elle découvre en elle-même un besoin absolu *irréversible*.

Ce qui, transposé en termes positifs, veut dire, tout simplement, que la seule forme d'Univers compossible avec la présence et la persistance d'une Pensée sur Terre est celle d'un système psychiquement convergent sur quelque foyer cosmique de conservation et d'ultra-personnalisation.

Exigence biologique péremptoire où ré-apparaît inopinément, sous sa forme à la fois la plus évoluée et la plus moderne, la grande aspiration monothéiste de tous les temps.

III. CHRISTIANISME ET AVENIR

Ainsi donc, sans que nous nous en doutions beaucoup, un énorme événement psychologique est en train de se produire, en ce moment même, dans la Noosphère : rencontre, ni plus ni moins, de l'En-Haut avec l'En-Avant; — c'est-à-dire confluence, sur l'axe chrétien, entre le flot canalisé des anciennes mystiques et le torrent plus nouveau, mais rapidement grossissant, du Sens de l'Évolution. Anticipations conjuguées d'un Surhumain transcendant et d'un Ultra-humain immanent : ces deux formes de Foi s'éclairant et se renforçant indéfiniment l'une l'autre... En vérité, dans un jeu si merveilleusement balancé, est-il prématuré de voir le régime sous lequel est désormais destiné à s'opérer, jusqu'à consommation [1], le mystérieux processus planétaire de l'Hominisation.

Plus on étudie cette situation, plus à l'esprit monte et s'affirme une curieuse analogie entre ce qu'on pourrait appeler *l'état religieux* du monde actuel et *l'état zoologique* de la Terre vers la fin du Tertiaire. A cette époque-là (c'est-à-dire il y a environ un million d'années), un observateur averti inspectant la foule des grands Primates africains eût pu, à maints indices anatomiques et psychiques, reconnaître qu'une certaine lignée (ou faisceau) hominoïde portait en soi les promesses de l'avenir. Semblablement, dirai-je, si nous savons regarder, il ne paraît pas discutable qu'une différence et une avance radicale se laissent facilement apercevoir, séparant

---

1. Ceci sans exclure, évidemment, l'apparition possible, dans la conscience humaine, de quelque *troisième* axe encore insoupçonné, en plus de l'En-Haut et de l'En-Avant; ne fût-ce que par suite de quelque prise de contact avec d'autres planètes pensantes. (*N.D.A.*)

pour toujours « le phénomène chrétien » de n'importe lequel des autres « phénomènes religieux » parmi lesquels il est apparu, mais desquels aussi il n'a pas cessé, depuis les origines, de travailler à se dégager.

Là en effet où toute autre religion bute pitoyablement en ce moment (c'est-à-dire sur l'obstacle d'un Univers devenu si organique et si exigeant qu'il éclipse ou décourage la plupart des grandes intuitions passées de la Mystique), le Christianisme, lui, ne s'enlève-t-il pas sans effort, porté par les conditions mêmes, si profondément changées, de pensée et d'action auxquelles n'arrivent pas à s'acclimater les plus renommés de ses concurrents?

Sans exagération, de par son ultra-Monothéisme tout particulier, la religion de Jésus, non seulement se montre expérimentalement capable de résister aux nouvelles températures, aux nouvelles tensions, créées dans l'esprit humain par l'apparition de l'idée d'Évolution, — mais, dans ce domaine transformé, elle trouve un milieu optimum de développement et d'échanges. Et de ce chef, d'ores et déjà, elle s'affirme comme *la religion définitive* d'un Monde devenu soudainement conscient de ses dimensions et de sa dérive, dans l'Espace comme dans le Temps.

D'où il suit que si, nous transportant par l'imagination, non plus cette fois un million d'années en arrière, mais un million d'années en avant, à travers le devenir cosmique, nous nous demandons pour finir (peut-être avec une pointe d'inquiétude...) ce qui pourra bien rester du Christianisme à cette époque lointaine, nous pouvons en toute sécurité affirmer au moins ceci :

« A une pareille profondeur d'avenir, et au taux présent de l'Anthropogénèse, il serait vain de chercher à nous figurer quelles formes auront prises : soit la liturgie et le Droit canon, soit les conceptions théologiques du Surnaturel et de la Révélation, soit l'attitude des moralistes en face des grands problèmes de l'Eugénisme et de la Recherche; — sans compter que, à un million d'années de distance, bien des problèmes historiques qui nous préoccupent encore tant auront été résolus, ou se seront évaporés, depuis longtemps... Sur tous ces points, nous ne saurions rien dire. En revanche, une chose est certaine. Si, à ce moment-là, l'Humanité continue (comme nous le supposons) à grandir, c'est-à-dire à se réfléchir sur elle-même, c'est preuve que le goût de la Vie n'aura pas fini de monter en elle : ce qui suppose que, découvrant un pôle toujours plus attrayant aux efforts convergents de la Noogénèse, un Monothéisme de plus en plus « christifié » *sera toujours là* (même si tout le reste doit changer) pour « aérer » l'Univers et « amoriser » l'Évolution. » *

* *Inédit.* Paris, 10 mai 1950.

MONOGÉNISME ET MONOPHYLÉTISME

UNE DISTINCTION ESSENTIELLE A FAIRE

AVEC l'Encyclique *Humani generis*, on a de nouveau entendu discuter, avec beaucoup de passion... et de confusion, le problème de la représentation historique des
origines humaines. A cette occasion, il convient d'insister,
une fois de plus, sur la différence essentielle séparant les
notions (trop souvent prises encore comme synonymes!) de :

Mono- et poly-*génisme* : un ou plusieurs *couples* primitifs,

Mono- et poly-*phylétisme* : un ou plusieurs *rameaux* (ou
phyla), à la base de l'Humanité.

Principe 1.

Par suite de l'impossibilité de fait où se trouve (et se trouvera sans doute toujours) la Science de grossir assez fortement le passé paléontologique pour distinguer *des individus*, —
c'est-à-dire de discerner, très loin en arrière, autre chose que
des *populations*, le mono- et poly-génisme sont en réalité *des
notions purement théologiques*, introduites pour raisons dogmatiques, mais extra-scientifiques par nature (en tant qu'expérimentalement invérifiables).

Principe 2.

Ce qui revient à dire que, lorsqu'un savant (en tant que savant) reconnaît l'unité de l'espèce humaine, ce n'est pas du tout l'existence d'un couple unique originel qu'il entend affirmer, mais simplement le fait que l'Homme représente, zoologiquement, une *tige* unique : quelles que soient du reste l'épaisseur (numérique) et la complexité (morphologique) de cette tige à ses débuts.

En Science, on ne saurait parler de mono- ou poly-génisme, mais *seulement* de mono- et poly-phylétisme.

En vertu de ce qui précède, le théologien garde donc une certaine liberté de supposer ce qui lui paraît dogmatiquement nécessaire à l'intérieur de la zone d'indétermination créée par l'imperfection de notre vision scientifique du Passé. *Directement*, le savant *ne peut pas* prouver que l'hypothèse d'un Adam individuel soit à rejeter. *Indirectement*, toutefois, il peut juger que cette hypothèse est rendue scientifiquement intenable par tout ce que nous croyons connaître en ce moment des lois biologiques de la « spéciation » (ou « genèse des Espèces »).

a) D'une part, en effet, pour un généticien, non seulement l'apparition simultanée d'une mutation sur un couple unique paraît infiniment improbable, — mais encore la question se pose à lui de savoir si, même réalisée dans le cas de l'Homme, une mutation aussi limitée aurait eu la moindre chance de se propager.

b) D'autre part (et ceci est bien plus grave encore), ce que le monogénisme des théologiens exige, ce n'est pas seulement l'unicité d'un couple originel, — mais c'est l'apparition brusque de deux individus *complètement achevés dans leur développement spécifique* dès le premier instant. Au minimum, l'Adam des théologiens a dû être, du premier coup, un *Homo sapiens*.

Spécifiquement parlant, il a [1] dû *naître adulte :* or ces deux mots accouplés n'ont pas de sens pour la Science d'aujourd'hui. *Contra leges naturae* [2]...

Dès lors, de deux choses l'une.

— Ou bien les lois scientifiques de la spéciation changeront demain dans leur essence (ce qui est peu probable).

— Ou bien (ce qui semble en plein accord avec les derniers progrès de l'exégèse) les théologiens s'apercevront, d'une manière ou de l'autre, que, dans un Univers aussi organiquement structuré que celui-ci où nous sommes en train de nous éveiller aujourd'hui, une solidarité humaine, bien plus étroite encore que celle cherchée par eux « dans le sein de la mère Ève », leur est aisément fournie par l'extraordinaire liaison interne d'un Monde en état de Cosmo- et d'Anthropogénèse autour de nous. *

---

* *Inédit.* Paris, 1950.

1. Pour être capable de porter la responsabilité du Péché Originel. (*N.D.A.*)

2. Contre les lois de la nature. (*N.D.E.*)

CE QUE LE MONDE ATTEND EN CE MOMENT
DE L'ÉGLISE DE DIEU :

UNE GÉNÉRALISATION
ET UN APPROFONDISSEMENT
DU SENS DE LA CROIX

I. INTRODUCTION
POURQUOI CES PAGES SONT ÉCRITES

Il y a quatre ans, sous le titre *le Cœur du Problème*, j'ai envoyé à Rome un court rapport où je cherchais à faire comprendre aux supérieurs ce qui, après de longues années passées (en suite de circonstances exceptionnelles) au plus intime *simultanément* du monde de la Science et du monde de la Foi, me paraissait être la vraie source de l'inquiétude religieuse moderne. Je veux dire la montée irrésistible dans le ciel humain, par toutes les voies de la pensée et de l'action, d'un Dieu évolutif de l'En-Avant, — antagoniste, à première vue, du Dieu transcendant de l'En-Haut présenté par le Christianisme à notre adoration.

« Aussi longtemps que, par une Christologie renouvelée (dont tous les éléments sont entre nos mains), l'Église ne résoudra pas le conflit apparent désormais éclaté entre le Dieu traditionnel de la Révélation et le Dieu « nouveau » de l'Évolution, — aussi longtemps, disais-je dans ce rapport, le malaise s'accentuera, non seulement en marge, mais au plus vif du monde croyant; et, *pari passu*, le pouvoir chrétien diminuera, de séduction et de conversion. »

Les pages auxquelles je fais ici allusion n'avaient aucune prétention d'interférer avec l'autorité établie. Elles représentaient cependant le témoignage d'un observateur accidentellement parvenu jusqu'à des zones humaines profondes où les « officiels » n'ont pas habituellement l'occasion de pénétrer, et encore moins la possibilité de comprendre ce qui se passe.

A ce simple titre, elles pouvaient mériter attention.

De Rome, on m'a répondu que mon diagnostic ne coïncidait pas avec les idées présentement en faveur dans la Ville Éternelle.

Et depuis lors, bien entendu, la « schizophrénie » religieuse dont nous souffrons n'a fait que s'accentuer...

Une fois encore, donc, — car le temps presse —, je vais essayer de me faire entendre. Mais, ce coup-ci, afin d'être plus clair, je vais, écartant toute expression symbolique ou abstraite, reposer le problème (et sa solution?), tels que, sous une forme particulièrement sensible et concrète, *je les vois se formuler* à propos et à partir du *Sens de la Croix*.

Ceci exigeant du reste que je rappelle au préalable un événement à l'évidence duquel certains esprits restent encore bizarrement fermés : à savoir l'établissement graduel et irréversible, au sein de notre civilisation moderne, d'une conception profondément renouvelée de l'Homme et de l'Humanité.

II. OBSERVATION PRÉLIMINAIRE.
APPARITION ET NATURE
D'UN NÉO-HUMANISME CONTEMPORAIN

Il fut un temps (belle époque de la Scolastique) où les plus grands esprits se disputaient sans résultat pour savoir s'il fallait être « réaliste » ou bien « nominaliste ».

Signe infaillible d'une question mal posée...

Aujourd'hui (au moins en ce qui concerne les êtres vivants) l'évolutionnisme scientifique a, sans effort, renouvelé et clarifié le problème des Universaux : par simple introduction de la notion « d'Espèce phylétique ». Les « philosophes » peuvent bien continuer à discuter stérilement sur l'idée générale de Chien ou de Chat. En fait, la seule entité générale « féline » ou « canine » qui existe et qui compte *in natura rerum* [1] c'est, nous le savons maintenant, une certaine Population, dérivée d'une même souche, et comprise à l'intérieur d'une certaine courbe statistique de variabilité.

L'*Universel génétique* en plus (ou plutôt *en place*) de l'Universel abstrait et de l'Universel concret...

De ce nouveau point de vue, force est bien de reconnaître que « l'idée d'Homme » (comme tout le reste des catégories animales) a perdu pour nous, dans un premier temps, tout son mystère — et beaucoup de son auréole platonicienne.

Mais, en revanche et en compensation, il faut immédiatement ajouter que, dans un deuxième temps, la même notion d'Homme a vu (ou du moins est en train de voir) ré-authentiquer, et *doublement*, sur titres expérimentaux, ses lettres de noblesse.

D'une part, en effet, il devient de plus en plus nécessaire de reconnaître, en bonne science, que, avec l'apparition sur Terre, au Quaternaire, de la Conscience réfléchie (Pensée), une phase nouvelle s'est ouverte dans l'histoire de la Biosphère. L'Homme, classifiable zoologiquement en Mammifère-Primate, représente surtout, en fait, l'apparition sur la Planète d'une *deuxième espèce de Vie* (ou, si l'on préfère, « d'une Vie au second degré »).

Et d'autre part (situation moins généralement reconnue encore, mais que la Science sera bien forcée avant longtemps d'accepter *aussi*) cette Vie de deuxième espèce (ou Vie réfléchie) est, par nature, d'*allure convergente*. Pour raisons biologiques de fond, l'Homme ne peut pas exister sans couvrir la Terre; et il ne peut pas non plus couvrir la Terre sans se totaliser et se centrer de plus en plus sur lui-même. — Si bien que, chez lui (fait unique dans la Nature), l'Espèce, au lieu

---

1. *Dans la nature.* (*N.D.E.*)

de diverger et de se dissiper va se ramassant toujours plus étroitement sur elle-même, avec le temps.

Dans le cas de l'Homme, et de l'Homme *seul* (parce que *réfléchi*), l'Universel génétique tend à se consolider, à la limite, en super-personnelle Unité...

Ces perspectives nouvelles sur la nature singulière de l'Homme, je le répète, ne sont pas encore communément, ni également, exprimées en Science. Mais elles résultent si directement, si intimement, de toute la « Weltanschauung » scientifique moderne qu'elles commencent, en fait, à envahir et à imprégner tout le Conscient (ou du moins le Subconscient) de notre temps.

Car il ne faudrait pas s'y tromper.

Malgré la mousse d'existentialisme et de barthisme qui n'a pas cessé de foisonner et de nous « empoisonner » au cours de ces dernières années, ce n'est pas le pessimisme chagrin (athée ou religieux) mais c'est un optimisme conquérant (signalé par la rapide montée marxiste) qui représente en ce moment, dans le monde, le courant de fond. Non seulement aspiration égoïste et revendicatrice en direction du « bien-être »; — mais sursaut collectif vers le « plus-être », attendu et cherché du côté de l'achèvement du groupe zoologique auquel nous appartenons.

Après une période de flottement (xvie-xixe siècles) où il a pu sembler que l'Humain allait se désagréger de plus en plus en individus autonomes, nous sommes incontestablement aujourd'hui (sous la pression de formidables déterminismes externes et internes) en train de retrouver, à un plan supérieur, le Sens de l'Espèce. Non plus l'asservissement à la lignée, cette fois-ci. Mais la poussée unanime et concertée pour accéder tous ensemble à quelque étage supérieur de la Vie.

Le vieil esprit de la Renaissance et du xviiie siècle est mort ou dépassé, disons-le nous bien : celui du Cosmos bien arrangé et de l'Homme harmonieux. Et, en sa place, un nouvel Humanisme pousse un peu partout, — par jeu irrésistible de co-réflexion : Humanisme non plus d'équilibre, mais de mouvement, au sein duquel aucune valeur ne saurait subsister — *même et surtout en matière de Religion* — à moins de faire une place à l'existence, et de se plier aux exigences, de quelque avenir cosmique ultra-humain.

D'où la nécessité urgente pour l'Église (et me voici de la sorte parvenu au cœur de mon sujet) de présenter sans tarder au Monde un « nouveau » sens (un sens ultra-humanisé) de la Croix.

III. CROIX D'EXPIATION ET CROIX D'ÉVOLUTION

Par naissance, et à jamais, le Christianisme est voué à la Croix, dominé par le signe de la Croix. Il ne peut rester lui-même qu'en s'identifiant toujours plus intensément à l'essence de la Croix.

Mais, tout justement, quelle est exactement l'essence — quel est *le vrai* sens de la Croix?...

Sous sa forme traditionnelle *élémentaire* (telle que la présentent encore couramment les livres de piété, les sermons, et même l'enseignement des séminaires) la Croix est *premièrement* symbole de réparation et d'expiation. Et, de ce chef, elle exprime et véhicule tout un complexe psychologique où se reconnaissent distinctement, au moins à titre de tendances, les éléments suivants :

a) Notion catastrophique, et dominance dans le Monde, du Mal et de la Mort, regardés comme suite naturelle et chronologique d'une Faute originelle.

b) Défiance vis-à-vis de l'Homme qui, sans être exactement mutilé et perverti (les théologiens s'en tirent par l'artifice des dons « surnaturels »), n'a plus la fraîcheur ni la vigueur qui lui permettraient de réussir dans ses entreprises terrestres.

c) Et, plus symptomatique encore, méfiance générale (presque manichéenne) pour tout ce qui est Matière, celle-ci étant regardée, quasiuniversellement, beaucoup moins comme une réserve d'esprit que comme un principe de chute et de corruption.

Tout ceci, heureusement et bien sûr, pris dans le feu d'un amour puissant pour le Dieu crucifié. Mais dans le feu d'un amour de type presque exclusivement « ascensionnel », dont l'acte le plus opérant et le plus significatif est toujours présenté sous les traits d'une épuration douloureuse et d'un détachement souffrant.

Or voilà justement ce qui, pour les néo-humanistes que nous sommes maintenant, devient rapidement irrespirable, et *doit être changé*.

Pour régner sur une Terre éveillée soudain à la conscience d'un mouvement biologique qui l'entraîne vers l'avant, la Croix (sous peine d'être incompossible avec la nature humaine qu'elle prétend sauver) doit à tout prix, et au plus tôt, se manifester à nous comme un Signe, non seulement d'évasion [1] (« escape »), mais de progression.

Elle doit briller à nos yeux, non plus seulement comme purificatrice, — mais comme *motrice*.

Mais une telle transformation est-elle possible, — *sans déformation ?*

Oui, répondrai-je « emphatiquement », — elle est possible, et même exigée, si l'on va au fond des choses, par ce qu'il y a de plus traditionnel dans l'esprit chrétien.

Et voici comment.

---

1. L'évasion que dénonce ici Teilhard est celle qui, au nom de la valeur « rédemptrice » de la douleur, dispenserait de lutter jusqu'au bout de ses forces contre le mal. La rencontre de Dieu au contraire suppose que l'on coopère toujours à sa volonté créatrice. « L'optimum de ma communion de résignation (écrit le Père dans *le Milieu divin*, p. 100), se trouve coïncider... avec le maximum de ma fidélité au devoir humain. » (*N.D.E.*)

Oublions, un instant, tout ce que je viens de rappeler sur le sens « classique » et sub-pessimiste de la Croix. Et, laissant de côté pour un moment la Croix elle-même, tournons notre regard vers le deuxième terme du conflit religieux moderne, c'est-à-dire vers la fameuse « Évolution ».

Prise dans ses traits les plus essentiels, cette puissante réalité s'impose à notre expérience avec les caractères suivants :

a) De par sa nature « arrangeante », elle exige du travail, elle est « effort ».

b) Par effet statistique de chances, elle ne peut avancer, dans ses constructions tâtonnantes, qu'en laissant derrière soi, et à tous les niveaux (inorganique, organique, psychique) un long sillage de désordres, de souffrances et de fautes (Mal « évolutif »).

c) Par structure même du processus d'évolution biologique (vieillissement organique, relais génétique, métamorphose...), elle implique la Mort.

d) Par exigence à la fois psychologique et énergétique enfin, elle requiert à son sommet (une fois parvenue au degré « réfléchi ») un principe attractif, « amorisant » le fonctionnement entier de l'Univers.

Pénétrons-nous bien du sentiment de ces quatre conditions fondamentales qui définissent l'atmosphère même du Nouveau Monde où nous nous éveillons en prenant conscience de la mouvante organicité des choses autour de nous.

Et puis, avec ces nouvelles données en tête, revenons à la Croix ; — regardons un Crucifix...

Ce qui s'offre à nos yeux sur le bois, — peinant, mourant, libérant, — est-ce bien encore le Dieu du Péché Originel ? ou n'est-ce pas, au contraire, le Dieu de l'Évolution ?

Ou plutôt, le Dieu de l'Évolution, — celui que notre Néo-humanisme attend, — n'est-il pas tout justement, et tout simplement, pris au sens plein et à l'état généralisé, le Dieu même de l'Expiation ?...

Puisque, si l'on y prend garde, « porter les péchés du Monde coupable » c'est identiquement, *traduit et transposé en termes de Cosmogénèse*, « porter le poids d'un Monde en état d'évolution[1] »!

En vérité (et tel est le « cri » ou témoignage que je voudrais faire entendre à qui de droit, au cours de ces pages), — en vérité, autant il m'est devenu physiquement impossible de m'agenouiller intérieurement devant une Croix *purement* rédemptrice, — autant je me sens passionnément séduit et satisfait par une Croix en laquelle se synthétisent, les deux composantes de l'Avenir : le Transcendant et l'Ultra-humain; ou, comme je disais en commençant, l'En-Haut et l'En-Avant.

Personnellement, je ne puis échapper à l'évidence que, dans le deuxième cas (bien qu'à une dimension près), c'est exactement la même Croix que j'adore : la même Croix, *mais beaucoup plus vraie*.

Et, dans cette disposition intérieure (catégorique et finale), je sens, je sais, que je ne suis pas seul, mais qu'une légion d'autres affluent et confluent avec moi.

CONCLUSION

En somme, conclurai-je, malgré les profonds remaniements en cours dans notre vision phénoménale du Monde, la Croix est toujours debout; et elle se dresse même de plus en plus droit, au carrefour de toutes valeurs et de tous problèmes, en plein cœur de l'Humanité. Sur elle peut et doit continuer,

---

[1]. En regard de la confusion présente, il importe d'expliciter que, « porter le poids d'un Monde en évolution », ce n'est pas diminuer la part du sacrifice, mais ajouter à la peine d'expiation celle, plus constante et contraignante, de participation, en pleine conscience de la destinée humaine, au travail universel indispensable à sa réussite.
Quelle urgence prend, en cette perspective, l'appel du Christ : « Si quelqu'un veut venir à ma suite, qu'il se renie lui-même, qu'il se charge de sa croix chaque jour et qu'il me suive. » (Lc, IX, 23) (*N.D.E.*)

plus que jamais, à se faire la division entre ce qui monte et ce qui descend.

Mais ceci à une condition, et à une condition seulement.

Et c'est que, s'élargissant aux dimensions d'un âge nouveau, elle cesse de s'offrir à nous surtout (ou même exclusivement...) comme le signe d'une victoire sur le Péché, pour atteindre enfin sa plénitude, qui est de devenir le symbole dynamique et complet d'un Univers en état de personnalisante Évolution.*

* *Inédit.* New York (Purchase) 14 septembre 1952.

CONTINGENCE DE L'UNIVERS ET GOUT HUMAIN DE SURVIVRE

OU COMMENT REPENSER, EN CONFORMITÉ AVEC LES LOIS DE L'ÉNERGÉTIQUE, LA NOTION CHRÉTIENNE DE CRÉATION?

I. OBSERVATION PRÉLIMINAIRE :
FOI RELIGIEUSE ET ÉNERGIE D'ÉVOLUTION

ENTRE professionnels de la Science, l'accord est décidément en train de se faire sur la véritable nature du phénomène humain. Au sein de l'Univers, l'Homme, jadis regardé comme une anomalie, tend désormais à se présenter comme la pointe extrême atteinte en ce moment, dans le champ de notre expérience, par le processus conjugué d'arrangement corpusculaire et d'intériorisation psychique nommé parfois « entropie négative », ou « anti-entropie [1] » — ou, plus simplement, évolution.

« En l'Homme réfléchi (dans la mesure où il est réfléchi), et en direction d'états toujours plus élevés de co-réflexion, l'Évolution, loin d'être arrêtée comme on pouvait d'abord le penser, repart de plus belle (par effet de convergence) sous forme de *self-évolution.* »

Plus ou moins explicitement, une telle formule, je dis bien, est d'ores et déjà acceptée par la majorité des « savants ». Mais ce que beaucoup, parmi cette majorité, ne paraissent pas saisir encore, c'est le changement profond, d'ordre *énergétique*, impliqué par l'incorporation de l'humain, c'est-à-dire du réfléchi, dans la marche de l'Évolution.

Au cours de sa phase pré-humaine, la vitalisation de la Matière pouvait être considérée (au moins en première

---

1. Aujourd'hui — *neguentropie.* (*N.D.E.*)

approximation) comme entièrement alimentée, sous le jeu des chances et de la sélection naturelle, par les réserves thermo-dynamiques emmagasinées à la surface de la Terre. Une fois hominisée, par contre, l'opération (nous le constatons à chaque instant sur nous-mêmes) exige *en outre*, pour réussir, l'influence impondérable, mais déterminante, d'un certain « champ » de nature psychique, définissable comme un goût ou une envie. Sans la passion des cimes au cœur d'un Jean Herzog, pas d'ascension de l'Anapurna.

En régime de self-évolution, l'énergie mise en jeu n'est plus *seulement* physique; mais elle apparaît comme une grandeur complexe où deux termes hétérogènes se conjuguent insépa-rablement :

a) le premier (calculable en unités thermo-dynamiques) se réduisant ultimement à des *attractions* moléculaires et ato-miques;

b) le second (« mesurable » en degrés d'arrangement) éprouvé par notre conscience sous forme d'*attraits*.

Pour que l'Évolution, autrement dit, se prolonge en milieu hominisé, il faut (de nécessité physique) que l'Homme *croie*, aussi énergiquement que possible, à quelque valeur absolue du mouvement qu'il a la charge de propager.

Et, de ce chef, voici un pont inopinément jeté, pour notre expérience, entre deux domaines aussi étrangers l'un à l'autre en apparence que Physico-chimie et Religion. La Foi, non plus seulement voie d'évasion hors du Monde, — mais ferment et co-principe de l'achèvement même du Monde! Grosse sur-prise pour notre esprit, sans doute. Mais, plus encore, possi-bilité inattendue, offerte à notre besoin de prévoir, de fixer, *au nom de l'énergétique*, deux conditions générales à l'évolution future du « religieux », au cours des myriades, ou même des millions d'années que doit durer encore sur Terre le processus d'hominisation[1].

1. L'auteur s'exprime ici en paléontologue. Il déclarait volontiers que, du point de vue religieux, la fin de l'humanité pouvait être télescopée

Première condition. Pour que l'Homme aboutisse au terme naturel de son développement, *il faut* (de nécessité énergétique) que, dans l'Humanité en voie de totalisation, la tension ou température religieuse monte de plus en plus.

Deuxième condition. Parmi toutes les formes de Foi éventuellement essayées, dans la suite des temps, par les forces montantes de Religion, celle-là, et celle-là seule (toujours de nécessité énergétique) est destinée à survivre qui se montrera capable d'exciter (ou d' « activer ») au maximum les puissances de self-évolution.

Dans la mesure même où elles relèvent de l'Énergétique, j'insiste, ces deux propositions sont indépendantes de toute considération philosophique ou historique. Elles ont, pour tout l'Univers et pour tous les temps, une valeur absolue.

Essayons de voir ce qu'elles donnent (c'est-à-dire ce qui se passe) si on les applique au cas particulier de la Foi chrétienne.

II. EXCEPTIONNELLE VALEUR ÉVOLUTRICE DU CHRISTIANISME... SAUF EN CE QUI CONCERNE L'IDÉE DE CRÉATION

Du point de vue strictement énergétique (on pourrait dire « cosmo-moteur ») ici adopté, il est remarquable d'observer que la Foi chrétienne, *bien comprise*, se place de loin en tête de toute autre croyance. Et ceci pour la bonne raison que, seule parmi tous les autres types de Religion actuellement en présence, elle se montre, non seulement apte à survivre (ou même à super-vivre) sans déformation dans un Univers brusquement passé, pour notre pensée, de l'état Cosmos à

---

par une attraction accélérée du Christ, Soleil spirituel. D'où son appel de la Parousie dans *le Milieu divin*, p. 195-197. (*N.D.E.*)

l'état Cosmogénèse, — mais encore capable d'échauffer et d'illuminer ladite Cosmogénèse au point de lui donner littéralement une figure et une âme. Au regard du chrétien moderne, devenu simultanément conscient, *et* de la Centration graduelle du Monde sur soi, *et* de la position unique occupée par le Christ Ressuscité au pôle de ce mouvement de convergence, le processus entier de l'Évolution se découvre ultimement et rigoureusement *aimant et aimable*. De sorte que, pour collaborer aux progrès ultérieurs de l'Hominisation, un tel chrétien (et lui seul) se trouve finalement animé par la plus activante possible des attractions spirituelles : je veux dire par les forces de dilection.

Sur le terrain de l'activance évolutive, le Christianisme, dans la mesure où il « personnalise » la Cosmogénèse, est, sans conteste, irremplaçable et imbattable.

Mais, objectera-t-on, ce même monde que la Foi chrétienne pare de tant d'attraits grâce à ses mystères d'Incarnation et même de Rédemption, est-ce qu'elle ne le dépouille pas en revanche de tout intérêt (jusqu'à risquer de le vilifier à nos yeux) à force d'insister sur la complète self-suffisance de Dieu, et par suite sur la complète contingence de la Création?...

Et c'est ici effectivement, sans que nous y prenions assez garde, que fait soudain invasion dans un domaine vitalement concret (celui du goût humain de l'Action) le problème, en apparence tout spéculatif et innocent, de l'*Être participé*.

En bonne philosophie scolastique, comme chacun sait, l'Être, sous forme d'*Ens a se* [1], se pose exhaustivement, et réplétivement, et d'un seul coup, à l'origine ontologique de toutes choses. Après quoi, dans un second temps, tout le reste (à savoir « le Monde ») n'apparaît à son tour qu'à titre de supplément ou surcroît entièrement gracieux : les invités au festin divin.

Rigoureusement déduite d'une certaine métaphysique de

---

1. Être existant par soi. (*N.D.E.*)

la Puissance et de l'Acte, cette thèse d'une complète gratuité de la Création demeurait inoffensive dans le cadre thomiste d'un Univers statique où la créature n'avait rien d'autre à faire que de s'accepter et de se sauver elle-même. Par contre elle se révèle dangereuse et virulente (parce que décourageante) à partir du moment où, en régime de Cosmogénèse, l'« être participé », que nous sommes chacun, commence à se demander si la condition radicalement contingente à laquelle les théologiens le réduisent justifie vraiment la peine qu'il lui faut prendre pour évoluer. — Car, à moins de ne chercher au terme de l'existence qu'une félicité individuelle (et c'est là une forme que nous avons définitivement répudiée), comment l'Homme ne serait-il pas *dégoûté d'agir* par la révélation qui lui est soi-disant faite de sa radicale inutilité [1]?

Dans une Note antérieure [2], j'insistais il y a quelque temps sur la nécessité absolue où se trouve le Christianisme, s'il veut avoir prise sur notre génération, d'expliciter le côté constructeur, « évoluteur » (et non pas seulement expiatoire ou réparateur) du mystère de la Croix [3]. — Qu'on me per-

---

1. Le Père Teilhard eût été heureux de voir son intuition confirmée par l'un des principaux textes (qu'il a toujours ignoré) du Cardinal de Bérulle : « Le Père qui est la source fontale de la Déité (...) produit en soi-même deux Personnes divines. Et le Fils (...) termine sa Fécondité en la production d'une seule Personne divine. Et cette troisième Personne, ne produisant rien d'éternel et incréé, produit le Verbe incarné. Et ce Verbe incarné (...) produit l'ordre de la grâce et de la gloire qui se termine (...) à nous faire dieux par participation. » (*Les Grandeurs de Jésus*, p. 272, Éd. Siffre, 1895.) Le Plérôme, c'est-à-dire l'Homme-Dieu et une création, non seulement assimilée par lui, mais participante de sa divinité et de la Vie trinitaire dans l'humanité qui la couronne : telle est la fécondité du Saint-Esprit et la raison d'être essentielle de l'Univers constituant sa souveraine dignité. (*N.D.E.*)

2. Sur « le sens de la Croix » (septembre 1952). (*N.D.A.*)

3. Ce point de vue est traditionnel : la rédemption ne répare pas seulement la faute : elle fait surabonder la grâce; elle manifeste et crée un surcroît d'amour. (*N.D.E.*)

mette ici de porter — en égale connaissance de cause, et sur un point dogmatique moins remarqué mais encore plus profond — le témoignage que voici :

« A une époque où l'Homme s'éveille, apparemment pour toujours, à la conscience de ses responsabilités et de son avenir planétaires, le Christianisme (quelle que soit la beauté de son évangile) perdrait à nos yeux toute valeur religieuse si nous pouvions le soupçonner de nous rendre, à force d'exalter le Créateur, l'Univers insipide. Car, de ce seul chef, il se trouverait éliminé du nombre des croyances énergétiquement possibles. »

Il ne servirait de rien à l'Église, comprenons-le donc enfin, de rendre le Monde aimable à nos cœurs, si, par un autre bout, nous nous apercevions qu'elle le fait moins désirable, ou même méprisable, à notre effort.

Mais alors pourquoi ne pas essayer franchement de repenser, aux dimensions nouvelles que le Réel vient de prendre à nos yeux, le dogme d'une totale *liberté* pour le Créateur de l'acte de Création ?

III. UN CORRECTIF A LA CONTINGENCE : LA NOTION DE PLÉRÔME

Si je me permets de critiquer ici avec autant de verdeur la notion scolastique de « participation », c'est non seulement (on l'aura compris) parce que cette notion humilie en moi l'homme, mais aussi, et juste autant, parce qu'elle indigne en moi le chrétien.

Oublions en effet l' « Ens a se » et l' « Ens ab alio [1] », et

---

1. L' « Être existant par lui-même » et l' « Être existant par un autre ».

revenons aux expressions les plus authentiques et les plus concrètes de la Révélation et de la Mystique chrétiennes. Que trouvons-nous au cœur de ces enseignements ou de ces effusions, sinon l'affirmation et l'expression d'une relation étroitement bilatérale et complémentaire entre le Monde et Dieu? « Dieu crée par amour », disent bien les Scolastiques. Mais quel est donc cet amour, à la fois inexplicable dans son sujet et déshonorant pour son objet, *que ne fonde aucun besoin* (sinon le plaisir de donner pour donner)? Relisons saint Jean et saint Paul. Pour eux, l'existence du Monde est acceptée d'emblée (trop sommairement peut-être à notre gré) comme un fait inévitable, ou en tout cas comme un fait accompli. Mais en revanche, chez l'un comme chez l'autre, quel sens de la valeur absolue d'un drame cosmique où tout se passe comme si Dieu, antérieurement même à son Incarnation, se trouvait ontologiquement engagé! Et par suite quel accent mis sur le Plérôme et la Plérômisation!

En vérité, ce n'est pas le sens de la Contingence du créé, mais c'est le sens de la Complétion mutuelle du Monde et de Dieu qui fait vivre le Christianisme. Et, dès lors, si c'est cette âme précisément de « complémentarité » que n'arrive pas à capturer l'ontologie aristotélicienne, faisons comme les physiciens lorsque les mathématiques leur manquent : changeons de géométrie!

Observant, par exemple, que, d'un point de vue dynamique [1], ce qu'il y a de premier au Monde, pour notre pensée, ce n'est pas « l'être », mais c'est « l'union qui engendre cet être », essayons de substituer à une métaphysique de l'*Esse* une métaphysique de l'*Unire* (ou de l'*Uniri*) [2]. Traité sous cette forme génétique, le problème de la co-existence et de la

---

1. Et par analogie avec ce qui se passe en Physique où, nous le savons maintenant, l'accélération crée la masse : c'est-à-dire que le mobile ne vient qu'après le mouvement. (*N.D.A.*)

2. *Esse* = être. *Unire* = unir. *Uniri* = être uni. (*N.D.E.*)

complémentarité du Créé et de l'Incréé ne se résout-il pas en partie, dans la mesure où les deux termes en présence, chacun à sa façon, exigent également d'exister en soi et de se joindre entre eux [1] pour que, *in natura rerum*, le maximum absolu d'union possible se trouve réalisé?

Et si cette deuxième manière de penser n'arrive pas encore à justifier assez chez le croyant le légitime besoin, dont il vit, d'apporter, par son ardeur à vivre, quelque chose d'irremplaçable à Dieu, ne nous décourageons pas, et cherchons encore mieux.

Mais n'essayons pas de biaiser en chemin.

Car, en pareille matière, je le rappelais en commençant, les lois inflexibles et omnivalentes de l'Énergétique sont formelles.

Tôt ou tard les âmes finiront par se donner à la Religion qui les activera le plus, humainement [2].

Autrement dit, la Foi chrétienne ne peut espérer dominer demain la Terre que si, seule en mesure déjà d'*amoriser* l'Univers, elle se manifeste en outre, à notre raison, comme seule capable de *valoriser* complètement l'Étoffe du Monde et son Évolution. *

* *Inédit.* New York, 1er mai 1953.

---

1. Ainsi l'être participé serait moins défini par son opposition au néant que par sa relation positive à Dieu, son pouvoir d'entrer en communion. (*N.D.A.*)

2. Devant une exigence, aussi fondée énergétiquement, on regrette davantage encore la mise en veilleuse de la théologie bérullienne. (*N.D.E.*)

UNE SUITE AU PROBLÈME DES ORIGINES HUMAINES

LA MULTIPLICITÉ
DES MONDES HABITÉS.

APRÈS bien des disputes, la question des origines humaines, sous la forme terrestre (c'est-à-dire restreinte) où elle s'était posée au XIXᵉ siècle, peut être considérée comme réglée. A part quelques escarmouches encore livrées autour d'un monogénisme strict [1] auquel certains théologiens continuent à se raccrocher (parce que nécessaire à leur représentation du Péché Originel), mais dont la Science se désintéresse de plus en plus, parce qu'il échappe à toute vérification expérimentale, et parce qu'il est contraire à toutes les indications fournies par la Phylétique et la Génétique, personne ne doute plus, parmi les gens compétents, que l'Homme ne soit apparu sur notre planète, à la fin du Tertiaire, en conformité avec les lois générales de la spéciation.

Posés dans ces termes strictement historiques et terrestres, je dis bien, le problème de l'Homme peut sembler résolu. Mais, en réalité, ne se trouve-t-il pas plutôt rejeté de l'affaire, à un degré plus haut de généralité (on pourrait même dire d' « universalité ») où il se repose avec une acuité et un intérêt renouvelés ?

---

1. Je dis bien « mono*génisme* » (un seul *couple* originel), et non « mono-*phylétisme* » (un seul phylum, à section originelle de surface indéterminée). (*N.D.A.*)

Voilà ce que je crois voir. Et voilà ce que je voudrais faire apercevoir « à qui de droit », en montrant ce que donnent, jointes entre elles, trois propositions scientifiques, chacune solidement admise à l'état isolé, mais dont il ne paraît pas que nous réalisions la puissance explosive, à partir du moment où l'on s'avise de les mettre bout à bout, toutes les trois.

Proposition 1. Abandonnée à elle-même, sous jeu de chances, la Matière tend naturellement à se grouper en molécules aussi grosses que possible. Et la Vie se place, expérimentalement, en prolongement naturel et normal de ce processus de « moléculisation ».

Proposition 2. Dans les mêmes conditions, et une fois émergée de l'Inorganique, la Vie continue naturellement, et d'un double mouvement conjugué, à se complexifier extérieurement et à se « conscientiser » intérieurement; et ceci jusqu'à émergence psychologique de la Réflexion. En d'autres termes, l'apparition, désormais bien établie, de l'Homme sur Terre au Pliocène n'est pas autre chose que la manifestation normale et *locale* (dans des conditions particulièrement favorables) d'une propriété générale à toute Matière « évoluée jusqu'au bout ».

Proposition 3. Il y a dans l'Univers des millions de Galaxies, en chacune desquelles la Matière a la même composition générale, et subit essentiellement la même évolution qu'à l'intérieur de notre Voie Lactée.

Sur chacune de ces trois propositions prise à part, j'insiste, les hommes compétents sont essentiellement d'accord aujourd'hui. Mais parce que, comme par hasard, chacune des trois, aussi, se trouve relever d'une discipline assez éloignée de celles dont dépendent les deux autres [1] pour que personne ne sente professionnellement le besoin de les rapprocher, « deux, deux et deux ne font pas encore six » pour notre esprit, dans ce cas-là.

---

1. Astronomie, Biochimie, Anthropologie — respectivement. (*N.D.A.*)

Et pourtant !...

Si vraiment, dans l'Univers, les protéines (pareilles en cela à n'importe lequel des corps simples de la Chimie) apparaissent dès qu'elles peuvent, et partout où elles peuvent...

Et *si*, une fois accrochée à un astre, la Vie, non seulement s'y propage, mais encore s'y poursuit aussi loin et aussi haut que possible (c'est-à-dire jusqu'à « hominisation » si elle peut)...

Et *si*, par surcroît, il y a des milliers de millions de systèmes solaires au Monde où la Vie a des chances égales de naître et de s'hominiser...

Alors, comment ne pas voir surgir, dans notre pensée, la conclusion inévitable, que si, par chance, nous possédions des plaques sensibles au rayonnement spécifique des « noosphères » répandues dans l'espace, c'est une poussière d'astres pensants qui, *presque certainement*, se matérialiserait à nos yeux.

Du temps de Fontenelle, on pouvait plaisanter avec l'idée, encore purement gratuite, de la pluralité des mondes habités[1].

Or voici l'équilibre désormais renversé.

Par avance simultanée de toutes nos connaissances physiques et biologiques, ce qui était simple imagination au temps de Louis XIV se présente maintenant à nous, au xxᵉ siècle, comme l'alternative *la plus probable*, et de *beaucoup*.

Autrement dit, étant donné ce que nous savons maintenant du nombre des « mondes » et de leur évolution interne, l'idée d'*une seule planète* hominisée [2] au sein de l'Univers nous est

---

1. Comme au temps de Copernic, avec l'hypothèse (encore regardée comme un pur jeu de l'esprit) que ce n'était pas le Soleil, mais la Terre, qui tournait dans le firmament. (*N.D.A.*)

2. « Humanité », « hominisé » : ces mots sont évidemment pris ici comme synonymes de « Vie psychiquement *réfléchie* ». Nous n'avons bien sûr, aucune idée, ni de la chimie, ni de la morphologie particulières aux diverses Vies extra-terrestres. Tout porte à croire seulement, que si deux planètes « hominisées » arrivaient à se contacter matériellement, par leurs deux noosphères au moins, elles réussiraient à s'entendre, à se joindre, et à se « synthétiser ». (*N.D.A.*)

déjà devenue en fait (bien que nous n'y prenions généralement pas garde) presque aussi *impensable* que celle d'un Homme apparu sans relations génétiques avec le reste des animaux de la Terre.

En moyenne (et au minimum) une Humanité par Galaxie; c'est-à-dire, en tout, des millions d'Humanités répandues à travers les cieux...

En présence de cette multiplicité prodigieuse des foyers sidéraux de « vie immortelle », comment va réagir la Théologie pour répondre à l'attente et aux espérances anxieuses de tous ceux qui veulent continuer à adorer Dieu « en esprit et en *vérité* »?... Elle ne peut évidemment pas continuer plus long-temps à présenter comme seule *dogmatiquement sûre* une thèse (celle de l'unicité de l'Humanité terrestre dans l'Univers) désormais devenue *improbable* pour notre expérience.

Mais alors?...

Essayons de déterminer, à ce tournant dangereux, non seulement ce qui doit être absolument évité par les « apolo-gètes », mais aussi ce que nous devons commencer à faire dès maintenant, nous les croyants, pour triompher de la situation.

I. CE QU'IL FAUT ÉVITER

Pour le théologien confronté avec la probabilité scienti-fiquement grandissante de multiples « centres de pensée » répartis à travers le monde, deux voies d'évasion faciles (bien qu'illusoires!) se présentent immédiatement, voies d'autant plus tentantes pour lui qu'il s'y est déjà engagé dans le passé.

Ou bien décider que, seule entre toutes les planètes habi-tées, la Terre a connu le Péché Originel, et a eu besoin d'être « rachetée ».

Ou bien, dans l'hypothèse d'un Péché Originel universel,

imaginer que l'Incarnation s'est opérée sur la Terre seule, les autres « Humanités » en étant du reste, par quelque moyen, dûment « avisées » (!?).

Ou bien enfin, jouant sur la chance, très sérieuse, que, entre Terre et autres astres pensants, aucune liaison ne s'amorcera jamais de façon expérimentale directe[1], maintenir, contre toute probabilité[2], que seule dans l'Univers la Terre est habitée; c'est-à-dire s'enraciner dans l'affirmation têtue que « le problème n'existe pas ».

Il ne faut pas être grand clerc pour voir et sentir que, dans l'*état présent* de nos connaissances touchant les dimensions de l'Univers et la nature de la Vie :

a) La première de ces trois solutions est scientifiquement « absurde », — dans la mesure où elle implique que la Mort (index théologique de la présence du Péché Originel) pourrait ne pas exister en certains points de l'Univers, — malgré que ces points-là (nous le savons pertinemment) soient soumis aux mêmes lois physico-chimiques que la Terre[3].

b) La seconde est « ridicule », surtout si l'on songe au nombre énorme des astres à « informer » (miraculeusement?), et à leur écart mutuel dans l'espace et dans le temps.

c) Et enfin la troisième est « humiliante », — dans la mesure où une fois de plus l'Église donnerait l'impression de sauver le dogme en se réfugiant dans l'Invérifiable.

Pour sortir noblement et fructueusement de la difficulté où nous nous trouvons placés, en ce moment, dans notre Foi, par suite d'un agrandissement soudain pour notre expérience

---

1. Pour raison de trop grande distance dans l'Espace, ou de non-coïncidence dans le Temps. (*N.D.A.*)

2. Comme dans le cas du monogénisme, exactement. (*N.D.A.*)

3. La rougeur monte au front (à moins qu'il ne s'agisse, en l'affaire, d'une facétie) quand on lit (*Time*, 15 septembre 1952) l'avis donné par un professeur de théologie (le R.P. Francis J. Connell, Doyen de Théologie) d'avoir à se méfier des pilotes des « soucoupes volantes », lesquels se révéleraient *intuables*, au cas où ils débarqueraient d'une planète non affectée par le Péché Originel. (*N.D.A.*)

des dimensions « spirituelles » de l'Univers, il faut absolument trouver autre chose que des échappatoires.

Mais quoi?...

II. CE QUE NOUS POUVONS FAIRE

A une probabilité (celle-ci fût-elle très grande), il faut évidemment se garder de réagir comme à une certitude. La multiplicité des « Humanités » extra-terrestres n'est pas encore (ne sera, peut-être bien, jamais) établie par communications directes. Il ne s'agit donc pas, bien sûr, de commencer à construire une théologie à l'usage de ces mondes inconnus. Mais du moins faut-il nous appliquer à ouvrir (j'allais dire « épanouir ») notre théologie classique à l'éventualité (une éventualité positive) de leur existence, et de leur présence.

Et voilà, si je ne m'abuse, ce qui est parfaitement possible, pourvu seulement que, obéissant à deux courants de pensée très caractéristiques, l'un et l'autre, de notre temps, nous nous familiarisions (intellectuellement et mystiquement) avec les deux notions :

— soit d'*Univers* psychiquement convergent sur lui-même par tout lui-même (sous l'effet du processus évolutif dit « de complexification-conscience) [1];

— soit de *Christ universalisé* dans son opération, en vertu et par vertu de sa résurrection.

Car enfin, si, d'une part, toute la substance réfléchie engendrée au cours des temps par l'Univers tend vraiment, au regard du savant, à se concentrer sur elle-même; et si, d'autre

---

1. Sur ce sujet. Cf. par exemple, « La Réflexion de l'Énergie », *Revue des Questions Scientifiques*, 20 octobre 1952, (*N.D.A.*) — T. VII des œuvres, p. 409, (Éd. du Seuil). (*N.D.E.*)

part, au regard du croyant, le Christ, par nature aussi, est celui qui centre, et en qui se centre, l'Univers tout entier; alors, nous pouvons être bien « tranquilles ».

Car *même* s'il y a effectivement (comme il est désormais *plus probable*) des millions de « mondes habités » au firmament, la situation fondamentale reste inchangée (ou plus exactement son intérêt s'accroît prodigieusement) pour le chrétien, dès lors que ces millions peuvent être considérés par lui comme renforçant et glorifiant la même Unité qu'auparavant.

Sans doute (et comme il est déjà advenu à la fin du géocentrisme) il est inévitable que la fin du « mono-géisme [1] ») nous oblige éventuellement à réviser et à assouplir bon nombre de nos « représentations » théologiques.

Mais qu'importent ces ajustements, pourvu que, toujours plus structurellement et dynamiquement cohérent avec tout ce que nous sommes en train de découvrir en matière de Cosmogénèse, subsiste et se consolide le dogme en lequel se résument tous les dogmes :

« In Eo Omnia constant [2]. »

ADDITIF (DE L'AUTEUR)

Hypothèse J. M. [3] « Une Noosphère humaine Christifiée qui peu à peu s'étendrait sur le Monde. » Séduisant, mais contre les faits : des millions de galaxies déjà existantes,
    déjà éteintes

---

1. Ou bien faut-il dire « géo-monisme »? (*N.D.A.*)
2. « En lui tout subsiste », Co., 1, 17. (*N.D.E.*)
3. Hypothèse J. M. remaniée et complétée depuis 1953 : Dans l'Univers entier, de même que sur la Terre, il y aurait un *avant* et un *après* l'Incarnation. Pour que l'œuvre de divinisation du Christ s'étende universellement, il suffit que, sur chaque planète pensante, Dieu ait suscité et suscite jusqu'à la fin, des prophètes et des prêtres à qui serait révélée la connaissance et communiquée la grâce de l'Incarnation rédemptrice. De

à des distances inattingibles : même électro-magnétiquement, leur distance dépasse la Vie de l'Humanité!

— La seule solution : dans les deux idées conjuguées

a) d'Univers convergent (= centré)

b) de Christ (3e nature)[1] centre de l'Univers. *

---

* *Inédit.* New York, 5 juin 1953.

---

même que Melchisédech, prêtre surgi hors de la tribu directement élue, ils ont participé ou participeront, dans le déroulement de l'Espace-Temps, au Sacerdoce du Verbe incarné recevant pouvoir de célébrer son sacrifice, de consacrer l'hostie et de conférer l'Eucharistie et les sacrements, soit en préfiguration comme, sur terre, avant l'Incarnation, soit en continuation de la Cène.

Car l'Univers est si parfaitement un qu'une seule immersion en son sein du Fils de Dieu l'envahit et le pénètre tout entier de sa grâce de filiation.

En prenant une nature humaine, le Verbe s'est « cosmisé ». Il n'a eu qu'à naître une fois de la Vierge Marie pour s'assujettir et diviniser toute la création.

De même que la naissance, la passion et la mort du Christ sont cosmiques. « Le Christ ressuscité ne meurt plus » (Rm., vi, 9) par le fait que les mystères de Jésus couvrent, dans leur extension et leur perfection, tout le déroulement du monde rigoureusement *un*. (*N.D.E.*)

1. Une nature cosmique lui permettant de centrer toutes les vies constitutives d'un Plérôme étendu aux galaxies. (*N.D.E.*)

LE DIEU DE L'ÉVOLUTION

Dans une suite de brefs rapports [1], j'ai tenté, ces dernières années, de circonscrire et de définir la raison exacte pour laquelle le Christianisme, malgré un certain renouveau de son emprise sur les milieux conservateurs (ou un-developed) du monde, est décidément en train de perdre sous nos yeux son prestige et son attrait sur la fraction la plus influente et la plus progressive de l'Humanité. Non seulement pour les Gentils ou les simples fidèles, mais jusqu'au cœur des ordres religieux, le Christianisme *abrite* encore partiellement, mais déjà il ne *couvre*, ni ne *satisfait*, ni ne *mène* plus l' « âme moderne ». Quelque chose ne va plus, — et donc quelque chose est attendu à brève échéance sur la planète, en matière de foi et de religion. — Mais quoi précisément?...

C'est à cette question, partout posée, que je vais essayer une fois de plus de répondre, en établissant, au moyen d'un petit nombre de propositions enchaînées, la réalité d'un phénomène dont l'évidence me hante depuis bientôt cinquante ans : je veux dire la montée irrésistible (et pourtant encore méconnue) sur notre horizon de ce qu'on pourrait appeler un Dieu (*le* Dieu) de l'Évolution.

---

1. *Le Cœur du Problème* (1950) T. V, des œuvres, p. 339-349. Éd. du Seuil. *Le Sens de la Croix* (1952) ci-dessus p. 251. *Contingence de l'Univers* (1953) ci-dessus p. 263. (*N.D.E.*)

I. L'ÉVÉNEMENT « ÉVOLUTION »

A l'origine profonde des multiples courants et conflits qui agitent en ce moment la masse humaine, je suis de plus en plus persuadé qu'il convient de placer l'éveil graduel, de notre génération, à la conscience d'un mouvement d'ampleur et d'organicité cosmiques, qui nous entraîne, bon gré mal gré, à travers l'in-arrêtable édification mentale d'une *Weltanschauung* commune, vers quelque « ultra-humain », en avant dans le Temps.

Il y a un siècle, l'Évolution (comme on dit) pouvait encore être regardée comme une simple hypothèse locale, formulée à l'usage du problème de l'origine des Espèces (et plus spécialement à l'usage du problème des origines humaines). Mais, depuis lors, il faut bien reconnaître qu'elle a envahi, et qu'elle commande maintenant la totalité de notre expérience. « Darwinisme », « Transformisme » : ces termes n'ont déjà plus qu'un intérêt historique. Depuis les plus infimes et les plus instables éléments nucléaires jusqu'aux vivants les plus élevés, rien n'existe, nous le voyons maintenant, — rien n'est scientifiquement pensable dans la Nature — qu'en fonction d'un énorme et unique processus conjugué de « corpusculisation » et de « complexification », au cours duquel se dessinent les phases d'une graduelle et irréversible intériorisation (« conscientisation ») de ce que nous appelons (sans savoir ce que c'est) la Matière :

a) Tout en bas, d'abord, et en quantité immense, des corpuscules relativement simples et encore (au moins en apparence) *inconscients* (Pré-vie).

b) Puis, consécutivement à l'émergence de la Vie, et en quantité relativement faible, des êtres *simplement conscients*.

c) Et maintenant (tout juste maintenant!) des êtres devenus soudain *conscients de devenir chaque jour un peu plus conscients* par effet de « co-réflexion ».

Voilà où nous en sommes.

Non seulement, comme je le disais ci-dessus, l'Évolution, en l'espace de quelques années, a envahi le champ entier de notre expérience; — mais encore parce que, dans son flux convergent, nous nous sentons happés et aspirés nous-mêmes, elle (cette Évolution) est en train de revaloriser pour notre Action le domaine total de l'existence : dans la mesure même où l'apparition d'un Sommet d'unification au terme supérieur de l'agitation cosmique vient *objectivement* fournir aux aspirations humaines (pour la première fois au cours de l'histoire) une direction et un but absolus.

D'où, *ipso facto* [1], le dés-ajustement général que nous constatons autour de nous de tous les anciens cadres, soit en Morale, soit en Religion.

II. LE DIVIN DANS L'ÉVOLUTION

On continue à entendre dire que le fait, pour l'Univers, de se présenter à nous désormais, non plus comme un Cosmos, mais comme une Cosmogénèse, ne change rien à l'idée que nous pouvions nous faire antérieurement de l'Auteur de toutes choses. « Comme si, pour Dieu, répète-t-on, cela pouvait faire une différence de créer *instantanément*, ou *évolutivement*. »

Je ne chercherai pas à discuter ici la notion (ou pseudo-notion ?) de « création instantanée », ni ne m'étendrai sur les raisons qui me font soupçonner, sous cette association de mots, une contradiction ontologique latente.

Mais en revanche il me faut absolument insister sur le point capital que voici :

---

1. Par le fait même. (*N.D.E.*)

Alors que, dans le cas d'un Monde statique, le Créateur (cause efficiente) demeure, quoi qu'on en ait, *structurellement* détaché de son œuvre et, partant, sans fondement définissable à son immanence, — dans le cas d'un Monde de nature évolutive, au contraire, Dieu n'est plus concevable (ni structurellement, ni dynamiquement) que dans la mesure où, comme une sorte de cause « formelle », il coïncide (sans se confondre) avec le Centre de convergence de la Cosmogénèse. Ni structurellement, ni dynamiquement, je dis bien : parce que si Dieu ne nous apparaissait pas maintenant en ce point suprême et précis où se noue désormais à nos yeux la Nature, ce n'est plus vers lui (situation absurde !) mais vers un autre « Dieu » que graviterait inévitablement notre pouvoir d'aimer.

Depuis Aristote, on n'avait guère cessé de construire les « modèles » de Dieu sur le type d'un Premier Moteur extrinsèque, agissant *a retro* [1]. Depuis l'émergence, en notre conscience, du « sens évolutif », il ne nous est plus physiquement possible de concevoir, ni d'adorer, autre chose qu'un Dieu Premier Moteur organique *ab ante* [2].

Seul un Dieu fonctionnellement et totalement « Oméga » peut désormais nous satisfaire.

Mais un tel Dieu, où le trouver ?

Qui donc donnera enfin *son* Dieu à l'Évolution ?

III. L'AVÈNEMENT ET L'ÉVÉNEMENT CHRISTIQUES

Ainsi, consécutivement à la traversée toute récente d'un nouveau point critique par la Vie au cours de son développement [3], aucune forme ou formule religieuse ancienne ne sau-

---

1. *A partir des origines.* (*N.D.E.*)
2. *Qui nous attire en avant.* (*N.D.E.*)
3. Ce point critique étant la prise de conscience par l'Homme d'un mouvement convergent sur soi de la conscience humaine. (*N.D.A.*)

rait plus (ni en fait, ni en droit) combler, dans ce qu'ils ont désormais de plus spécifiquement humain, notre besoin et notre capacité d'adorer. Si bien qu'une « religion de l'avenir » (définissable comme une « religion de l'Évolution ») ne peut manquer d'apparaître bientôt : mystique nouvelle, dont le germe (comme il arrive dans le cas de toute naissance) doit pouvoir *dès maintenant* se reconnaître quelque part autour de nous.

plus on réfléchit à cette situation psycho-biologique, plus la signification et l'importance *universelles* se dégagent de ce qu'on est en droit d'appeler « l'avènement christique ».

L'Évangile nous dit qu'un jour Jésus demanda à ses disciples : « Quem dicunt esse Filium hominis [1]? » A quoi Pierre de répondre, impétueusement : « Tu es Christus, Filius Dei vivi [2]. » Ce qui était à la fois une réponse et une non-réponse : puisque toute la question restait posée de savoir ce qu'est exactement « le Dieu vivant et vrai ».

Or, depuis les origines de l'Église, toute l'histoire de la pensée chrétienne n'est-elle pas une seule lente et persistante explication du témoignage porté par Pierre à l'Homme-Jésus?

Phénomène absolument unique et étrange! Alors que, invariablement, sous le passage des siècles, toutes les grandes figures de prophètes s'estompent ou se « mythicisent » dans la conscience des hommes, — Jésus, lui et lui seul, devient avec le Temps un être de plus en plus réel pour une fraction particulièrement vivace de l'Humanité; ceci du reste par un double mouvement qui, paradoxalement, le personnalise et l'universalise toujours plus à la fois, au fil des ans qui s'écoulent. Pour des millions et des millions de croyants (pris parmi les plus éveillés des humains), le Christ, depuis qu'il est apparu,

---

1. « Que dit-on du Fils de l'homme? » (*N.D.E.*)
2. « Tu es le Christ, le Fils du Dieu vivant. » Le texte exact de la Vulgate, Mat. XVI, 15-16, est : « Dicit illis Jesus : Vos autem quem me esse dicitis? Respondens Simon Petrus dixit : Tu es Christus Filius Dei vivi. » (*N.D.E.*)

n'a jamais cessé, après chaque crise de l'Histoire, de réémerger plus présent, plus urgent, plus envahissant que jamais.

Que lui manque-t-il donc, alors, pour pouvoir se présenter, une fois de plus, à notre Monde nouveau, comme le « nouveau Dieu » que nous attendons?

Deux choses, à mon avis; et deux choses seulement.

La première, c'est que, dans un Univers où nous ne pouvons plus considérer sérieusement que la Pensée soit un phénomène exclusivement terrestre, il ne soit plus limité *constitutionnellement* dans son opération à une simple « rédemption » de notre planète.

Et la seconde, c'est que, dans un Univers où maintenant, pour nos yeux, tout se co-réfléchit suivant un seul axe, il ne soit plus offert à notre adoration (par suite d'une subtile et pernicieuse confusion entre « sur-naturel » et « extra-naturel ») comme une cime distincte et rivale du sommet où conduit la pente biologiquement prolongée de l'anthropogénèse.

Au regard de tout homme éveillé à la réalité du Mouvement cosmique de Complexité-Conscience qui nous engendre, le Christ, tel que la théologie classique continue à le proposer au Monde, est à la fois trop limité (trop localisé) astronomiquement, et trop excentrique évolutivement, pour pouvoir « céphaliser » l'Univers tel que celui-ci nous apparaît maintenant.

Mais, à part cela, la correspondance n'est-elle pas révélatrice entre la figure (le « pattern ») des deux Omégas en présence : celui postulé par la Science moderne, et celui éprouvé par la mystique chrétienne?... La correspondance, — ou même la parité! Puisque le Christ ne resterait pas le Consommateur si passionnément décrit par saint Paul s'il ne revêtait les attributs, tout justement, de l'étonnant pôle cosmique virtuellement déjà (sinon explicitement encore) requis par notre nouvelle connaissance du Monde pour nouer à son sommet la marche de l'Évolution.

Il est toujours dangereux, bien sûr, de prédire et d'extrapoler.

Tout de même, dans les circonstances présentes, comment ne pas estimer que la montée graduelle du Christ dans la conscience humaine ne saurait plus continuer bien longtemps sans que se produise, dans notre ciel intérieur, l'événement révolutionnaire de sa conjonction avec le Centre, désormais prévisible, d'une co-réflexion terrestre (et, plus généralement, avec le foyer présumé de toute Réflexion au sein de l'Univers)?

Forcés toujours plus étroitement l'un sur l'autre par les progrès de l'Hominisation, et plus encore attirés l'un vers l'autre par une identité de fond, les deux Omégas, je répète (celui de l'Expérience et celui de la Foi), s'apprêtent certainement à réagir l'un sur l'autre dans la conscience humaine, et finalement à *se synthétiser* : le Cosmique étant sur le point d'agrandir fantastiquement le Christique; et le Christique sur le point (chose invraisemblable!) d'amoriser (c'est-à-dire d'énergifier au maximum [1]) le Cosmique tout entier.

Rencontre inévitable et « implosive », en vérité, ayant pour effet probable de souder entre eux demain, au milieu d'un flot de puissance évolutive libérée, Science et Mystique, — autour d'un Christ identifié enfin [2] par le travail des siècles, deux mille ans après la Confession de Pierre, comme le sommet ultime (c'est-à-dire comme le seul Dieu possible) d'une Évolution reconnue décidément comme un mouvement de type convergent.

Voilà ce que je prévois.

Et voilà ce que j'attends. *

* Sous l'Équateur, 25 octobre (Christ-Roi) 1953.
Publié dans le Cahier VI de la Fondation Teilhard de Chardin (Éd. du Seuil, 1968.)

1. Et, en quelque sorte, de « porter à l'incandescence »... (*N.D.A.*)
2. Ceci par extension directe de ses attributs théandriques, et sans qu'éclate pour cela sa réalité historique. (*N.D.A.*)

MES LITANIES

Litanies manuscrites trouvées, à la mort du Père Teilhard, au recto et au verso d'une image représentant un Christ au cœur rayonnant. L'image était placée sur sa table de travail. Il semble que ces litanies soient de la même époque que *Le Dieu de l'Évolution*.

au recto : Le Dieu de l'Évolution

Le Christique, le Trans-Christ

Jésus $\left\{ \begin{array}{l} \text{Cœur du Monde} \\ \text{Essence} \\ \text{Moteur} \end{array} \right\}$ de l'Évolution

au verso :

Sacré-Cœur	
Introibo ad altare Dei [1] (pénétrer présence)	
Sacré-Cœur	Le Moteur de l'Évolution
	Le Cœur de l'Évolution
Trans (Christ)	Le Cœur de la Matière
L' « autel » de Dieu	Le Centre de Jésus
Le cœur du cœur du Monde	The golden glow [2]
Le Cœur de Dieu (core [3])	Le goût du Monde
L'Activant du Christianisme	
	L'Essence de toute Énergie
	La Courbure cosmique
	Le Cœur de Dieu
	L'Issue de la Cosmogénèse

---

1. J'irai vers l'autel de Dieu. Verset dit par le célébrant en montant à l'autel au début de la messe. (*N.D.E.*)

2. L'irradiation d'or. La « Frange d'or », écrit parfois le Père. (*N.D.E.*)

3. Mot anglais : le cœur, l'essence de. (*N.D.E.*)

Le Foyer, Pôle	Le Flux de Convergence cosmique
	Le Dieu de l'Évolution
	L'U. [1] Jésus
Le Moteur psychique	Le Foyer de toute (la) Réflexion
	Axe } du Vortex cosmique
	} et issue (acmé [2])
	Cœur du Cœur du Monde

Foyer de l'Énergie ultime et universelle

Centre de la Sphère cosmique de la Cosmogénèse

Cœur de Jésus, Cœur de l'Évolution, unissez-moi à Vous (etc.).

---

1. Probablement : l'Universel Jésus. (*N.D.E.*)
2. Mot grec : sommet. (*N.D.E.*)

Du même auteur

Sur le bonheur, sur l'amour
« Points Sagesses », n° 128, 1995

Être plus, *1968*
et « Points Sagesses », n° 96, 1995

Le Prêtre, *1968*

Sur la souffrance, *1974*
et « Livre de vie », n° 142, 1995

Lettres à Jeanne Mortier, *1984*

Hymne de l'Univers
« Points Sagesses », n° 57, 1993

Notes de retraite (1919-1954), *2003*

Je m'explique, *2005*

CHEZ D'AUTRES ÉDITEURS

AUX ÉDITIONS GRASSET

Lettres de voyage (1923-1955), *1997*
Genèse d'une pensée, lettres (1914-1919), *1997*
Écrits du temps de la guerre (1916-1919), *1992*
Accomplir l'homme, lettres inédites (1926-1952)

AUX ÉDITIONS AUBIER

Lettres d'Égypte (1904-1908)
Lettres d'Hastings et de Paris (1908-1914), *1965*
Lettres intimes à Auguste Valensin, Bruno de Solages,
Henri de Lubac, André Ravier (1919-1955), *1974*

IMPRESSION : NORMANDIE ROTO IMPRESSION S.A.S. À LONRAI
DÉPÔT LÉGAL : OCTOBRE 1998. N° 35509-2 (060910)
IMPRIMÉ EN FRANCE

Collection Points

SÉRIE SAGESSES

dirigée par Vincent Bardet et Jean-Louis Schlegel

DERNIERS TITRES PARUS